震える天秤

染井為人

角川文庫
23283

目次

1

ようやく目的の地名を指す青看板を発見して気が緩んだのか、ふいにハンドルがぐらついてバイクを路肩に寄せて停めた。

危ない危ない。ほんの一瞬だがたしかに意識が飛んでいた。睡魔に身を預けようとしていた。

目頭を揉《も》んで深呼吸をした。屈伸もした。そんな俊藤律《しゅんどうりつ》の横を軽自動車がのんびりしたスピードで通り過ぎて行く。

さすがに排気量150ccのベスパでの長旅は無茶であったか。東京から福井まで、距離でいえば片道四百キロ以上だ。腕時計に目を落とすと、正午を迎えていた。夜明けと共に東京を発《た》ったので、少なくとも六時間はツーリングしていることになる。

思えば十代の頃、同級生数名と共に「母国に学ぶ旅」と称して原付バイクで日本縦断を目指したことがある。四日目に突如として発生した台風に心が折れて、そのまま意気消沈して帰ってきたのだが、それでも青森の陸奥《むつ》湾を眺めるところまで行った。過酷ではあったが、総括すると楽しい旅であり、青春のハイライトとなっていた。

ゆえに今回も新幹線ではなく、バイクでの福井入りを決断したのだが、誤算だった。体力、いや、我が肉体がおっさんに半身浸《つ》かっていることを計算に入れていなかった。生命力がまったくちがうのである。

律は現在三十七歳。同世代の第一線で活躍しているスポーツ選手なんかを見ると勇気付けられるが、あれがいけない。勘違いを引き起こさせる。彼らは日々摂生し、鍛錬を積んで老いを食い止めているのであって、毎日安酒をしこたま呑《の》み、アパートの階段の上り下り程度の運動しかしていないおっさんの肉体は当たり前だがおっさんなのである。こんな名前をいただいているのに、己を律するということがまるでできないのはなぜだろう。皮肉にもほどがあるではないか。

ヘルメットをとると汗ばんだ頭皮が風を受けてスースーした。広い空を仰ぎ、強い陽射しに目を細める。秋晴れの天気だ。遠くに紅葉に燃えた山々が悠然と構えており、横に延びた稜線《りょうせん》が美しい。遠くまで来たなとしばし感慨に耽《ふけ》った。

スマートフォンを取り出してナビアプリで現在地を確認した。目的地のコンビニには後十分ほどで到着するだろう。

はるばる東京から福井にある、とあるコンビニを目指したのは、律がその種のマニアだからではない。先日、十年の付き合いになる隔週誌ホリディの佐久間《さくま》編集長とこんなやり取りを交わしたからだ。

「俊藤ちゃん、デボネア手放したんだって。無類の車好きがどうしてまた」

「さほど乗らないので維持費がもったいないと思ったんですよ」払えないとは言わなかった。
「ふうん。まあ東京の人間はどこに行くにしたって電車やタクシーの方が便利だもんな
あ」
「結局そうなんですよね」
「でもさ、地方に住んでる人はそうもいかないじゃない。俊藤ちゃんはシティボーイだ
からピンとこないだろうけど、おれなんて北海道の生まれだからよくわかるよ。車がな
けりゃ生活が成り立たないんだもの」
「でしょうね」
「おれの実家の両親も七十五過ぎていまだにハンドル握ってるんだけどね、危ないから
そろそろ運転は控えた方がいいんじゃないかなんて言ってはみるものの、『じゃあスー
パーにはどうやって行けばいい』なんて言われちゃうとさ、まあ現実問題そうだよなあ
ってなっちゃうわけよ。そうだろう」
「そうですね」この辺りから少し嫌な予感がしていた。
「そういえば昨日テレビのニュースで見たんだけどさ、八十六歳のじいさんが軽トラで
コンビニに突っ込んで店員を轢《ひ》き殺しちゃったんだって。見た？」
「ええ。テレビは見てないですけど、ネットニュースでチラッと。アクセルとブレーキ
を踏み間違えたんでしたっけ」

「そうそう。最近この手の話多いよなあ。いつか死人が出るんじゃねえかって思ってたけど案の定だ。被害者はもちろん、加害者だってやるせねえよ。怨恨《えんこん》じゃねえんだもの」

「ほんとですよねえ」

「うん」ここで佐久間はキツネのように目を細めた。「で、俊藤ちゃん、この事故を皮切りに、高齢者の運転問題についてルポまとめてくんねえかな」

「え」

「え、じゃなくて。失礼を承知で言うけど、今どうせヒマでしょ」

失礼にもほどがある。「まあ、ヒマではないと言えば良心が痛みますが」

「じゃあ決まりだ。我が国が抱える超高齢社会の問題を浮き彫りにしてちょうだいな。四ページあげるからさ。ああ、わかってると思うけど、ちゃんと現地に行って取材して来てよ」

「あのう……事故現場ってどこでしたっけ」

佐久間はにっこり笑った。「福井」

というわけなのである。

正直なところさほど関心を持てるテーマではなかった。佐久間との会話で答えはもう出ているようなものだ。高齢者の自動車の運転は危険なので控えた方がいい、だが高齢者にも当たり前だが生活がある。結論、どうしようもない。グレー。先延ばし。

少し調べてみたら、七十歳以上を対象にした高齢者講習や、七十五歳以上を対象にした認知機能検査などが国から義務付けられている様子だが、高齢者による事故件数が減っていないところを見ると成果があるとは言い難い。運転免許自主返納サポートなんてものもあり、それによって返納した者はわずかばかりの恩恵に与《あずか》れるようだが、正直どうかと思う。「じゃあ返します」という高齢者は元々運転などしない者であろうことは容易に想像がつく。つまり事故の抑止力になっていないのだ。

いつか法律で、ある一定の年齢に達すると有無を言わさず免許剝奪《はくだつ》、となるのかもしれないが、これだって争議を醸すだろう。先ほどのスポーツ選手の話じゃないが、老いには個人差がある。まだまだ自分は現役だっ、と言い張る高齢者が現れることは論を俟《ま》たない。最悪、無免許運転をしかねない。

大前提、佐久間のいうように自動車がなければ生活が成り立たない地域は確実に存在する。それは過疎地に限った話ではない。都市部でも同様なのである。日本は高度経済成長期、マイカーブームの時代に郊外型のライフスタイルが取り入れられた。都心部から離れた地域を居住地とし、買い物は土日にまとめて幹線道路沿いの大型スーパーに行って済ませる。そんな世代が今、高齢者になりつつある。

彼らは自動車と決別したあと、どのように生活をすればよいのか？

わが国は、世界でも類を見ない空前の超高齢社会を迎えており、二〇二五年にはピークに達すると言われている。約五人に一人が七十五歳以上となり、老人ばかりの日本が誕生する。そんな圧倒的な現実を、現実のものとして捉《とら》え、リアルな想像をめぐらせる者は多くない。自分も含めて……。

なんにせよ、やれやれである。

とはいえ、ここ最近目ぼしい仕事もないため、生活のためにはこの手の仕事を引き受けざるを得ない。

律はフリージャーナリストという実体のない仕事を生業《なりわい》にしている。よく耳にする職種ではあるが響きに胡散臭《うさんくさ》さが漂うので、人に職業を訊《き》かれた際には簡潔にライターと答えることにしていた。

休憩を終えて再びバイクにまたがり、アクセルを回した。

目的地は、福井県牧野《まきの》市北《きた》の原《はら》にある、FY《フォーユー》マートという全国に一万以上店舗のある大手チェーンのコンビニエンスストアだ。律も東京の自宅アパートの近くにあるFYマートを頻繁に利用していて、ガーリックフライドチキンがお気に入りだった。

事故が起きたのは三日前の十月二十六日金曜日夕方。亡くなったのは店長を務めていた男性である。名前は石橋昇流《いしばしのぼる》。年齢は二十八歳。若いな、というのが律が最初に抱いた印象だった。オーナーは被害者の父親が務めており、開店したのは去年の秋だというので、まだ一年しか営業をしていない、新しい店だった。

事故の際、幸い店内に客はおらず、亡くなった店長と、レジの中に一人のアルバイトの店員がいたことが報じられていた。

ただしこれ以上の情報は手元にない。事故が起きたのは三日前なので、その当日、翌日はどのテレビ局もニュースで取り上げ、損壊した店の様子を映し出していたが、昨日はさっぱりだった。人が死んだとはいえ、事故とあればこんなものだろう。この国には毎日、報道しなくてはならない事件事故が山ほどある。とくに今は元トップアイドルが轢き逃げ事故を起こし、のちにこれが飲酒運転だったことが発覚して、世間はその話題で持ちきりだった。こんなもの熱心に報道せんでもと思うが、世間の耳目を集めるのはいつの時代も有名人のスキャンダルである。

しばらく大通りを走っていると、数百メートル先にＦＹマートの看板が小さく見えた。あれだ。やった。気がはやった。マラソンランナーがゴールテープを前にしたような感慨に耽った。

まずは事故現場を見てから、関係者に聞き込みに回る算段である。アポも一件あり、十五時に福井県奥越《おくえつ》運転者教育センターというところに取材に行く予定だ。福井県内の交通事情について教えてほしいと伝えたら、二つ返事で了承してもらえたのだ。

バイクを減速し、ウインカーを左に出したときだった。コンビニの敷地から黒いレクサスのＬＸがいきなり公道に飛び出してきた。つまり律とは入れ違いの形だ。運転席には中年の男が乗っていたのがチラッと見えた。関係者だろうか。なんにしても危険な運転である。

田舎ならでは、駐車場は広々としていた。車が三十台は余裕で収まりそうだ。きっと運送ドライバーの昼寝の地になっていたことだろう。現在は中型のトラックと白のハイエースが並んで停まっている。ハイエースの横腹に『(有)コーシン 総合建造物解体工事』と書かれていた。

そして少し離れた場所にパトカーも一台停まっていた。また、パトカーから一台分空けて、FYマートのロゴが描かれた軽自動車が駐車されている。

肝心の店舗はというと、ブルーのビニールシートで全体が覆われていた。

訝《いぶか》った。事故が起きたのは三日前の夕方だ。未《いま》だこの状態であることが解せない。さすがに規制線は張り巡らされていないが、不自然である。通常、警察の検証が済めば当たり前だが現場は片付けられる。それは当日、もしくは翌日が一般的だ。

まだ店内はそのままなのだろうか。いやさすがにそれはないだろう。きっとこのビニールシートは野次馬を遠ざけるためのものなのだ。

ちなみに、事故直後の被害状況を写した画像はすでに入手している。それこそ野次馬が撮影した画像がインターネットにいくつも上がっていた。雑誌が陳列されたラックがあり、それに面したガラス壁に軽トラックは突っ込んだようだ。加害者である運転手はブレーキだと思ってアクセルをベタ踏みしたらしい。相当のスピードが出ていたのだろう、車体が丸々店内に収まっている画《え》は凄惨《せいさん》だったが、どこか滑稽《こっけい》でもあった。

店舗から離れた場所にバイクを停め、キーを抜き取る。そのまま店舗に向かって歩いていくと、ハイエースの裏でニッカボッカを穿《は》いた作業員たちが地べたに座り込んでタバコを吹かしているのを発見した。五人いるが全員がタバコを手にしているので、その姿が白煙に包まれている。

群れに近づいていくと、車止めの縁石に座っていた坊主頭の男が律に気づいて、目線が重なった。四十半ばくらいで、この中ではこの男が一番年嵩《としかさ》のようだ。

「どうも」と声を掛けると一斉に全員の視線を浴びた。「わたし、ここで起きた事故のことを調べている者でして、ちょっとお話を聞かせてもらえないでしょうか」

「お話も何もおれらただの解体屋やしぃ、詳しいことは知らんけどね」坊主頭が福井弁特有の抑揚のない口調で言った。「お兄さん、マスコミの人？」

律がホリディの名刺を差し出すと、「おぇ〜、知ってる知ってる」とみなが色めきたった。

髪を茶に染めた若者が自身を指差し、

「おれ、毎号読んでます」

「おめえは水着のグラビア見てるだけやろうが」

みなが白い歯を見せて笑い声をあげた。見た目は少しイカついが、人の好《よ》さそうな男たちだ。

話を聞くと男たちは隣町にあるコーシンという解体作業会社に勤めている社員で、このコンビニもちょくちょく利用していたという。昨日、一昨日はマスコミや野次馬がたかっていたらしいが、四日目の今日はさすがに閑散としているとのことだ。

「みなさんは今からここでどんな作業をされる予定なんですか」

「もう、午前中にクレーンで軽トラだけ引っこ抜いたんやって。んで、ひと休憩して、今から散らばったガラス片やらあかんくなった棚やらを一気にやっつけちまおういうてたら、急に警察がしゃしゃり出てきて、待ったが掛かったのよ。何やってんだかおれらもさっぱり」

坊主頭は店舗の方を睨《にら》んでいる。

「妙ですね。事故は四日前ですから、すでに実況見分は終わってるでしょうし」

「さあ。そもそもこんなのに見分？　検証？　知らんけどそんなの必要かっておれなんかは思うけどね。車で突っ込んで殺してもたんやで、もうゼロヒャクで加害者が悪いやろうに。なんにせよ、早いところ作業始めさしてもらわなこっちかって困るんやって。あとの現場かって控えてるんやで」

坊主頭はそう愚痴ってタバコを地面に擦《こす》り付けて消した。

「ニュースなどの映像を見る限り、店舗は相当な被害を受けている様子でしたけど、この店は復旧できるんでしょうかね」

「まあできるんでねえの。建物の骨子があかんくなってもたわけではなさそうやでさ。でもどうやろね、実際に人が死んでるんやで、こんまま潰《つぶ》してまうんでねえの。おれはほんなことを気にせん方やけど、人も寄り付かんようになってまうやろ」

そう言って坊主頭は両手を顔の下にやって幽霊のポーズを取った。

「なるほど」律は苦笑し、首をひねって店舗を見た。「今、中を覗《のぞ》いたら怒られちゃうかな」独り言のようにつぶやくと、「ああだんねだんね。さっきからおれらも何べんも覗いてるでね。はよ終わらせろって圧力かけてるんやって」と坊主頭が言った。

律は「ではわたしも」と、店の入り口に向かった。「お兄さんからもプレッシャーかけて」背中に声が降りかかった。

律はブルーシートを軽くめくって、わずかばかり頭を突っ込んだ。直後、目を瞠《みは》った。

店内はひどい有様だった。坊主頭が話していた通り、事故を起こした軽トラックはその姿を消していたが、他は未だそのままなのだろう、雑誌や食品、衛生グッズなどが床に散乱し、陳列棚は将棋倒しのように店の奥に向かって倒れていた。

そんな雑然とした店内を紺色の制服を着た男たちが足の踏み場を探しながら動き回っている。また、隅にスーツ姿の若い男が一人、身を小さくし、ぽつんと突っ立っていた。おそらくこの若い男はFYマートの社員だろうと見当をつけた。

しばらく見学していると、制服姿の警察官たちは何かを捜しているのだということがわかった。床に散乱している商品を手で掻《か》き分けてはため息をついている。

「これじゃあ捜しようがねえな」警察官の内の一人、年配の男がうんざりとした口調で言った。見事な白髪で額にある大きいコブが特徴的だ。「ねえ石橋さん、どうせこのあと商品片付けんのやろう。ほんなら、我々もそこに立ち会わせてもらえんかな」

「あ、石橋さんいませんよ」スーツの若い男が申し訳なさそうに言う。

「なんで？　どこ行った？」

「わかりません。用事済ましてくるで、自分が立ち会っとけっていわれました」

「もうほんと勝手やなあ、あの人は」

警察官は白髪頭を掻いていた。

石橋――被害者と同じ苗字《みょうじ》である。だとすると、会話の中の石橋は被害者の父親で、この店のオーナーではなかろうか。先ほどすれ違ったレクサスに乗っていた中年の男がきっとそうだ。

そんなことを考えていると、年配の警察官が律の存在に気がついた。

「あれ、おたく、どなた？」うろんげな眼差《まなざ》しを向けられた。

律の服装は明らかに解体業者のそれではない。

「わたし、ホリディという雑誌の記者なんですが」

「記者？　あかんあかん。マスコミが勝手に入ってきたらあかんざ」

眉間《みけん》に皺《しわ》を寄せて言われた。だが、どこか事務的な口調だ。ふだん相手にしている警視庁の連中なら胸ぐらを摑《つか》まれて凄《すご》まれる。

「現場の写真を少しだけ撮らせてもらえないですか」

「昨日一昨日で散々撮ったでしょうよ。お仲間さんたちが」

「お仲間？」きっとテレビの連中だ。「ところで実況見分調書の作成ですか」

「ほんなもんとっくに終わったわ。ほら、出て出て」

「では今は何を？」

「あんたに関係ねえやろう」

「そういえばおもてで業者さんが待ちぼうけているようですが」

「わかってるって。ほやさけぇこっちかって突貫で──いや、何べんもいわすな。あんたには関係ない。いいであっち行ってて」手で追い払う仕草をされた。

仕方ないので、身を翻し再び解体業者たちのもとへ戻った。「もう少しかかりそうですね」そう告げると、「どうなってんやなあ」と坊主頭は苛立《いらだ》って頭を掻いた。「とっと終わらしたいんやけど。おれ、社長と電話してくる」

そう言って腰を上げ、携帯電話を耳に押し当て、輪から離れた。

「十分ほど前に黒のレクサスがここを離れるのを見たんですが、あれはこの店のオーナーの車ですか」

他の男たちに訊《たず》ねると、「うん、ほう。死んづんだ人の親父さん」と若い男が答えてくれた。「なんか感じの悪《わ》りぃ人やで。やたら偉そうやし」

「おめ、やめとけ」

先輩と思《おぼ》しき男に頭を小突かれている。

「ここは開店して一年ほどだそうですが、その前は何かあったんですか」

「ああ、スタンド。ガソスタ」

「ではそのガソリンスタンドが潰れてコンビニが建ったと」

「そう。だから敷地がだだっ広いのよ」

律は相槌《あいづち》を打ち、「みなさんの中に、ここの亡くなった店長とお知り合いだという方はいませんか」

男たちが同時に首を横に振った。

「では、加害者とは？」

「そもそも加害者が誰か知らんし。じいさんちゅうことしかニュースではやってえんかったやろ」

「ああ、それなら埜ヶ谷村《のがだに》ってとこのじいさんだってよ」別の男が言った。

「埜ヶ谷村いうたら――例の？」

「ほやほや」

律も当然、加害者の情報は事前に調べてある。名は落井正三《おちいしょうぞう》、年齢は八十六歳。福井と岐阜の県境に聳《そび》える野伏ヶ岳《のぶせがたけ》の、福井県側の麓《ふもと》にある埜ヶ谷村という小さい村落に住んでいた老人である。

男の一人が口にした「例の」というのは、今から半年程前に起きた山崩れ災害を指している。今年五月下旬、未曾有《みぞう》の大雨が福井県を襲った。その影響で県内のとある村で大型の山崩れが発生し、麓にあった民家が押し潰され、そこに住んでいた一家三人が生き埋めになって死亡するという惨事が起きた。その地が埜ヶ谷村なのである。

テレビやインターネットのニュースでも埜ヶ谷村の惨状が報道され、律も人並みの関心を持ってそれらを見ていた。

事故の加害者である落井正三は、その埜ヶ谷村に住んでいたのだ。

「埜ヶ谷村ほどでねえにせよ、ここらもひどいもんやった。こんまま町が水没するんちゃうかて本気で思うたからね」

当時のことを訊くとそんな感想が戻ってきた。福井県内でも地域によって被害状況にかなり差があったということだ。

「会社が休みんなってありがてぇなんて思ってたら、そのあとはドドンと仕事が降ってきて結局盆休みも取れんような始末やったでの。ほら、おれら解体屋やで、雨でやられてもた家やら建物やらの取り壊しの依頼が山ほどきたんやって」

「埜ヶ谷村にも行かれたんですか」

「ううん、行ってえん。さすがにこっから離れてるでの」

「ちなみに車だったらここからどれくらいで着きますか」

「うーん、結構遠いでね、ほやけどまあ飛ばせば一時間半ほどかな。ちゅうか、お兄さん、車で来たんか？」

「いえ、自分はバイクなんですけど」

「バイク？　東京から？」

「ええ、まあ」

「ひえー。なんでまた東京からバイクで——って、まさかあれ？」男が律のベスパを指差し、目を丸くした。「原付でこんなとこまで」

「原付じゃありません」ムッとした。「150ccなので高速も乗れるんです」

その流れで律が二日間こっちに滞在することを伝えると、

「どうりで登山行くみてえなでけえリュック背負うてるんや」

「ええ。パソコンやカメラなんかも入ってるんで肩が凝って大変です」

「ふうん。東京の出版社や言っても結構ケチ臭いんやね」

律は苦笑した。実際のところ律はホリディを発行している出版社の社員ではない。都合がいいので名刺は持たせてもらっているが、あくまで個人で仕事を請け負っているフリーランスだ。もちろん依頼されての仕事なので新幹線などの交通費は経費で落ちるが、理不尽なことに現地での細々《こまごま》とした移動は概《おおむ》ね自腹となる。きっと公共の交通手段も、またタクシーもそう多くないだろうと思い、総合的に判断して、自由に動き回れるバイクを選んだ。その分肉体を犠牲にすることとなったのだが。

「んで、お兄さん、このあと埜ヶ谷村に行くの?」

「今日にするか、明日にするか決めてませんが、そのつもりです」

「なら気ィつけた方がいいよ。あそこは鎖国してるらしいで」

「鎖国? それはどういう意味ですか」

「詳しいことはよう知らん」男がニカッと笑う。「ほら、山崩れで一気に有名になったやろ。ほんであっこの村はああやこうや噂になったで。なんやよう知らんけどだいぶ変わったとこなんやって」

律は要領を得ない話に斜めに相槌を打った。

そこに電話をしていた坊主頭が戻ってきた。

「みんな、すまん。もうここは後回しや。夕方にもっぺん戻ってくるしかねえわ」

そう告げられ、男たちがブツブツ文句を言いながら立ち上がった。「警察に離れるって一言いっといた方がいいんでねえスか」「いい、いい。ほれ、行くぞ」そんなやり取りを交わし、男たちはハイエースとトラックに分かれて乗り込んだ。「お兄さん、取材がんばってね」ウインドウを下げて言い、走り去っていく。

さて、これからどうするか。とりあえず、このあとここに戻ってくるだろうオーナーを捕まえて話を聞きたい。それから運転者教育センターに向かおう。時間が許せば埜ヶ谷村にも行きたいところだが、さすがに日が落ちてしまうだろうか。

律はとりあえず車止めの縁石に腰を下ろして待つことにした。

両手を頭上にあげて伸びをした。背筋にキリリとした痛みが走った。改めて空気がうまいと思った。景色も視界を邪魔するものが少ないので見通しがいい。どこまでも長閑《のどか》である。ただ三日前、この地、この場でなんともやりきれない事故が起きた。

リュックからスマートフォンを取り出すと、つい先ほど女房の里美《さとみ》から着信が入っていたのに気づいた。いや、女房ではなく、元女房か。

折り返すと里美はすぐに応答した。

〈着いたの？　福井〉

「ついさっき到着したところ。今ちょうど例のコンビニにいる」

　里美には福井への出張と今回の取材の内容を伝えてある。

〈律くんも若いよね、バイクで行くなんて。でももうおじさんなんだからあんまり無茶したらダメだよ〉

　おれがおじさんならあなたもおばさんだろう、という台詞が出かかったが飲み込んだ。

「里美ちゃん、心配して電話くれたの？」

〈ううん。そういうわけじゃなくてさ〉あっさり否定された。〈猫ちゃんがさっきから尻尾《しっぽ》を垂直にピンと立ててずーっとあたしのあとをついて来るんだけど、これってどういうこと？　この子、何を訴えてるの？〉

　律が二日間家を空けることになったので、ペットである猫のヌコ丸を昨晩から里美の家に預けているのだ。ふだんは自宅近くのペットホテルを利用しているのだが、今回は予約が埋まっていて預かりを断られた。ペットを飼うなら東京なんかに住むんじゃねえと律は自分を棚に上げて憤慨した。

「ああ、それは機嫌が悪いんじゃなくて、単純にかまってほしいんだよ。ヌコ丸はかまってちゃんだから」

〈あら、そうだったの。――かまってほしかったんでちゅか。よちよち〉

　電話の向こうから、律より二つ年上の里美の猫撫《ねこな》で声が聞こえた。

　ヌコ丸は今年の春先に律の家にやってきた。ある晩、律がアパートに帰ると外廊下に子猫が置物のように佇《たたず》んでいたのである。生後間もない様子だったので、不審に思うのと同時に親猫はどうしたんだろうと心配したが現実的に飼うこともできないので、律は心を鬼にして、シッシッと子猫を追い払いドアを閉めた。ところがその晩は子猫が気になって眠れなかった。潤んだ愛らしい瞳《ひとみ》が脳裡《のうり》から離れなかったのだ。

翌朝、まさかいないだろうと思ってドアを開けると子猫はまたそこにいた。これはもう運命だと思った。律は、桃太郎のバアさんや、かぐや姫のジイさんの気持ちがわかった気がした。

こうしてヌコ丸との生活が始まったのである。もっともこの話を人にするたびに、「ウソつけ」と信用してもらえないのだが。

「ところでご飯はちゃんと食べてる？」

〈律くんにもらったキャットフードを与えたけど、半分残してる〉

「ウソ？　あいついつもペロリと平らげるのに。環境が変わったせいかも」

〈たぶん、さっきサンマの塩焼きを食べたからだと思う〉

聞き捨てならない話だった。「ちょっと待って。サンマの塩焼きなんて食べさせたらダメだって。言ったでしょう、キャットフード以外与えてないって」

〈美味《おい》しそうに食べてたけど〉

「そりゃ食べるでしょうよ、猫なんだから。サンマなんてご馳走《ちそう》じゃない」

〈でも昨日の夕飯の残り物だし〉

「いや、そういう問題じゃないんだよ」

〈実里《みのり》がね、もう可愛い可愛いってうるさいの。あの子、一人っ子だからすっごいうれしいみたい。きっと今日は学校から走って帰ってくるよ〉

「話を逸《そ》らさないでよ」

実里とは律と里美の間に生まれた七歳の娘である。ちなみに離婚が成立した直後に里美のおめでたが判明するという、なんとも間の悪いタイミングでの懐妊だった。律はその当時、形容しがたい複雑な感情に支配されていたことを未だ手に取るように覚えている。ちなみに無事に産まれた娘とは今でも月に二度のペースで会っている。

〈それより聞いて。明日やっかいな公判が控えてんの。上告後の終審ね。検事と弁護士が犬猿の仲だからもう意地の張り合い〉

律は鼻から息を漏らした。「ちなみにそれはどんな事件なの？」

〈殺し。犯人は心神耗弱状態のフリして芝居打ってるけどもうミエミエ。だけどアホ弁護士がその線で押し切ろうとしててあきらめないわけ〉

「よくわからないけど、なんだか大変そうだね」

〈大変っていうかめんどくさい〉

「ふうん。で、話を戻すけど、ヌコ丸の食事は——」

〈じゃ、そういうわけで取材がんばってね〉

「あ、逃げるなっ」

叫んだときにはすでに通話が切れていた。スマホを睨み、舌打ちした。ったく、里美の奴め。

ずぼらな性格で物事をなあなあに済ませるのが里美という女性である。そしてそんな彼女の職業が裁判官――正確には判事補――なのだから奇天烈《きてれつ》もここに極まれりだ。この国の司法界はいったいどうなっているのか。

聞くところによると日本に裁判官は三千人弱いて、その内女性裁判官は四分の一ほどらしい。だがシングルマザーの裁判官というのは里美以外にいるのだろうか。一度彼女に訊ねたことがあるが、「さあ。どうだろ」と興味もない様子だった。

そんなお堅い公職に就いている里美との離婚の原因は、価値観の相違というベタなものだ。里美から切り出されたのだが、律は未だに釈然としていない部分がある。記憶する限りさほど喧嘩《けんか》をしていたわけでもなく、決定的に意見が食いちがうようなこともなかった。ただ、結婚生活というよりは共同生活に近かったのはたしかだ。互いに朝から晩まで働き、家に帰って泥のように眠る。食事は別々に外食で済ませていた。子供が中々できなかったこともあるだろう、関係は夫婦という形には程遠かったかもしれない。

律が素直に離婚を受け入れたのは、「どちらか一方が別れを切り出した場合、いかなる理由があっても素直に応じること。離婚調停はなし」という独自の誓約を交わしていたからだ。それに、里美は一度決めたことは絶対に曲げない。今では、「いつかまたくっつくかもね」なんて言い合っているが、どうなるかはわからない。もっとも律も今の距離感に不満はないのだが。

それからほどなくして、原付のバイクが乾いた音を立てて敷地に入ってきた。ボーダーシャツに細身のジーンズを穿いた若い女が運転している。

女は店の脇にバイクを停めると、ヘルメットを取り、ミラーに向かって前髪に手ぐしを入れた。

律は腰を上げ、近づいて声を掛けた。「もしかしてここの従業員の方ですか」

女は警戒の顔つきで身を引いた。

間近で見るとまだ十代と思しき幼い顔立ちだった。丸く凛《りん》とした瞳に小ぶりな鼻、素肌は抜けるように白い。そして長い黒髪をうしろで一つに結っている。あの髪留めを外したら毛先が腰まで達しそうだ。

律は先ほどの男たちにしたように自己紹介を済ませ、話を聞いた。名前は内方七海《うちかたななみ》、年齢は十七歳。少し前からここでアルバイトをしていたという。

「大変な事故でしたね。店長さんも気の毒なことになってしまったし。お悔やみ申し上げます」

彼女は会釈程度に頭《こうべ》を垂れた。

ここへやってきた目的を訊ねると、置きっ放しにしていた荷物を取りに来たのだという。警察からこの時間を指定されたのだそうだ。勝手に現場に入ってはならないからだろう。

律はふと気になったことを訊いてみた。

「もしかして事故のとき、一緒に勤務していたアルバイトって」

「……わたしです」

ビンゴだ。心の中でガッツポーズをした。

「事故が起きたとき、内方さんはレジの中にいたと報道されていましたが、事実でしょうか」

「はい」

「怪我は？」

「ありません」

「それは何よりでしたね。事故の瞬間――」

「あの、ごめんなさい。わたし、急いでて」

彼女はチラッと店舗の方を見た。

「じゃあ荷物を取ってきたあと、少しだけ話を聞かせてもらえませんか。急いでるところ申し訳ないんですが」

彼女は曖昧《あいまい》に頷《うなず》くと、小走りで出入り口に向かい、ブルーシートを開いて中へ入って行った。

どうやらあまり口の軽いタイプではなさそうだ。だが早速こうして当事者に会えた。ここで待っていれば被害者の父親だって戻ってくる。今回の仕事は幸先《さいさき》がいい。

2

ほんの一分ほどで内方七海は店から出てきて、そのまま彼女の方から律のもとへやってきてくれた。だが、

「ごめんなさい。わたし、このあと用事があって時間が取れんのです」

あらら。「数分だけでもお願いできませんか」

「ごめんなさい。ほんとに急いでて」

言いながら彼女は逃げるように自分のバイクの方へ向かっていく。その背中をついて行った。

「じゃあその用事が終わってから。もしくは明日でも構いません」

食い下がる律に彼女は困り顔を見せ、その頭にヘルメットを被《かぶ》せた。

なるほど。取材を受けたくないのか。マスコミは無条件に敬遠しているのかもしれない。

「事故を実際に目撃したのはあなた一人だから、どうしてもそのときの様子を教えてもらいたいんです。名前を出されるのが嫌なのであれば伏せ字を使うことも約束します。わたしの仕事はこういう悲しい事故が繰り返されないよう、少しでも多くの人にこの出来事を知って――」

エンジンが掛かり、言葉が遮断された。

律は吐息を漏らした。「じゃあ、これ、わたしの名刺なので気持ちが変わったら連絡をください。お願いします」

行く手を阻むように名刺を差し出した。彼女は逡巡《しゅんじゅん》していたが、やがてそれを受け取り、肩から提げていたポーチの中にしまった。そして律に向けてわずかばかり頭を下げて見せると、アクセルをひねり、乾いたエンジン音を響かせ、走り去って行った。

律は再び鼻息を漏らし、離れゆくバイクを薄目で見つめた。まあ、仕方ない。彼女のコメントがなくとも記事は書けるし。

そうして己を慰めていると、例の黒のレクサスが戻ってきた。結構な勢いで敷地に入って来る。やはり運転が荒い。

車から降りてきた男は五十代半ばだろうか、身長は低いものの、でっぷりと肥えていた。動くたびに腹の肉が揺れている。この男が店のオーナーであり、被害者の父親だ。

車の音で気づいたのか、ブルーシートの中からスーツ姿の若い男が出てきて、オーナーに歩み寄って行った。二人はそのまま立ち話を始めた。

離れているので会話は聞こえないが、何やら揉めている様子である。オーナーは目を剝《む》いて身振り手振りで何かを訴えている。一方、スーツ姿の若い男は苦り切った顔でひたすら低頭していた。

律はそっと二人に近づいて行った。

「こっちは息子を殺されて、店まで破壊されてるんやぞ。ほれやのに商品の返品が出来んって、おまえらあんまりでねえか」

「いや、ですから、これから改めて対処の仕方を本部に確認――」

「何が確認や。あかんくなっつんた商品の返品、店舗の補修、営業機会損失の休業補償、すべて面倒見るのが責任ってもんやろう。なんのためのフランチャイズや。毎月バカ高《たけ》え配分だけ掠《かす》め取っていくくせにこういうときはオーナー様の自己負担か。冗談もたいがいにしねま」

「ですが、そういったものは本来加害者の方が補償すべきものでして――」

「ほやさけなんべんもいうてるやろう。加害者は年金暮らしの身寄りのねえジイさんなんやって。対物どころか、自賠責すら入ってえん。おまけに財産は自宅にある家具だけときやがった。じゃあ何や、こっちは泣き寝入りか。おい、答えてみろ」

「答えてみろと申されましても……」スーツの男はハンカチで額を拭《ぬぐ》っている。「改めてわたしも社に掛け合《お》うてみますで――」

「おまえみたいな平《ヒラ》じゃ埒《らち》があかん。上の人間を連れて来《こ》いま。そいつと直《じか》に話つけるで」

オーナーは鬼の形相で口角泡を飛ばしている。

そんな話を盗み聞きしながら、律は体温が上昇していくのを感じていた。自賠責がない？　だとすると、事故を起こした軽トラックは車検が切れていたということになる。

そんなことはどこのメディアも報道していなかったはずだ。スクープかもしれない。

ほどなくして警察の面々が店舗からぞろぞろと出てきた。

「おい。あんたら聞いとくんね。こいつの会社はおれに金を払えと要求してきてるんや」

「いや、お金を払えとは——」

「おんなじことやろうが。傷口に塩を塗り込むような所業や——おい、素通りして行くなま」

「石橋さん、申し訳ないけど警察は民事不介入やでさ」年配の警察官が困り顔で言った。

「民事やと？　刑事事件やろうが」

「そりゃあ事故に関してはそうや。ほやけど、建物の補修やとか商品がどうやとかほんなのは警察は首突っ込めんのやって」

「こいつの会社の手口はヤクザやげや。いや、フォーユーなんて謳《うと》うていい人ヅラしてる分、ヤクザよりタチが悪いわ。あんたら警察かってそうや。さっきから口を開けば事故事故連発して。事故でのうてれっきとした殺人やろうが。おれの息子は死んでるんやざ」

オーナーはこめかみに青筋を立ててがなっている。この男からは是が非でも話を聞きたいが、今割り込んでいくのは躊躇《ためら》われた。それほどの剣幕なのである。

オーナーとFYの補償問題か。律は頭の中で思考を巡らせた。ありふれた高齢者ルポよりも、この題材の方が世間の耳目を集めるかもしれない。とくに今回に至っては弁償義務のある加害者がその責務をまっとうできない状況にあり、結果、被害者の父親でオーナーであるこの男が窮地に立たされている。こういった状況下で、FYマートがどういう態度に出るのか。

何はともあれ、まずはこの男、被害者の父親から話を聞かねば。

そんな思索に耽っていると、スーツ姿の男が逃げるように場を離れ、会社の車に乗り込んだ。車内で誰かと携帯電話で話をしている。上司に助けを求めているのだろうか、遠目にも泣きそうな顔をしているのがわかった。

そのとき、先ほど店内で話をした年配の警察官が律の方を見て、声を発した。

「おーい、記者の人。さっきまでここにいた掃除屋のあんちゃんら、どこ行ったんや?」

掃除屋ではないだろう。「別の現場に向かったようですよ。夕方にまた戻ってくるようなことを言ってましたけど」

「なんやあそれ。待っててくれってあれほどいうたのに」

どうやらうまく連携が取れていないようである。

「おい、あんた記者か」オーナーが大股《おおまた》で歩み寄ってきた。「どこの会社や」

頭に血が上っているとはいえ、実に横柄な物言いである。

律が名刺を差し出し身分を明かすと、男は好都合とばかり顔を上気させた。

「ひでえもんやざ。散々やわ。息子は死ぐし、店は壊れるし――おれが何したっていうんやって。なんでおれがこんな目に遭わなならんのや」

男は先ほどの勢いのまま捲《まく》し立てる。

「このたびはご愁傷様でした」

「もうご愁傷様はやめとくんね。昨日一生分聞いたでな」

「昨日が告別式だったんですか」

「あんた記者やのにほんなことも知らんのか。ほや、一昨日が通夜。昨日が告別式。どいつもこいつも口を開けば取り決めたようにご愁傷様や」

葬儀とはそういうものだろう。

「どうせあいつら腹の中で笑《わろ》うてるんや。いい気味や思ってるんやろう」

どうやらこの男、中々捻《ひね》くれた性格の持ち主らしい。とりあえず律はメモ帳とボールペンを取り出し、男に質問を始めた。

男の名は石橋宏《ひろし》、年齢は五十六歳、コンビニオーナーは副業で、本業は金融業とのこと。「金貸しだよ金貸し」と口の端を持ち上げて言っていた。石橋宏はその他にも手広くビジネスを展開しているらしく、県内にいくつかの飲食店を持ち、中古車販売も行っているということで、そんな話をしているときは少し得意げな表情を見せていた。なんにせよ、想像していた被害者遺族とはずいぶんイメージがちがったことはたしかだ。

「石橋さん、最後にこの書類にサインしてちょうだいな」

警察官が離れた場所から声を上げた。

石橋宏が舌打ちをし、「あんた、このあと時間あるか？」と訊いてきた。

十五時には運転者教育センターに行かねばならないが、「一時間程度であれば」と答えた。

「じゃあうちに来とくんね」

「はあ。ご自宅にですか」

「こんなところじゃゆっくり話もできんやろう。被害者遺族に対するFYマートの冷たい仕打ちを記事にしてくれや」

なんだかキナ臭い香りが漂ってきたが、渡りに船と思うことにした。最終的に記事にするかどうかはこちらの判断である。加害者の住んでいた埜ヶ谷村へは明日行くことにしよう。

カァー。ふいに上から鳴き声がして律は天を仰いだ。頭上の電線で真っ黒なカラスが列を成し、羽を休めている。

3

見張りの警察官を一人残し、その他の人間は車で去って行った。律は石橋宏の乗るレクサスの尻をバイクで追走した。彼の運転があまりに荒いので改めて驚いた。うしろに律が付けていることを知っているくせに信号が赤に変わるギリギリのタイミングで交差点に突っ込んだりするのだ。福井の人々は概ねのんびりとした運転をしている様子なので、やたら車線変更を繰り返す彼の乱暴な運転はよけいに目立っていた。

石橋宅はコンビニから車で十五分ほど離れた、閑静な住宅街にあった。辺りは等間隔でいくつもの家が立ち並んでいるが、東京のようにそれぞれが隣接していない。一つ一つの敷地も広く、家屋自体も大きい。その中でも石橋宅は一際大きく、目を引いた。築年数もさほど経っていないだろう、一見して豪奢《ごうしゃ》な造りをしているのがわかった。母屋から十メートルほど離れたところには平家の離れもある。敷地にある駐車場には、赤のスポーツカーと、白のマーチが紅白まんじゅうのように並んで停まっていた。スポーツカーの方はフェラーリのスパイダーだった。価格にして三千万は下らない。レクサスはその並びに加わって停まった。降りてきた石橋宏に早速訊く。

「このスパイダーは昇流さんのものですか」

真っ赤な車体をためつすがめつ見ながら言った。フェラーリは好みではないが、律は根っからの車好きである。

「冗談いうたらあかん。全部おれのもんや。だいたい、昇流は運転できん」

亡くなった被害者、彼の息子は自動車の免許を持っていなかったのだという。地方に住む若者にしては珍しいが、そんなわけで彼の妻であり被害者の母親である多恵《たえ》が、息子の仕事の送迎を担っていたそうだ。駐車場から玄関に向かいながらそんな情報を教えてもらった。

通された居間は二十畳はありそうだった。置かれている調度品も高級そうである。

また、壁や棚の上など、いたるところに昇流の幼少期の写真が飾られていた。学生時代にもらったのであろう、なんらかの賞状も額縁に収まっていた。妻が几帳面《きちょうめん》なのだろうか、物は多いが整理整頓《せいとん》が行き届いている。

律が「奥様は」と訊ねると、彼は天井を指差した。寝込んでいて起きて来ないらしい。突然一人息子を亡くしたのだから気持ちは察するに余り有る。父親であるこの男の態度の方が不自然なのだ。憔悴《しょうすい》が正しい姿でもないが、妙に意気軒昂《けんこう》としているのも奇妙に映ってしまう。

律が「ご焼香を」と切り出すと、「いい。ほんなもん。まだ仏壇かって用意できてえん」とあしらわれた。続いて最近の昇流の写真を見せてほしいと願い出ると、彼は抽斗《ひきだし》から一冊の薄いアルバムを取り出し、「これが一番最近のや」と手渡してきた。

見るとそれは成人式のものだった。髪を茶に染め、派手な羽織袴《はかま》を着た若者が写っている。石橋昇流の年齢は二十八歳、ということはこれは八年前の姿である。でっぷりと肥えた父親とはちがい、長身痩軀《そうく》で頬が痩《こ》けており、顎《あご》が尖《とが》っている。目が細く、吊《つ》り上がっていた。

律はチラッと目線を上げた。目の前のこの男とは似ても似つかない――。そんな律の心を読んだのか、「妻の連れ子だよ」と彼はニヤリと笑った。結婚したのは十五年前、そのとき昇流は中学生だったという。

なるほど。だからさほど哀しみに暮れていないのか。だがそれもさみしい話だ。

ソファを勧められ、そこに腰を下ろす。続いて「何か飲むか」と訊かれたので、「すみません。ご馳走になります」と答えると冷蔵庫から瓶ビールを取り出してきたので面食らった。

「あのう、自分はバイクなので。このあとも移動しますし」

「おれかってこのあと出掛ける。夕方にはまたあそこに戻らなあかんくなったしな。立ち会いなんて必要ないで勝手に片付けてくれりゃあいいのに。ま、とりあえず一杯くらいやりぃな」

「すみません。アルコールでないものをいただけると」

彼は鼻を鳴らし、再び冷蔵庫に向かうと、中から麦茶を取り出し、コップに注いで差し出してくれた。ただし、本人はビールをグラスに注いでいる。

「ふう」一息に飲み干し、手の甲で唇を拭《ぬぐ》ってから彼は口を開いた。「田舎の飲酒運転は罪にはならん」

「は?」

「あんた国はどこや」

「東京です」

「ここに来るまでにいくつか飲み屋があったろう。どこかって駐車場つきや。そんな土地なんや、ここは」

「取り締まられないんですか」

「ほんなことしたら地元の飲み屋が潰れてまうやろう。ま、仮に捕まってもおれは平気やけど」

「なぜです？」

「警察に顔が利くでな。ちなみに代議士の先生たちとも昵懇《じっこん》の仲や。所詮《しょせん》、田舎は地縁血縁がモノをいう」

「そういうものですか」

「ほんなもんや」

そんなことをいうものだから、長くこの土地にいるのかと思ったら、石橋一家がここ牧野市へやってきたのは八年前だという。その前もここから車で一時間ほど離れた県内の町に住んでいたそうだが。

律は麦茶で喉《のど》を潤してから取材準備に取り掛かった。ボイスレコーダーを起動させ、メモ帳を開き、ペンを手にした。「改めまして、いくつかお話を聞かせてください」

「いくらでも」と鷹揚《おうよう》に構えた石橋宏だったが、「いや、やっぱり待ち」と手のひらを突き出して律を制した。

「あんたが書いた記事をこちらが事前にチェックさせてもらうことはできるんか」

言葉に詰まった。取り立てて問題はないが、迂闊《うかつ》にこういった約束をすると後々自分の首を絞めることがある。

「できんのならおれは何も語らん」

ここまで連れて来てそんなことを言う。「わかりました。約束致します」

そう返答したものの彼は律を見定めるように睨んでいる。そしてスッと立ち上がると、隅に置かれていたデスクトップのパソコンに向かい、キーボードをカタカタと打ち始めた。「あの、何を？」と訊いても答えてくれない。

その後、彼はプリンターで一枚の紙を印刷し、律に差し出してきた。

まさかと思ったが、それは誓約書だった。内容は記事の文面に事前に目を通させることを約束させ、反故《ほご》にした場合には違約金として百万円を支払うよう明記されていた。違約金であるにも拘《かか》わらず、百万円の横に（税別）とまで書かれている。

開いた口が塞《ふさ》がらないが、仕方ない。破らなければいいだけのことだ。

捺印《なついん》を求められたが、印鑑を持っていないので拇印《ぼいん》で対応した。「お話しいただいた内容が必ずしも記事になるとは限らないこともご了承願います」念のため釘《くぎ》を刺しておいた。

律は気を取り直して、取材を開始した。「お店がオープンしたのは一年前と聞きましたが、それまではガソリンスタンドだったとか」

「ほう、よう知ってるな。儲《もう》からんでやめたんや。土地を遊ばしとくのももったいない思てコンビニを始めたんやけど、失敗やった。まさかこんなことになるとはな」

「息子さんが店長を務めていたそうですが、息子さん、その前は何を？」

「プーやプー。ろくに働きもせんと、母親に金せびっては遊び呆《ほう》けてるで、これならやれるやろうと思て店任したんやけどな、結局あかんやつは何をやってもあかんわ」

「業績は芳しくなかったと」

「ああ、最悪。赤字垂れ流しや。もうここいらで店を畳もうと考えてたくらいや。ほやさけぇ今回の事故でうまいこと金もろて清算できると思てたんやけどの」

この男の想像以上の曲者《くせもの》っぷりに思わず眉《まゆ》をひそめてしまった。そんな律の顔を彼は目を細めて見ている。

「あんた、今こう思てるんやろう。息子が死んだにも拘わらず、金の心配かって。いうとくがおれは徹底した現実主義者やでな。悲しみに暮れたところで死んだ人間は帰ってこん。ほれなら生きてる者の利を考える方がよっぽど健全やが」

「息子さんが亡くなられて、悲しくはないのですか」

つい口をついてそんな台詞が溢《こぼ》れてしまう。血の繋《つな》がりがないとはいえ、十五年共に暮らした息子だろう。

彼は「悲しみねえ」と漏らし、たるんだ顎をさすっている。そこから感情は読み取れない。

律は咳払《せきばら》いをして、取材を再開した。「加害者は八十六歳のご老人でした。高齢者の運転は今や社会問題となっております。これについて石橋さんはどういったご意見をお持ちでしょうか。これは被害者遺族としてというより、一個人のお考えを教えていただけると」

「年寄りの運転、か――」思案顔を作っている。「おれはジイさんやろうがバアさんやろうが誰が運転しようが構わん。ただし、ケツ拭けるならな」

意外な答えが返ってきた。

「つまりこういうことや。たとえ事故を起こしたとしても賠償責任を果たせるなら乗っても構わんが、それができんのなら乗る資格はないってことや。今回の事故やったら加害者のジジィは資格を持たんで運転してたんやで大罪やわ」

「先ほど店先で、加害者は保険に加入していないとおっしゃってましたが、事実でしょうか」

「ああ、任意保険どころか、自賠責すらねえときた」

ということはやはり事故を起こした軽トラックは車検が切れていたことになる。なぜ、加害者はそんな車を運転してしまったのだろうか。

「ちなみに、加害者が認知症を患っていたというような話はあるんでしょうか」

「わからん。今調べとるんやと」

報道でも、『加害者の男性には認知症の疑いがあり、今後警察は認知機能検査を受けさせる方針です』とニュースキャスターが話していた。はたして結果は出ているのだろうか。

「なんべんもいうけども、ジイさんの状態なんて今更どっちかっていいちゅう話や。大事なのは保険の有無や。もう地獄やぞ。昇流はまだ若かったやろう、ふつうなら自賠責で満額三千万がおりるはずやったんや。それがまさかのゼロやぞゼロ。悪夢みたいな話やろうが」

「ということは、加害者が個人的に賠償するしかないわけですね」

そう言うと彼は鼻を鳴らした。「事故起こしたジジィはな、身寄りはねえ、蓄えもねえ。年金暮らしの穀潰《ごくつぶ》しや」

無い袖《そで》は振れないというわけか。たしかに悲惨な話だ。

「ったく。殺してやりてえよ。あのジジィが生き埋めになっとったらよかったんや」

生き埋め――。落井正三は半年程前、山崩れ被害のあった埜ヶ谷村の人間である。当然、この男もそれを知っていての発言だろう。

「それが加害者に向けてのコメントでよろしいですか」

「いいわけないだろう」と目を剝き、少し間を置いて語を継いだ。「どうか息子を返してくれ」無表情で言い、「これが記事用な」と付け加えた。

「では、本音は」

「死んでも金《かね》を練り出せま」

とても息子を殺された父親の台詞とは思えない。無論、こうした発言は記事にされないことを前提に話しているのだろうが、それにしてもである。

続いて、事故当日についていくつか質問した。

彼は事故の一報を受け、仕事先から車を飛ばして現場に向かったのだという。ただし、事故発生から約一時間後、現場に到着したときには息子の昇流は救急車で病院へ運ばれていてその姿はなかった。店の被害状況に「さすがにおれも呆然《ぼうぜん》とした」とのこと。

「店内には防犯カメラが設置されていましたよね。そこに事故の様子が映っていると思うのですが、ご覧になりましたか」

訊くと彼の顔が途端に曇った。「もちろん」

「可能だったらわたしにも見せてもらえませんか」

「あんたも悪趣味やな。人が死ぐ瞬間やぞ。それにあんたは紙屋やろう。映像を見たところでなんになる」

「それはごもっともなんですが」律はこめかみをポリポリと掻いた。「わたし以外のマスコミからも映像提供を求められませんでしたか」

「ああ、しつこいくらいにの。けど、全部断った。FY側からもあかんて釘を刺されたしの」

「おせっかいかもしれませんが、世間の注目を集めたいのであれば、テレビなどで事故の映像を流してもらった方が石橋さんにとって都合がよかったのでは」

「あまりにむごいんや、ほれが。衝撃映像過ぎてどうせテレビでも流せん」彼は目線を逸らして言った。「ほんなことより、遺族がどんだけ追い詰められてるかをきっちり書いてや。大事なのは事後被害なんやで」

律は目を細めて前の男を見た。どうも映像について触れてほしくなさそうな雰囲気である。

「そういえば先ほど警察は現場で何をされていたんでしょう。何かを捜している様子でしたけど。現場検証は済んでいるというし、事故から四日目の今日、まだ店内が片付いていないのも不思議に思っていたのですが」

それに対しての彼の返答は以下のようなものだった。

警察の現場検証は事故当日に行われ、一方店内の片付けは当初、翌日の明るいうちに予定されていた。それを差し止めたのがほかでもない石橋宏だった。理由は不良と化した商品の買い取り問題でFYと揉めたからである。解決するまで誰一人店に足を踏み入れるなと言いつけたらしい。警察といえど、現場検証が済み片付けの段になると、私有地ゆえ勝手に敷地に入ることができなかったのだろう。結局のところ解決に至らぬまま今日を迎え、彼もさすがにこのまま放置しておくわけにもいかず、警察立ち会いのもと業者を呼んだとのことであった。ちなみに警察の捜し物については、「よう知らん」という。

「FYは店が被った損害に対して、知らんぷりや。いくらなんでも鬼や思わんか？　さすがにオーナーが不憫《ふびん》やと思うやろう。ちゅうわけで、その辺りをうまいこと記事にまとめてもろうて世間の同情票を買いたい」

「はっきり言いますね」

「正直者やでな」

「ちなみにFYとのフランチャイズ契約の内容はどういったものになっているんでしょうか」

　そう訊くと彼は一つのファイルを取り出し、その中から契約書を抜き取って手渡してきた。

　数分時間をもらい目を通す。その中に店舗総合保険の項目があり、火災、地震などによる天災被害があった場合、保険会社から規定の額の保険金が支払われるという文面が明記されていた。その保険会社とFYとの間に資本関係はないが、業務提携をしているようである。

　律がその保険について指摘すると、

「もちろん加入してる。車が店に突っ込むのだって天災扱いやろう。など、ってところがミソなんや。弁護士もそういうてた」

「すでに弁護士に相談を？」

「当然」

「しかしこうして保険がおりるということは、FYはしっかり――」

「ああ、わかってるでみなまでいうな。きっと保険自体は満額おりる。ほやけども渋いんだこれが。おれが入ってたのは松竹梅でいえば梅や。月々の保険料をケチったのが裏目に出たんやわ」

　彼は苦虫を嚙《か》み潰したような顔をしている。

「ちなみにそれはいくらほど?」

「満額で八十万。それっぽっちじゃ建物を補修するにしても、取り壊すにしても足が出るのは間違いねえ。となるとや、見舞金って形でFYから金を引っ張るしかねえやろう」

そんな物言いに不快さを覚える一方、頭の片隅でマスコミ特有の、いやらしい考えも首をもたげていた。この男の野卑であさましい人間性をそのまま記事にしてみてはどうだろうか。誓約を破っても百万円程度なら編集長の佐久間はゴーサインを出すかもしれない。

高齢者の運転問題、コンビニの補償問題、遺族の狡猾《こうかつ》な裏の顔、興味を駆り立てるのは間違いなく最後だろう。世間の同情を逆手に取って企業から金をふんだくろうとする強欲で下劣な根性。立場上、絶対的被害者にちがいないが、この男なら情けは無用な気がする。

なんにしてもこの事件は引きのあるネタが沢山ある。

ここで石橋宏の携帯電話がメロディを奏でた。彼はすぐさま応答すると、「ええ、ええ」と事務的な口調で応対をしていた。

五分ほどで通話を終えた彼は歯茎を見せて笑んだ。その顔に若干のほころびが見える。

そして彼の方から、「今の電話、なんや思う」と質問をしてきた。

「さあ。見当がつきませんが」

「保険屋やよ。コンビニでのうて、昇流のな」

「実に円滑や。ま、当然やがな」

「息子さんの？　生命保険ですか」

「ああ。一千万」彼は顔の前で一本指を立てた。「せめてもの慰めやけど、こっちの店の損害を考えると結局往《い》って来いやな。こんなことになるんやったらもっと保険料上げときゃよかった」

　昇流の年齢は二十八歳。生命保険に加入していても不自然ではない。親が受取人になっているのも未婚ならば普通だろう。ただ、この父親を前にしていると妙な想像を働かせてしまう。

「被害者は地元FYマートで慎《つつ》ましく働く青年やった」

　突然、彼が言った。腕を組み、薄目で虚空を睨んでいる。

「オーナーである被害者の父親は、そんな最愛の一人息子を奪われた上、店を大破され、さらには加害者が保険に加入していなかったため、弁償金も得られず、経済的にも窮地に立たされている。こういった悲惨な状況の中で、FYマートは金を出さず、不良と化した商品の買い取りまでこのオーナーに要求している。契約上、FYマートに負債を肩代わりする義務はないが、こういうときにこそ慈悲の心を以《もっ》て加盟店に救済の手を差し伸べることが、企業としてのイメージアップに繋がるのではないだろうか――まあ、こんな具合か。おい、今のをあんたなりにうまいこととまとめてくれや。文章書くのはお手のもんやろう」

　ここまでくると笑えてきてしまう。「先ほども申し上げましたが、一切金を出さずというところは事実とちがうでしょう。保険金がおりるわけですから」

「ほんなことは書かんでいい」

「いや、そういうわけにはいきませんよ。それに企業相手にこういった記事を載せるからにはこちらもしっかりFYに取材をしてからでないと」

「ああ、ほれはどんどんやってくれれね。マスコミから圧力がかかればあいつらかって態度を変えるかもしれん。世間を敵に回して商売はできんってことをわからせてやるんや」

わからせてやるかどうかはさて置き、いずれにせよFY側とはコンタクトを取りたい。

「先ほど店先でお話をされていたスーツを着た若い男性が、お店のご担当の方でしょうか」

「ああ。あんな若造をSV《スーパーバイザー》につけるで売上も上がらんのや」

「彼の名刺などをお持ちであれば見せていただけると助かるのですが」

そう願い出ると彼は名刺を捜し出してきた。律がそれを書き写そうとすると、「やる」と顎をしゃくられたので、名刺をメモ帳に挟み込んだ。

とりあえず石橋宏には改めて連絡をすると約束して、家を辞去することにした。彼は玄関先まで見送りに来て、「頼むで」と手を差し出してきたので、仕方なくその手を握り返した。

バイクにまたがり、家の敷地を出て少ししたところで、ふとブレーキを掛けて停まり、振り返って今一度石橋宅を仰ぎ見た。

石橋宏。稀《まれ》に見る強烈なキャラクターであった。はたして亡くなった息子の昇流はどういった人間だったのだろう。なんだか興味が別のところに向かってしまっている。

4

十五分ほどバイクを走らせて、大通り沿いにある全国チェーンのファミリーレストランに入った。せっかく福井に来たのだから名物だというソースカツ丼を食べたかったのだが、昼食時を過ぎているせいか、道中寄った二つの店は支度中になっていた。さらに探し回る気力はなかった。お腹と背中が今にも接吻《せっぷん》しそうな勢いなのだ。

ファミリーレストランの中は閑散としていた。というより律以外に客が見当たらない。貸切というのもなんだか居心地が悪い。

メニューは東京と変わらなかった。いつものチーズオムライスを頼み、待っている時間を利用してホリディの編集長の佐久間に電話を掛けた。

被害者遺族と会ったことを伝えると、佐久間は電話の向こうでケラケラと笑った。

〈これまた俗っぽい親父だな〉

「俗っぽいなんて形容詞は美しすぎます。あれは結構なクズですよ」

そう言うと、佐久間はまたおかしそうに笑い声を上げた。

「目の前にすると笑えないですからね。ゾッとさせられたんですから」

〈なるほど。でもそれを記事にすんのはちょっとなあ〉

「やっぱり誓約書は失敗でしたか」

〈いや、そんなのどうでもいいんだけどさ、石橋宏だっけ、そのオーナーの品性がどうだとかってことを書いちゃうと肝心の高齢者の運転問題がぼやけちゃうじゃない。やっぱり趣旨は変えたくないのよ。一応うちは社会派なわけだし〉

社会派？　世間にはゴシップ誌だと思われている。

〈ただし、オーナーの窮状は取り上げてみてもいいけどね。おもしろそうだし〉

「でもそうなるとあの男の思惑通り進んじゃうじゃないですか」

〈うん。何か問題でも？〉

「問題でもって――癪《しゃく》じゃないですか。あんな奴に手を貸すなんて」

〈いいじゃない別に。息子が亡くなってるのは事実なんだし。その上、補償もないわ、店も壊れるわじゃ、もう地獄じゃない〉

「そりゃ、そうですけど」ここで思い出した。「ああ、金といえば――」

息子の昇流に生命保険が掛けられていたことを言い忘れていたので伝えた。それにより、石橋宏に一千万という金が転がり込むことも。

「なので結果だけみれば石橋宏はプラスになってるんですよ」

〈生命保険を勘定に加えるのはちょっと乱暴なんじゃない〉

「まあ、そうですけど」

〈でもさ、これが事故じゃなく、保険金目当ての計画殺人だったりしたら〉

佐久間が悪戯《いたずら》っぽく言った。

「とんでもない大スクープですね」

〈うん。けど、ないな〉

まあそうだろう。実際に律もそんなことを考えているわけではない。それにもしも石橋宏が加害者の老人を使って息子を殺させたのだとしたら、車検切れの車なんかを使わせるはずがない。ちなみに事故を起こした軽トラックが車検切れを起こしていたことは真っ先に伝えたのだが、〈次まで持たないと思うなあ〉と佐久間はハナからあきらめている様子だった。どういうことかというと、ホリディは隔週誌であり、次の発売は十日以上も先なので、それまでに別の媒体がすっぱ抜いてしまうだろうと言っているのである。たしかにそうかもしれない。自分以外のマスコミがどこまでこの事故を追っているのか知らないが、遅かれ早かれ世に知れてしまうだろう。

ここでようやく注文したオムライスが運ばれてきた。店員に会釈して見せる。

「あーあ、なんかやる気なくなっちゃった」

スプーンを手にしながら当てこすりのように言った。ただ本心だ。いくら編集長の命令とはいえ石橋宏の先棒をかつぐのは癪で仕方ない。

〈そう言うなって。それにさ、オーナーにいくら世間の同情が集まっても結局のところＦＹは態度を変えないと思うぞ〉

「店舗総合保険があるからですか」

〈そうそう。だってそのための保険なんだし、元からそういう契約でしょってのがFY側の主張だよ。被害者が亡くなったことも、加害者が保険入ってないことも、それとこれとは別の話だっていうさ。元が外資だし、この手の揉め事はビジネスライクだよ〉

「あれ、FYって外資なんでしたっけ？」

〈日本で唯一の外資系のコンビニ。セブン-イレブンなんか外資だと思われてるけど、実際はちがうからね〉

「へえ、そうだったんだ。佐久間さんはさすがに物知りだなあ」

〈おちょくるな。で、俊藤ちゃん、一応FYにもあたってみなよ。責任者に問い合わせてさ〉

「そのつもりです。店舗の担当者の名刺も手に入れてますし」

〈わお。さすが。仕事が早い〉

佐久間の方こそおちょくっている。「どこまで答えてくれるかわかりませんよ」

〈まあまあ。でもあくまでFYもサブね。メインは高齢者の運転問題。これはブレないように。よろしく〉

「わかってますよ。今から運転者教育センターに行って取材してきます」

〈ほう。アポは？〉

「取れてます。そこに高齢者の運転問題について明るい人がいるんだそうです。社会問題ですし、啓蒙《けいもう》のためと伝えたら『ぜひ』と」

〈やっぱ俊藤ちゃんだなあ。君に頼んで正解だった。それじゃ、ババっと仕事終わらせて、美味《うま》いもん食って帰っておいで〉

通話を終えて、目の前のオムライスに目を落とす。あんなに腹が減っていたのに、いまの一言でなんだか食欲が失《う》せてきた。律は機械的に手を動かしてオムライスを平らげた。

5

敷地の周りは青々とした田んぼが広がっていて、遠くには背の低い山々がぐるりと連なっている。そんな場所に福井県奥越運転者教育センターはあった。

ここまでバスも出ているようだが、仮に最寄駅から歩くとなると三十分もかかるらしい。それゆえか、免停を食らって講習を受けに訪れているのに、自動車やバイクに乗ってやってくる不届き者がいるのだという。

「ま、どこにだっておかしな連中はいるってことです」

そう白い歯を見せて笑ったのは二十九歳の、霞《かすみ》が関《せき》から出向してきている国土交通省の役人だ。

名前は糸井《いとい》光一《こういち》。去年の春から福井県の交通問題の改善に当たっており、あと半年で任期を終え、また東京に戻るのだと教えてくれた。たしかにこの地に不似合いな垢抜《あかぬ》けた若者で、細身のスーツの着こなしが様になっていた。まさか東京の人間が出てくると思っていなかったので少なからず驚いた。

福井県は法改正に伴う措置で、今年に入ってから県内二ヶ所の運転者教育センターに看護師資格を持つ『講習指導支援員』を配置している。彼らが免許更新に訪れた高齢者の相談に乗るほか、認知機能検査の説明なども行っているのだそうだ。

この講習指導支援員の代表として、小野田寛子《おのだひろこ》という女性も取材に同席してくれている。彼女の正確な年齢はわからないが、おそらく五十半ばだろう。小野田はここ福井県の出身だが、東京で二十五年、看護師としてキャリアを積んだのち、臨床心理士の資格を取得して郷里へ帰ってきたのだという。化粧気はなく、地味な出《い》で立ちだが、理知的なまなざしと、落ち着き払った物腰が印象的である。

彼ら二人は、県内の多くの自治体と協力して交通啓蒙活動を行っているそうだ。

「あまり悲観的になる必要はないと思うんですけどね」

がらんとした講習室に糸井の声が響いた。律は机を挟んで彼と小野田と向かい合っている。となりの講習室では免許更新に訪れている者が講習ビデオを見せられているようで、耳を澄ますとかすかにその音声が漏れ聞こえてくる。

「大前提、わが国の交通事故死者数は年々減少していて去年は四千人を切っているんです。ちなみに車社会の草創期であった一九七〇年には、当時の国民の百人に一人が交通事故で死傷し、約一万七千人が死亡しています。それを考えれば現状は大いに評価されていい。マスメディアが悲観的な情報ばかり流して国民の恐怖を煽《あお》るから、統計に疎い人は勘違いしちゃうけど、事実はちがうんです。あ、俊藤さんはマスコミの方でしたね。失礼」

こいつあえて言いやがったな――。

この糸井という若者の言葉はどうも鼻につく。もっとも、マスコミが国民の恐怖を必要以上に煽っているというのは事実である。悲しいかな、自分もその内の一人であるのだが。

「たしかに全体の死者数は減少しているようですが、逆に六十五歳以上の死者数構成率は二〇一〇年に五十パーセントを超え、その後も年々上昇しています。これは欧米主要国と比べても際立って高いと言えます。この事実はどう捉えておられますか」

「ほう、よくご存じで」

いちいち発言が癇《かん》に障る若造である。

糸井が前髪を掻き上げた。「割合はたしかにそうです。ただ、これもデータを正確に分析しなくてはならない。というのも六十五歳以上の交通事故死者数の約半分が運転によるものではなく、歩行中の事故死なんですよ。これには日本の道路環境の未整備、とりわけ歩道における未整備が深く関わっているんです。わが国の交通社会は『自動車優先主義』によって短期間のうちに構築されたものであり、その歪《ひず》みがこうした形で顕在化してるというわけなんですね」

「つまり、日本の歩道がよくないと」

「端的に言うとそう。あくまで欧米主要国に比べてですが。たとえばイギリスなんかだと、自動車道、自転車道、歩道といった具合に明確に分別されているでしょう。ということは、国内の歩道を改善すれば、ある程度の交通事故を防げるわけですよ。身も蓋《ふた》もないことをいうようですが、高齢ドライバーをなんとかしようとするよりも、単純に道路工事に着手した方がよっぽど理に適《かな》っているし、結果が得られるんです。じゃあなぜ国は動かないのか。理由は三つ。莫大《ばくだい》な公費がかかる、日本の土地が狭い、国交省関係者に『人が気をつけさえすれば事故は起こらない』という考え方が依然として根強く残っている、これらがあげられるんです」

おまえもその関係者の一人だろう。糸井の話は理路整然としていて明快なのだが、どこか他人事に聞こえる。

「とても勉強になります」律は努めて大人の対応を見せた。「ですが、今回の取材の主軸は多くの高齢者がハンドルを握っていることについてですので、その点についてはどういった改善策が有効なのでしょうか」

「ぼく個人としては自動運転システムのスペックアップが現実的な策だと思いますけどね。ただ、我々の立場でできることとしては、講習と認知機能検査の徹底、これしかないですよ。なので、これからは小野田さんのような講習指導支援員が全国的に増えていくでしょうね」

糸井が隣に座る小野田に目配せした。

「お年寄りにとって自動車の運転というのはとてもナイーブな問題なんです」

そう前置きをした小野田の話は以下のようなものだった。

高齢者は運転の経験が長いことから、自分の運転能力に自信を持っている者が多く、実際にアンケートを取っても、自分は運転が上手だと思う、そう答える人の割合が高いという。しかし、年齢を重ねるにつれ、当然、基本的運動能力は衰えており、とくに視覚、聴覚などの感覚器は顕著に下降傾向が見られるのだが、日常生活においてはそういった衰えを実感する人も、こと自動車の運転となると、「それとこれとは別」となってしまうのだそうだ。たとえ他者から指摘を受けても、気分を害し、聞く耳を持ってはくれないらしい。

主観と客観の乖離《かいり》、ここに大きな問題があると小野田は語った。

「誰しも自分のことには盲目なんですね。だからこそ認知機能検査があるのですが――」

これもまた難しいのだという。認知症の診断はできても、認知症の人の運転能力評価はできないからである。

「自転車に長く乗っていない方でも、けっして乗り方は忘れませんよね。それと同じです。身体で覚えてしまっているんです」

「なるほど。そうなると、やはり自主的に免許を返納してもらうしかないわけですね」

「ええ。ただこれも簡単ではありません」

前述したように、高齢者の中には自分が自動車を運転できるということに誇りを持っている者も少なくない。その中には、自動車の運転こそが自立の象徴であり、自尊欲求の最たるものである者もいる。こうした高齢者に、子供や孫から運転を断念するよう安易に告げることはとても危険なのだそうだ。自分は家族のお荷物であるといった意識が芽生え、尊厳をひどく傷つけることになりかねないからである。

だからこそ、自分たちのようなカウンセラーが必要なのだと小野田は説いた。もっともカウンセリングを行っても、納得してくれない人もまだまだ多いのが現実なのだという。

「要は根っこにアンチ・エイジングがあるんですよ」

口を挟んだのは糸井だ。いつの間にか椅子に深く背をもたれ、足を組んでいる。

「欧米では老いた女性が派手な色の服を好む傾向がありますが、これなんかまさにアンチ・エイジングなんですよ。ただ、彼女たちは老いを拒絶しているわけではなく、受け入れているからこそ、そういう行動に出るんですね。それにひきかえ、日本の高齢者はアンチ・エイジングを大きく誤解している。老いを受け入れることなく、本気で老いを撃退しようと考えている節《ふし》があるんです。極論をいうと、『ピンピンコロリ』の最期を望んでいるんですよ。つまり心身共に活力のある中年期のまま終末期を迎えたいと願っている。わが国において、運転免許を手放そうとしない高齢者が多いのには、こうした日本人的志向も背景にあるんです」

「それは糸井さんの持論でしょうか」

糸井の顔が強張《こわば》った。「ええ、まあ。ただ、大きく外れてはいないと思いますが」

となりの小野田は鼻白んでいる。日頃からこの若者に辟易《へきえき》しているのだろう。

「ここまで全体論としてお話を伺いましたが、続いて先日、県内で起きたコンビニ事故について見解をお聞かせください。おふた方は今回の事故についてどの程度ご存じでしょうか」

「みなさんと変わりませんよ。ニュースで見ただけです。まあ正直、まいったなあって思いましたよ。だってそうでしょう。ぼくはこういう立場にいるわけで、県内の交通事故自体は減っていてそれなりに成果も出ているのに、ああいう事故が全国的に報道されちゃうとイメージがよくないじゃないですか。ちなみに加害者は認知症なんでしたっけ?」

「まだわかりません。現在、警察が調べているようです」

「ふうん。ま、アクセルとブレーキを踏み間違えちゃうくらいだから、きっとそうなんだろうな」

「認知症の方でなくとも十分あり得ることですよ」

小野田がやんわりと否定をした。

「ブレーキを踏んだつもりで車が前進した場合、当然ドライバーはパニックに陥ります。

なんとか車を止めようとさらに深くアクセルを踏み込んでしまう。本人はそれがブレーキだと思っているのでそうなってしまうんです。こういった咄嗟《とっさ》の判断の間違いは認知症の方や高齢者に限らず、誰にでも起こりうるんです」

「いや、ぼくも当然わかってますけど、そういう人の方が間違いを起こす可能性が高いでしょってことが言いたいんですよ。高齢になればなるほど、認知・判断の段階で複雑な情報を同時に処理することが困難になるわけだから――」

糸井は気分を害した様子で捲し立てた。

その後もいくつかの質問を重ねる中で、「結局、耄碌《もうろく》した人間が車を運転するのは爆弾が街をうろついてるようなものなんですよね」という糸井の発言には驚かされた。さすがに小野田が「そういった発言は控えてください」とたしなめていた。

その糸井の携帯電話が鳴り、「失礼」といって彼は一旦《いったん》席を外した。講習室を出ていったところで、小野田が深々と吐息を漏らした。

目が合い、互いに苦笑した。彼と仕事をするのは大変ですね。心の中で労《いた》わった。

その小野田が最後にこんなことを言った。

「二〇二五年には八百万人を超える団塊世代が七十五歳を迎えます。彼らを含めると、その時点で七十五歳以上のドライバーは千七百万人に達することがわかっているんです。糸井さんは悲観的になる必要はないとおっしゃっていましたが、とんでもない。悲観的にならざるを得ない危機がすぐそこに迫っているんです」

6

運転者教育センターを出る前に、敷地内の駐車場に停めておいたバイクに腰掛け、FYの東京本社に電話を入れた。ホリディの取材である旨を告げ、責任者に繋《つな》いでもらうよう願い出たが、担当者不在ということで撥《は》ねつけられた。もっとも予想していたことなので落胆はない。

続いて石橋宏からもらった名刺をもとに、店舗の担当SV《スーパーバイザー》の携帯に電話をかけた。名刺によると名前は酒井《さかい》康介《こうすけ》だ。店先で見たときの印象からすると、年齢はまだ二十代だろう。

〈ホリディ？　マスコミの人ですか。なんで自分の携帯番号を知ってるんですか。自分、何もしゃべりませんよ〉

こちらの身分を明かすと初っ端から警戒された。名刺を手に入れた経緯《いきさつ》を説明すると酒井は〈ほんとあの人は〉と舌打ち交じりに言った。

「酒井さんは店舗のSV《エスブイ》さんですよね」

〈そうですけど……自分はあの地域を割り当てられただけですので〉

「今回の事故でFY側はどういった事後処理をされるおつもりでしょうか」

〈どういったって──自分みたいな平に訊《き》かれても。会社の指示に従うだけです〉

「その指示というのは？」

〈そんなの部外者に答えられませんよ。もう失礼します〉

「お待ちを」すかさず言った。「最後に一つだけ。亡くなった店長の石橋昇流さんはどのような人物だったのでしょうか」

〈どのようなといわれても……〉妙な間が空いた。〈ふつうですよ〉

「酒井さんとの関係は良好だったということでよろしいですか」

〈良好というか、ですから、その、ふつうです〉

この男は根が素直なのだろう。関係はよくなかったようだ。

「その昇流さんの父親、オーナーである宏さんとの間柄はいかがだったのでしょうか」

〈さっきので最後の約束でしょう。だいたいなんでそんなこと訊くんですか。今回の事故と何も関係がねえでしょ〉

それには答えず、律は言葉を続けた。「実をいうと、オーナーからとあるお願いをされておりましてね」

〈お願い？　なんですかそれ〉

「記事を書いてほしいと。オーナーは今回のFYの対応が冷たいと感じており、その点を強調してほしいようです」

〈ちょっと勘弁してくださいよ。冷たいも何も、うちはちゃんとルールに――〉

「ええ、わかってます。提携されている保険会社から保険金がおりることも」

〈やったらそれで終わりじゃないですか〉

「ただ、それだけでは損害を賄うことはできないというのがオーナーのおっしゃるところなんです。まあ気持ちはわからんでもないですよね。息子を奪われ、さらには加害者に弁償能力がないために、経済的ダメージも受けるのですから」

　この若者を追い詰めるのは心が痛んだが、仕方ない。

〈何をいわれても、自分は、ただ会社の指示に従《したが》うてるだけなんです〉

「であれば、たとえわたしがどういった記事を書こうとも、酒井さん個人が困るような話ではないのでは？　会社の方はどうだかわかりませんが」

〈ほんとに記事にするのはやめてもらえませんか。もうこれ以上自分はトラブルに巻き込まれたくないんです。あの店にはうんざりや〉

　律は眉《まゆ》をひそめた。過去にもトラブルがあったような、そんな言い方である。「もうこれ以上というのは？　別件を指しているように聞こえましたが」

　酒井は電話の向こうでしばし黙っていたが、〈いえ、なんでもありません〉と躱《かわ》した。

　なんだろう、気になる発言だ。おそらく今回の事故と関わりはないだろう。だが、気になる――。

　いけない。好奇心という名の下世話な野次馬根性がむくむくと膨れ上がってきている。

　この男に直《じか》に会って話を聞いてみたい。

「いやあ、それにしても、オーナーはちょっと変わった人ですよねえ」

声色を変え、フランクな言い方をした。そのまましばらく黙ってみる。

〈変わった人、というのは？〉

「よし、食いついてきた。「息子さんが亡くなられたばかりなのに、彼の口をついて出るのはお金の話だけなんですから。正直に言いますとね——」ここでやや声を落とした。「取材をしていて辟易《へきえき》したんですよ、彼の強欲さに。彼はふだんからああいう方なんですか」

酒井は答えない。

「店先で酒井さんが罵倒《ばとう》されているのを傍《はた》から見ていて、あれだってあんまりだと思いましたよ。酒井さんは何も悪くないのに、あんな態度はひどいですよね」

〈……あの人は、元からああいう人ですので〉ぶすっとした言い方だった。

「そうなんですか」

〈ええ。パートの方から聞いた話やと、地元ではちょっとした有名人らしいです。もちろん悪い意味で〉

いいぞ。「ははあ。やっぱり」

〈ほれでも、あの人のために記事を書くんですか。ぼくを、いや、うちを貶《おとし》めるような記事を〉

「貶めるつもりなんてないですよ。記事の方向性はしっかり取材をしてから決めます。ところで酒井さん、このあとお時間取ってもらえませんか」

〈このあと？　無理ですよ。遅くまで残業もあるんやし〉

「遅くともこちらは平気ですよ」

〈本当に困ります。自分は何もしゃべれません〉

「そうなると必然的にオーナーの意向に沿った記事になるかと思いますが」

〈そんな——脅しじゃないですか。それこそぼく、会社をクビになりますよ〉

「なんとか会っていただけませんか？　絶対に酒井さんの立場が悪くなるようなことにはしませんので。そのためにも、ね」

マスコミって嫌だな。しゃべっていて自分で思う。ふと、バイクのミラーを見た。脂《あぶら》を浮かせたおっさんがいやらしい笑みを浮かべていたので、ぷいっと顔を背けた。

7

指定された喫茶店でコーヒーをすすっていると、ほどなくして酒井康介が店にやってきた。時刻は十七時前。遅くまで残業があるというのは方便だったようだ。

「ちがいますよ。抜け出してきたんです。このあとまた会社に戻ります」

酒井は膨れた面でそう言った。こうして対面してみると酒井はまだ大学生でも通りそうなほど幼い顔つきをしていた。

福井県生まれの二十三歳。実家暮らしで、県内の高校を卒業後、いくつかのアルバイトを掛け持ちして生計を立てていたが、二年ほど前にFYマートに就職したのだという。ついこの間、付き合って半年になるという二十一歳の彼女の妊娠が判明したので、この先結婚と出産を控えているのだということも教えてくれた。

なぜこんなにも酒井が自身のことをすらすらと語ってくれるのか、律は不思議に思いながら聞いていたが、少し考えて理由がわかった。自分は大切な時期だから事を荒立てないでもらいたいとアピールしているのだろう。

「うちの会社は学歴を問われん分、ドラスティックなんです。あかん社員はどんどんクビ切られますので」

「このご時世ですからどこの会社も同じなんじゃないですか。それに酒井さんは真面目そうだし、優秀に見えますけどね」

「そんな事ないです。いつも上司から怒られてばかりですし、営業成績だってよくないです。仕事は真面目にやってるつもりですけど」

「大丈夫。真面目にやっていれば、必ず報われますよ」

我ながら勝手なことを言ったが、酒井は「やといいですけど」と初めて白い歯を見せてくれた。

その酒井が腕時計に目を落としたのを見て、「あまりお時間がないようですので」と切り出すと途端に彼の顔が強張《こわば》った。

「ご安心を。電話でも申し上げましたが、酒井さんの立場が悪くなるような書き方は致しません。記事の中に名前も出しませんし、酒井さんだと匂わせるようなこともしません。約束します」

「どうかお願いします」深く頭を下げてきた。

「まず初めに取材の趣旨についてですが――」

律は大前提が高齢者の運転問題についてであることを強調し、今回の事故の被害者遺族であるオーナーの窮状に一部触れることによって、より一層主題が浮き彫りとなり、ひいては社会への問題提起に繋《つな》がるのである、という歯が浮いてそのまま抜け落ちてしまいそうな口上を述べた。もっとも嘘ではない。ただ、石橋宏の先棒を担ぐのが癪《しゃく》なのである。

「けどそれって結局うちの会社が悪者になるわけじゃないですか」

まあそうなのだが。

「御社は契約に基づいて対処しているのであって、無情だとかそういう書き方は致しません。遺族は事故によって家族を失うばかりか経済的なダメージも受けているのだということを世間に知ってもらい、結果として今回の事故がいかに理不尽なものであるかが伝わればいいのです」

「世間はそうは見てくれないですよ。ＦＹは冷たい会社やといわれるだけです。それくらいぼくにもわかります」

酒井は不貞腐《ふてくさ》れたように口を尖《とが》らせている。そして、こんなことを言った。

「あんな人を助けるなんて、マスコミは……俊藤さんはそれでいいんですか」

もちろん不本意だがそれを口にするわけにはいかない。「今申し上げた通りです。今回の事件を通して社会に——くどいのでやめましょう」

手始めに、今回のようなケースはよくあることなのかと質問すると、珍しいことではないと酒井は答えた。もちろん死人が出たのは初めてだそうだが。

「今はどこも車両用の防護柵があって、大抵それが守ってくれるんですが、あの店はつけとらんかった。それがよくなかったんやと思います」

「FYから防護柵を設置するよう指導したことは？」

「ありません。そういうことはオーナーさんに任せてます」

「なるほど」と頷《うなず》く。「やはりこういった事故は多いんですね」

「はい。ただ、うちは全国に一万店舗以上ありますから。それにうちだけじゃないと思います。よそのコンビニさんや、他の商業施設でもおんなじような事故が起きてると思うけど」

糸井や小野田から聞いた話でも、昨年は全国で七十五歳以上の高齢者による自動車死亡事故が四百十八件あったようだ。その内、アクセルとブレーキの踏み間違えで建物に自動車が突っ込んだものは二十六件。

「今回、酒井さんは事故の第一報をどこで聞かれたのでしょうか」

「聞いたというより、ぼく自身が事故現場にいたんです」

意外な答えが返ってきたので驚いた。「あそこにいたんですか」

「ええ。正確には事故が起きてから一分後くらいかな、到着したのは。ちょうどあの店舗に向かって車を走らせとったんです。そしたらいきなりバーンって、爆発するような音が聞こえて」

「店と酒井さんのいたところの距離はどれくらい？」

「たぶん百メートルくらい」

「結構離れてますね。それでも聞こえましたか」

「ええ。車の窓も閉め切っていたんやけど、はっきり」

その日、酒井は打ち合わせをするために店舗に向かっていたのだという。彼の話によれば週二度ほど、自身の管轄店舗に顔を出すそうだ。ちなみに打ち合わせの内容については、「夏やったら売れ線の冷やし中華の発注数は適当かとか、そろそろ寒なってくるので、おでんを始めてみましょうかとか、そんな感じです」とのこと。基本的にSVはその名称通り、オーナーに対しアドバイスをするような立場にあるらしい。

「あの店の業績はどうだったんですか」

「ふつうでした」

「オーナーは最悪だったとおっしゃってましたが」

そう言うと酒井は苦笑いを浮かべた。理由を訊《たず》ねると、店の売上自体は他店舗とさほど変わらないのだが、利益率が異常に低かったのだそうだ。理由は人件費にあったという。

店長の昇流は週に一、二回、それもアルバイトと変わらないような短時間の勤務形態を取っており、よって人件費が嵩《かさ》んでしまっていたらしい。

「当たり前やけど、オーナーや店長が自ら働けば人件費が減って、その分店の利益になるじゃないですか。隣町の店のオーナー夫婦は朝から晩まで毎日働いて、自分たちが出れんところだけアルバイトに任せてるんです。それがふつうなんです」

だが、石橋昇流にそれを進言しても聞く耳を持たなかった。彼よりも五つ若い酒井は、基本的に「ナメられてた」という。

始まっているキャンペーンが北の原店で実施されていないことが発覚し、酒井が苦言を呈した際、胸ぐらを摑《つか》まれ、「殺すぞ」と凄《すご》まれたこともあるのだそうだ。

「店が赤字になるのは自業自得やから構わんのですけど、うちの看板背負《しょ》ってる以上、キャンペーンはしっかりやってもらわんと困るんです」

律は頷き、

「話を戻します。事故直後の店内の様子はいかがでしたか」

訊くと酒井は顔をしかめた。「むちゃくちゃでした。店の中に軽トラの車体が丸々入っていて、本当に異様な光景でした。何が起きたか一目瞭然《りょうぜん》なのに、簡単には受け入れられんかったです。ほんで店に駆け込むと、店長が商品の中に埋もれて倒れとったんです——救急車はぼくが呼んだんですが、正直、手遅れやと思いました」

「変な方向に」

「首がこう――」酒井が限界まで首をひねり、さらに後方を指差した。

ということは即死だったのだろう。通報から十分後には石橋昇流、また加害者である落井正三の両名が救急車で病院へ運ばれて行ったという。酒井曰《いわ》く、加害者の落井正三は胸を手で押さえていたが、目立った怪我はなかったそうだ。

「事故直後の加害者の様子は？」

「あのおじいさんですか。なんていったらいいのかな……変でしたね。車から降りてこなかったので」

「降りてこない？　パニクっちゃってとか、そういうことですか」

「パニクってたというよりは、なんかこう、魂が抜け落ちたみたいな感じで」

「茫然《ぼうぜん》自失といった状態でしょうか」

「そうですね。正直、薄気味悪かったです。結局、救急隊員が来るまでずっと車の中におったし」

事故直後の加害者心理なのかもしれないが、妙な話である。それについて酒井は「認知症やったんやろなと、ぼくは思ってますけど」と付け加えた。なぜそう思ったのかと訊くと、

「一緒に住んでるぼくの祖父が認知症なんです。その祖父が食事中に皿を床に落として割ってもうたことがあるんです。ほやけど、祖父は椅子に座ったまままったく動じんで、

散乱した破片なんかを上からぼうっと眺めてて——あれとなんか似てたなって」

「なるほど。おじいさまの認知症はどれほど」

「ぼくのことを父と間違えたり、逆もあったり。そのレベルです」

「身体的には？」

「少しなら歩けますが、基本は車椅子です」

はたして落井正三はどうだったのだろう。認知症を患っていたのだろうか。身体的には健常だったのだろうか。今現在警察が検査しているとのことだったが、結果は出ているのだろうか。いずれにせよ明日、埜《の》ヶ《が》谷《だに》村へ行って彼と親しかった者の話を聞けばわかるだろう。

事故直後、酒井は会社に電話をしたり、買い物にやってきた客の対応をしたりとバタついていて、落井正三に構っている余裕はなかったという。それでも何かしらのやりとりはなかったのかと訊くと、

「一応、『大丈夫ですか』とか『怪我はないですか』とかは言いましたけど」

ただし、返事はなかったという。

「そういえば軽トラのエンジンは切れていたんですか」

「切れてました。多分エンスト起こしたんやと思います。マニュアル車やったから」

「マニュアル車？」

「ええ。あれってたしかニュートラルにしとかんと勝手に切れてしまうんですよね」

酒井は今の若者らしく、オートマ限定免許なのだそうだ。

何はともあれ、事故車がマニュアルであったことは驚きだった。たしかに軽トラックであれば考えられるが、勝手にオートマだと決めつけていた。

認知症の老人と、マニュアル車、か。律は口の中で独りごちた。数時間前会った講習指導支援員の小野田の言葉が耳の奥に蘇《よみがえ》る。

身体で覚えてしまっているんです——。

だとしたらやはり運転は可能だったということか。いや、さすがにマニュアル車の運転はどうだろうか。小野田は認知症でも、運転行動自体は正常な者もいると話していたが。

「そういえば、事故が起きたときレジには内方七海さんというアルバイトの方がいたと思うんですけど、彼女はどうされていたんですか」

「ああ、あの子。彼女は外に避難させときました。帰らせるわけにもいかんし、手伝わせることもなかったですから。目の前であんなことが起きて、ぼく以上に気が動転してたと思うし」

たしかにそうだろう。賢明な判断である。

ちなみに今日、酒井は荷物を取りに来た内方七海と現場で顔を合わせているはずである。それについて訊くと、「一瞬やったし挨拶《あいさつ》もしてません。バックヤードに入って、そのあとはぼくらを避けるようにそそくさと帰ってしもうたから」とのこと。

「彼女はいつ頃あの店でアルバイトを始めたんですか」

「つい最近やと思います。たぶん二ヶ月くらい前かな。アルバイトを雇うのは、オーナーや店長やから正確な時期はわからんですけど、ぼくが店で彼女を見かけるようになったのはそれくらいからです」

だとするとようやく仕事にも慣れてきたところだろう。そんな最中《さなか》にこのような予期せぬ事故に巻き込まれた。仕事を奪われたという点においては彼女もまた小さな被害者だ。

「ところで酒井さんは電話口でこうおっしゃってましたよね。『これ以上トラブルに巻き込まれたくない。あの店にはうんざりだ』と。あれは何を指していたのでしょうか。当然、石橋親子に関係した話なんでしょう」

「あれは、その――」わかりやすく動揺を示し、視線をテーブルに散らしている。「今回の事件と関係がないので」

「ええもちろん。個人的な興味で訊いています」

「やとしたら勘弁してもらえませんか」

「訂正します。石橋親子について書くのに必要かもしれないからです」

「なおさらしゃべれませんよ」

「では書きません」

どうせ石橋親子の人間性について書くことはできない。

その後も粘って頼み込むと、酒井は深々とため息をついた。「俊藤さんは人を追い詰めるのがお上手なんですね」

皮肉に対し、律は頭のうしろを掻《か》いて見せた。

それから酒井は、「絶対に書かないでくださいよ」と念を押して、「先月、あの店で強盗事件があったんです」と顔をしかめて言った。

「強盗事件？　コンビニ強盗ですか」

先月のとある日の深夜二時半、覆面を被《かぶ》った男が店内に入ってくるなり、「金を出せ」と要求してきた。男の手にはナイフが握られていたという。男はレジの中にあった現金約十二万と裏手の金庫に保管していた現金約四十万、合計五十二万円を奪い逃走した——。

「それは災難でしたね」

「ただ、そのときの損害金は保険で全額補填《ほてん》されたんで、実質の被害はありません」

「なるほど。で、それが酒井さんのいうトラブルですか」

訊くと、酒井はしばし黙り込んでいたが、やがてポツリと言った。「そのときに勤務してたのが店長の昇流さんやったんです」

「ほう。ただ、店長であっても夜勤くらいするんじゃないですか」

「もちろんそれはそうなんですが、その日は彼が一人で勤務してたんです。基本的に夜勤は二人でするのが決まりです。食品なんかの補充や、廃棄物処理など夜間はやることも多いので」

「ではなぜ昇流さんは一人で勤務を？」

「それが——」酒井は鼻に皺《しわ》を寄せた。「彼の言い分やと、『利益が上がらん以上、人件費を削るしかないやろが。そもそも人件費を削減しろっつってきたんはおまえの方やろう』って。ですが、おかしいんです。調べたところそれまで彼が一人で夜勤をしてる日はありません。そもそも彼が夜勤をすること自体が珍しいんです」

なるほど。読めてきた。「狂言強盗だったと」

「はい」酒井ははっきりと頷いた。

その他にも不審な点がいくつもあったという。決定的だったのは、昇流が警察に通報したのが、強盗犯が店を去ってから約五分後だったことだ。それについての彼の言い分はショックのあまり放心状態にあったということのようだが、店内にある防犯カメラの映像を見る限り、犯行時の彼は泰然としているし、むしろ犯人側に協力的にも見えたという。

犯人と、石橋昇流は繋がっていた——。

「酒井さんの上の方たち、ＦＹはこの事件をどう捉《とら》えているのですか」

「完全にクロやと思ってます。けど、会社から警察にそういったことはいいませんでした。保険も適用されるので、うちの会社も損したわけでもないですし」

きっとそうするしかなかったのだろう。真相が明らかになればマスコミが放っておかない。となればFY全体のイメージダウンは避けられない。

結局、警察は通常の強盗事件として捜査を進めたものの、今現在も犯人は捕まっていない。つまり、石橋昇流はちょこざいな完全犯罪をやり遂げたのだ。

「この件にオーナーの宏さんは関わっていると思いますか。酒井さんの直感で構いません」

「オーナーは関わってえんと思います。きっと昇流さんの個人的な小遣い稼ぎやったんやろうとぼくは思てます」

律もそうだろうと思った。これほどせせこましい犯罪にあの男が加わる理由がない。失敗したらすべてを失うのだ。

ただ、あの男は息子の愚行をすぐに見抜いたのではないだろうか。だとすれば、鬼のように叱責《しっせき》したことだろう。

「防犯カメラといえば、事故の映像を酒井さんはご覧になりましたか」

酒井は見たという。

「報道では、事故が起きた際、被害者は雑誌ラックの前にいたということになっています。そこに軽トラックがガラスを突き破って飛び込んできたと。それは間違いないでしょうか」

「はい」

「わたしにもその映像を見せてもらえませんか」

「それは無理やと思います。他のマスコミの方からも提供するよう求められたけど、うちの会社が許可しませんでした。その点ではオーナーも同意見です」

そうなのだ。石橋宏も映像提供には難色を示していた。律にはそれが解せなかった。彼の目的を考えると取り上げてもらった方がいいはずなのに。

酒井にしつこく理由を訊ねると、脱力気味に「立ち読みしてたんです」と教えてくれた。

「店内に客がえんかったとはいえ、店長が堂々と雑誌を立ち読みしとる姿はみっともないやろうって」

合点がいった。そんな映像が流れれば、世間の同情は集まらない。逆に、自業自得だなんて声も上がるかもしれない。だから父親である石橋宏は映像を見せたくなかったのだ。

石橋昇流。徐々にその実体が明らかになってきたが、けっして品行方正とは言い難い人物だったようである。とはいえ、絶対的被害者にはちがいない。彼はもうこの世にいないのだ。

酒井以外に、彼について深く知る人物を訊ねると、

「誰やろう……須田《すだ》さんかな。オープニングスタッフやし、週五で勤務されてたはずやので、店長に接する機会も多かったと思います。むしろぼくよりも彼について詳しいんじゃないでしょうか」

須田という従業員はコンビニの近くに住む五十代の主婦らしい。

「その須田さんの連絡先はご存じでしょうか」

実際にコンタクトを取るかどうかわからないが、一応訊いておいた。

酒井は視線を逸《そ》らし、「知りません」と答えたが、「本当は知ってるでしょう？　意地悪しないで」と律がおどけて頼み込むと、観念して教えてくれた。過去に須田から電話をもらったことがあるのだという。FYが行っているキャンペーン内容について店長に質問しても要領を得ないので、酒井に直接電話が掛かってきたことがあるのだそうだ。

「ぼくが教えたことは秘密にしてくださいよ」

須田の電話番号をメモさせてもらったところで、酒井が再び腕時計に目を落とした。

「お忙しいところすみません。これで最後にします。これはあくまで若い方のご意見として伺いたいのですが、今、高齢者の運転が社会問題となっています。これについて酒井さんのお考えをお聞かせください」

「むずかしいな」酒井はつぶやくと、しばし黙り込んで、やがて「わかりません。ほんなこと真剣に考えたこともないです」と言った。そして、「今回の事故に限っていえば、やっかいごとを持ち込みやがってという気持ちが正直なところです。ただ――」

律は目で先を促した。

「うっかりアクセルとブレーキを踏み間違えただけやのに、こんなことになってしまってかわいそうやなと思う気持ちもあります。もちろん、うっかりじゃすまんことですけど」

それからしばし間を置いて、酒井は再び語を継いだ。

「さっき話したぼくの祖父は七十九歳です。車を運転してたのはたぶん五、六年くらい前までやと思います。自分でやめるって言い出したんです。よう目がかすむってボヤいてたんで、ぼくら家族もその方がいいって賛成したんですけど、そうしたら行動範囲が極端に狭くなって……今思えばそれからやと思うんです、じいちゃんが急激に老け込んだのは。認知症だってあれよあれよという間に進行して——すみません、ようわからんことをいって」

「いえ。貴重なご意見だと思います」

酒井はわずかばかり照れたような顔を見せ、

「ぼく、じいちゃん子やったんですよ」

「奇遇ですね。わたしもそうでした」

それから酒井は祖父の介護で家族みんなが四苦八苦しているという話を披露してくれた。

「老人ホームに入れようかという話も出たけど母が反対したんです。たぶんもう長くないやろうで最期まで家で面倒を見るって」

「立派ですね」

「いえ、世間体が悪いからやと思います。義父を姥《うば》捨て山に送ったって近所で陰口言われるのが嫌なんですよ」

「そういうご時世じゃないと思いますけどね。介護は大変ですから」

「田舎はそうじゃないんです。ほやさけぇ結局家で面倒を見るしかねえ。ぼくは結婚して家を出てまうけど」

酒井はそれが心残りなのだそうだ。

「けど、正直ホッとしてる自分もいるんです。これでじいちゃんの面倒見んで済むんやって。そんな自分に嫌悪感を覚えます。薄情なんじゃないかって。小さい頃あんだけ可愛がって育ててもらったのに」

最後はそんな会話で、取材を終えた。酒井は去り際、「俊藤さんを信じてます」と深々頭を下げてきた。

律はまだその場に居座り、コーヒーをもう一杯おかわりした。

椅子に背をもたれ、脱力し、目を瞑《つむ》った。身体に疲労が溜《た》まっている。東京からバイクで来たことを思えば当然だろう。いったい本日、どれだけの距離を走ったろうか。

ひとまず今日はこれで終了だ。明日は埜ヶ谷村へ行って加害者、落井正三の関係者に当たる。

会計を済ませ外に出ると、遠くの山の向こうに太陽が沈もうとしていた。

横にうねって延びるオレンジ色の稜線《りょうせん》が神秘的で、律はその場でしばらく眺めていた。

8

インターネットで予約しておいた一泊六千円のシティホテルにチェックインし、硬いベッドの上でノートパソコンを広げたものの、十秒で閉じた。取材した内容はその日中にまとめておくのがルーティンなのだが、どうにも思考が巡らないのである。今日ばかりは仕方ないよなと自分に言い訳をし、ベッドに横になった。そのまま自然と瞼《まぶた》を閉じていた。

夕飯食ってないな。歯も磨いてないし、風呂《ふろ》にも入っていない。せめて服くらい脱がないと。頭の片隅でいろいろと考えるが、どれも行動には結びつかない。やがて取り込まれるように眠りに落ちた。

夢を見た。

ここは——車内だ。視点は助手席からで、となりにはのっぺらぼうの老人が座っており、ハンドルを握っていた。

やがて車は例のコンビニの敷地に入り、店舗正面に向かって近づいていく。

そのとき、異変が起きた。突然、車がぐんと加速したのだ。運転席を見る。のっぺらぼうなのに表情が歪《ゆが》んでいるように見えた。車は高速道路の本線に合流するようにスピードを上げていく。フロントガラスの先には店舗が迫っている。一瞬、軽トラックが浮き上がった。耳をつんざく鋭利な破裂音。同時に、映像に白い閃光《せんこう》が走った。

ここで突如として、視点が切り替わった。律自身が運転席でハンドルを握っていたのだ。映像は超スローモーション。目の前には一人の若い男。石橋昇流だ。なぜか羽織袴《はかま》姿だった。自宅で見せてもらったアルバムの中の姿そのままだ。

車の鼻先と彼の距離はおよそ一メートル。ふいに、目が合った——。

律の意識を覚醒《かくせい》させたのは携帯電話の着信音だった。嫌がらせのように鼓膜をノックするのである。無視するには音がでかすぎる。

手を伸ばし、薄目でディスプレイを見ると里美だった。

「なによ」

不快な第一声を発したが、〈パパ。みのり〉と相手は我が愛娘《まなむすめ》だったので、弾《はじ》かれたように身体を起こした。

「実里かあ。どうしたんだあ」我ながら気色悪い声を発した。

〈パパとおはなししたかったの〉

なんて可愛いことを。

今日は学校の授業で工作があり、実里は空気砲というものを作ったらしい。〈こんどパパのことうつね〉どうぞいくらでも撃ってくれと伝えた。

「ところでママは？」

〈おフロ。キティといっしょに入ってる〉

「キティ？　どなたさん、それは」

〈猫〉

「ヌコ丸のこと？　キティじゃないよ。あいつはヌコ丸って名前なの」

〈ママはキティってよんでるよ〉

なにがキティだ。だいたい雄猫だぞ。それになぜ勝手に風呂になど入れているのか。

「実里、ごめんね。ちょっとママに代わってもらえる？」

すると、バタバタと駆ける足音が聞こえ、やがて、〈パパ？　なんでパパなんかに電話してんのよ〉と里美のくぐもった声が聞こえた。そしてニャー、ニャーというヌコ丸の鳴き声も。怯《おび》えているのがすぐにわかった。

〈何よ〉里美は不快そうに電話口に出た。ハンズフリーでしゃべっているのだろう。

「何よじゃなくて、なんで風呂なんかに入れるんだよ。それとキティって何？　雄猫だし、あいつはヌコ丸っていう立派な――」

〈キティっていうのはあだ名〉

どこをどうしたらヌコ丸がキティになるのか。「とにかく風呂なんか入れてないですぐに出して。おれだって今まで一度も入れたことないんだから」

〈不衛生じゃん〉

「猫は基本的に水を浴びるのが嫌いなの」

〈嫌なら許されるわけ？　わたし、人も猫も同じだと思う〉

「どういうこと？」

〈世の中甘くないってことを小さいうちに教えておかなきゃ〉

　この人は何を言ってるのか。

〈もう切るからね〉

「ちょっと待てっ」慌てて叫んだ。「一刻も早くヌコ丸を解放しなさい」

〈ママ。パパのいうこときいたほうがいいんじゃない〉と実里の声。

〈いいの。あんたはどっちの味方なの。寒いからそこのドア閉めて〉

「里美ちゃん、本当にダメだって。動物虐待じゃん」

〈虐待？　やめてよ人聞きの悪い〉

「完全に虐待だよ。有罪だよ」

〈ちがいますー。無罪ですー。裁判官はわたしですー〉

　頭を掻きむしった。この女性が神聖なる法廷で黒い法服に包まれ人を裁いているのだと思うと、元旦那《だんな》ながらゾッとする。冤罪《えんざい》で死刑にされそうである。

　そのときだった。〈キティ。にげてっ〉と実里の叫び声。〈あっ。何してんのっ〉〈やったやった。パパ、ちゃんとにがしたよ〉「でかした実里」〈裏切り者ーっ〉

　騒々しい元家族である。

「ふっふっふ。失敗に終わったようだな」

〈あの小娘め。ああいうところは律くん似だね〉

「褒め言葉として受け取っておきます。我が娘は正しく育っているようだ」

〈教育してるのはわたし。律くんはただ可愛がってるだけ〉

それを言われると返す言葉がない。

「とにかく、明日の夜にはヌコ丸を迎えに行くからそれまでよろしく」

〈もう仕事は片付いたわけ？〉

「明日加害者の住んでた村に行って、近所の人に話を聞いて、そこで終わり」

〈それくらいしかやることなさそうだもんね〉

「まあね。ただ、被害者の男とその父親なんだけど、こいつらがとんでもない――」

本日取材で知り得たことを一通り伝えた。話しているうちに段々自分が熱っぽくなっていくのを自覚した。

〈へえ。血は繋がってないくせに、親子揃ってろくでもないね〉

「そうなんだよ。だからってわけでもないんだけど、この親子についてもう少し詳しく知りたい気持ちもあるんだよね」

〈ふうん。でもそれって今回の仕事と関係なくない？〉

ごもっともである。

〈ま、そういう性分だけどね。律くんは〉

「どういう性分よ」

〈気になったらとことん追及しないと気が済まないの。良くも悪くもさ〉

「悪くもって、何が悪いわけ？」

〈一つのことに夢中になるとそのほかのことはどうでもよくなる。生活が荒れる。結果わたしに迷惑がかかる〉

「里美ちゃんに迷惑をかけた覚えはないけど」

〈自覚がないのはもっと悪いよ〉

「じゃあ良くも、は？」

〈しつこいっていうか、あきらめが悪いっていうか、往生際が悪――〉

「もういいです」

〈でもだからこそ真相にたどり着けるってこともあるわけじゃん。八年前のあの事件とかさ〉

　ふいに言葉に詰まった。

〈律くんの唯一の功績だもんね〉

「…………」

〈律くん？〉

「ああ、聞いてるよ。ほかにも功績ならたくさんあるさ」と平然を装って言い、「ちょっとメシ食いに出てくる」と強引に話を打ち切った。

　手の中のスマートフォンを眺めた。ひとつ、吐息を漏らす。

　ベッドを出て、窓際に移動した。眼下には東京のそれとは比べ物にならないちっぽけな街明かりが落ちていた。

八年前——律が勤めていた新聞社を辞め、フリーのジャーナリストになって間もない頃だった。

その当時、とある若手の女性都議会議員が世間の注目を集めていた。彼女はまだ三十代前半のシングルマザーで、その端麗な容姿から美しすぎる議員としてメディアに引っ張りだこだった。大抵、この手の女性議員は世間の同性票を得られないが、彼女はそうではなかった。女性の育児・家事・再就職の支援強化を公約に掲げ、むしろ同性からの支持の方が厚かった。

そんな彼女が当時六歳だった自分のひとり息子を虐待していたのである。そしてそれをすっぱ抜いたのが律だった。

噂を聞きつけた記者は他にもいたが、最後まで粘り強く彼女の身辺を探り、虐待の事実を摑んだのは律だけだった。律は記事の中で徹底的に彼女を糾弾した。

結果、彼女は辞職に追い込まれ、息子は児童福祉施設に預けられることとなった。そしてそれから間もなく——彼女は自宅で首を吊《つ》って死んだ。

彼女の死後、律は残された息子に自ら会いに行った。「お母さんに会いたいっ」少年は涙を零《こぼ》し叫んでいた。あの叫びを忘れることはない。

虐待があったのは事実。だが、彼女が息子を愛していたのもまた事実だった。矛盾する心を持て余し、彼女は苦しんでいた。メンタルクリニックにも通院していたのだ。律

しくなる。

はそれらを後で知った。

なぜもっと詳しく調べることをしなかったのか。律はそのことを思うと今でも胸が苦しくなる。

仮に、そんな彼女の心の内を知ったからといって、記事を差し止めることはしなかっただろう。だが、その中身は、書き方は変わっていたかもしれない。そして彼女は死ぬことなく、子も母を失わずにすんだかもしれない。

すべてたられぱで、あとの祭りだ。だが、そんな思いが律の心に残滓《ざんし》のようにこびりついている。今もなお――。

感傷に浸っていると、スマートフォンが一瞬鳴った。里美からのメールだった。吹き出してしまった。母子の変顔が並んで映っていたのだ。

本当にメシを食いに行くか。この画像で少しだけ元気が出てきた。

ジャンパーを羽織ってホテルを出た。夜気はひんやりと冷たかった。さすがに昼夜の寒暖差が激しいようだ。ジャンパーのポケットに手を突っ込み、繁華街に向かって歩を進める。いくつかのコンビニを通り過ぎた。その中にFYマートもあった。

自然と、被害者のことを考えてしまう。

――気になったらとことん追及しないと気が済まないの

里美の言う通りだ。きっとそういう性分なのだろう。

律は立ち止まり、スマートフォンを取り出した。番号をタップし、耳に押し当てる。

相手は、酒井に教えてもらったパート従業員の女性だ。須田由美子《ゆみこ》。五十代の主婦で、オープニングスタッフだと酒井は話していた。そして、彼女が被害者ともっとも交流があったのではないかとも言っていた。

須田由美子は四回目のコールを待って応答した。

律が身分を明かし用件を伝えると、〈取材は構わんけど、あたしもう化粧取ってもたよ〉という頓珍漢《とんちんかん》な台詞が返ってきた。

「いや、あの、お写真は撮りませんので。それと、もうこの時間なので取材は明日お願いできればと思っているんですが」

〈明日かあ。明日はいろいろ忙しいんやってねえ。午後から息子の剣道の試合を観に行くし、その前に町内会の会合もあるし〉

「お忙しいところすみません。お時間は取らせませんので」

〈なら八時にうちに来てちょうだい。うちの住所は――〉

結局、朝の八時に須田の自宅にお邪魔させてもらうことになった。この警戒心のなさは彼女の性分によるものだろうか。それにしても朝が早いのがつらかった。東京なら八時から取材なんて考えられない。立場的に従うしかないのだけども。

通りに出ると居酒屋の暖簾《のれん》がいくつか目についた。スナックらしき看板も出ている。

腹ごしらえをしてからスナックを覗《のぞ》くのも悪くないな。地方のスナックで交わすママとのおしゃべりはいつだって楽しい。

律は足取り軽く、居酒屋の暖簾をくぐった。

9

須田由美子の自宅は事故現場のコンビニ近くにあった。当然バイクで向かったのだが、道中パトカーとすれ違ったときは一瞬ひやっとした。昨夜《ゆうべ》はなんだかんだで深夜一時まで呑《の》んでいたので、酒はしっかり抜けているだろうかと不安になったのである。高齢者の運転問題で取材に訪れているのに、自身が酒気帯び運転で捕まったら笑い話にもならない。

それにしても昨日は食った。とりわけぶ厚い油揚げが感動的に美味《うま》かった。若狭《わかさ》ぐじと呼ばれるアマダイも身にほんのりとした甘みがあり、地酒との相性が抜群だった。気を良くしてスナックの扉を叩《たた》いたのは二十二時頃だったろうか。自称四十代だというママはプロ顔負けに歌が上手く、何曲もこちらからリクエストしてしまった。ふだんは人前で滅多に歌わない律も、音痴を顧みず、懐メロを三曲も歌った。実に楽しい福井の夜だった。

ただし、調子に乗ったツケは必ずやって来る。今まさに——。

降り注ぐ朝陽が煩わしい。頭と身体がふだんの倍重い。軽いのは財布だけである。散財できる身分でもないのに、おれという人間はどうしてこう——ああ、救いようがない。

律は門扉の前でむくんだ両頬をパンパンと二回張ってから、インターフォンを押し込んだ。

すると数秒後に玄関のドアが勢いよく開き、中から肥満気味の中年女性が出てきた。おそらく彼女が須田由美子だろう。そのまま律の方に大股《おおまた》で向かってくる。なぜか顔を上気させているように見えた。

向かい合うなり須田由美子は車の鍵《かぎ》を顔の高さまで持ち上げて、開口一番、「取材なんやけど、ドライブしながらでもいい？」とそんなことを言った。

理由を訊くと、「旦那がさあ――」と口を尖らせて事情を話してくれた。今朝方、マスコミが家に取材にやってくると夫に伝えたところ、「ほんなもんを家に上げるんでねえ」と叱責されたのだという。今しがたまで大喧嘩《おおげんか》をしていたというので彼女の顔が赤いことの説明がついた。「立ち話でも構いませんが」と申し出たのだが、「ご近所さんに見られたくないでの」というので、須田の車の助手席に乗り込むこととなった。バイクは家の前に停めさせてもらった。

グレーのムーヴは緩やかなスピードで住宅街を抜け、田んぼの間の細い道を通り、やがて公道に出た。その間、助手席の律は手に汗しながら揺られていた。須田の運転はやたら道の左に寄る癖があり、助手席側の車輪が田んぼに落ちるのではないかと気が気でなかったのだ。

出発してからおよそ五分、律はまだ一つも質問をしていない。須田の旦那に対する愚痴がラジオのように延々と車内に響いていたからだ。「熟年離婚かって十分あり得るでの」そんなことまで言っていた。

信号に捕まったタイミングで、「ではそろそろ」と切り出し、まずは当たり障りのない質問から始めた。

須田は一質問すると十しゃべるので中々話が先に進まなかったが、彼女の話を要約するとこういうことだ。

一年前にオープニングスタッフとして採用され、その当時から残っている従業員は須田だけである。理由は店長の石橋昇流に嫌気がさして皆辞めていってしまうからだという。昇流はろくに仕事もしないくせに横暴に振る舞っていたらしく、それこそ従業員を奴隷のように扱っていたそうだ。そんな中、須田だけは昇流に一目置かれた存在であった。シフト表の作成業務を任されており、他の人間が急遽《きゅうきょ》欠勤した際に、もっともコンビニから家が近い須田がその穴埋めを担っていたからである。「ここだけの話、他の人よりも時給が二十円高かったんや」と須田はやや誇らしげな顔を見せていた。

事故時、須田は自宅にいたらしいが、報《しら》せを聞いて自転車で店舗へ駆けつけたという。その際に写真も撮っており、スマートフォンを見せてもらうと角度や遠近の異なった画像が三十枚以上も収まっていた。彼女が到着したときにはすでに救急車が去ったあとだったようで、被害者と加害者両名の姿はなかったが、当然軽トラックはまだ撤去されておらず、陳列棚がなぎ倒され、商品が散乱した店内の様子や、昇流が流したと思われる血液まで生々しく撮影されていた。

内心、須田の品性を疑ったが、思わぬ収穫だった。インターネット上にもこれほど鮮明な画像は上がっていない。おそらく彼女は店の従業員であるのをいいことに現場で図々《ずうずう》しく立ち振る舞ったのだろう。律はその画像をすべて提供してもらうことにした。

続いて、昇流の人柄について改めて話が及ぶと、彼女は「ダメな人」と切り捨てた。

「神様はちゃーんと見てるんやなって思ったね。あれは天罰よ、天罰」

「死んでもおかしくない人物であったと」

「まあさすがに死んでもいいかといわれてまうと、あれやけども。ほやけど、ああいう人にバチが当たらんかったらウソでしょうよ」

須田は自らの言葉を肯定するように頭を上下させている。

車は遠くまで開けた公道を亀のようなスピードで走っている。二車線あるのと、周りに車が少ないので迷惑にはならないだろう。フロントガラスからの陽射しが目に眩《まぶ》しかった。

「店長は二十八歳での、うちの一番上の娘と同い年なんやって。うちのも嫁にも行かんと名古屋のデパートで化粧品の販売なんてやってるんやけど、あの人と比べたらいくらもマシや思うたわ。ちゃんと自立して仕事してるんやでさ」

「それほど昇流さんは仕事をしなかったと」

「せん、せん」ハンドルから片手を離して横に振った。「もちろん店長やでうちらと丸々おんなじことをしろってわけでないけどさ、ほやけど管理業務もまったくできてえんかったんでね。だいたいあたしにシフト表を任せてたくらいやで。あ、ほやほや。FYの社員に酒井さんっていう若い男の子がいての、この子がうちの店舗の担当でたまに店に顔出すんやけど、いっつも店長には困ってたよ。店長は自分が悪いくせに酒井さんに何か指摘されると、『ガキのくせに生意気なんでないんか』ってこうやもの。傍《はた》から見てても気の毒やったわ」

酒井と面識があるとは言わなかった。彼への取材は内密にしておかなければならない。とくに須田のような口の軽そうな人物は要注意だ。

ここで律は、取材の過程で偶然知り得たということにして、例の強盗事件について質問した。

「物騒よねえ。ほやさけぇあたし、何があっても夜勤だけはお断りしてるんや」

その後もいくつか切り口を変えて探りを入れてみたが、彼女は昇流自身が企て実行した狂言強盗であるという疑いは抱いていないようだった。彼女が知らないということは他の従業員もそうだろう。疑っているのは酒井とFYなのだ。

「ちなみに、須田さんはオーナーの宏さんとは面識あるんでしょうか」

「ああ、父親の方ね、あるよ。しゃべったことはないけど。あの人もまたいい噂を聞かんね」

「と言いますと」

須田は声をひそめた。「金の亡者やって。ほやけどこれは男連中が言ってるだけやで、やっかみもあるんでないのって女のあたしからすると感じるけどの。ビジネスでちょっと成功するとさ、田舎やとどうしたって目立つんやっての。とくにあの父親は派手な車乗り回してたし」

須田の話によると石橋一家は八年ほど前にこの牧野市北の原の町へ越してきたとのことだ。それも石橋宏本人から聞いている。彼はその前も県内の別の土地にいたと話していた。

「けど、あたしは母親の方もどうかと思うんや」

「なぜですか？」

「甘やかしすぎやわ。いっつも車で店長の送り迎えしてたで。いい歳した息子をやで」

そういえば息子は自動車免許を持っていないと父親の宏が話していた。

その話を振ると須田は鼻で笑った。「知ってる。免許の更新期限が過ぎてるのに気がつかんと失効したって本人が前に言ってた。こういうだらしないところにあの人の人柄が出てると思わん？」

肯定もできないので律は苦笑して見せた。なるほど、田舎暮らしでいい歳をした男が免許を持っていないことを不思議に思っていたがこれで合点がいった。

「昇流さんの交友関係などはご存じでしょうか」

「ほこまではさすがに。ほやけど、ああいう人やでろくなお友達もえんかったんでしょうね」須田はここで思い出したように、「ああ」とつぶやいた。

「武藤《むとう》くんとはよく一緒にいたみたいやけどね」

「武藤くんというのは？」

「アルバイトの子。夜勤の子やからあたしはほこまで接点なかったんやけどの」

「その武藤さんと昇流さんは仲がよかったと」

「仲がよかったかどうかは知らんけどの、ほやけど、武藤くんの車の助手席に店長が乗ってるのはたまに見かけたで。もしかしたら足として使われてたのかもしれんけど。武藤くんは気が弱そうな感じの子やし」

武藤の年齢は「二十半ばくらいかなあ」とのこと。律は一応名前をメモしておいた。時間があれば彼にも取材をしてみよう。

ちょうど他のアルバイト従業員の話題が出たので、律は事故現場のコンビニに赴いた際に偶然内方七海という少女と会ったことを伝え、彼女について訊ねることにした。

「気の毒に。目の前で見てもうたわけやでの。トラウマになるわ、あの子」

「彼女はあそこに勤めてからまだ日が浅いと小耳に挟みましたが」

「二ヶ月経ってえんのでないかな。けどしっかりした子よ。仕事覚えるのも早かったし。あたしが仕事を教えたげたんやけど」

「マジメな子だったんですね」

「うん、マジメ、マジメ。ただ、ちょっとおとなしいっていうか、覇気がない子よの。

あまりしゃべらんしね。ちなみに店長のお気に入りやったよ」

「お気に入りというのは」

「まんま。あの子若いし、見た目が可愛らしいでの。あたしも、『あんたはこんなとこ辞めてAKBに入りなさい』なんて言っての」

内方七海の姿を脳裡《のうり》に泛《う》かべた。特別な美人ではないが、たしかに愛らしい顔立ちをしていた。

「そういえば先月、シフト表作って出したときの話なんやけど、店長からめずらしく修正されたのよ。で、戻ってきたのを見たら、自分が七海ちゃんとおんなじシフトになってたんやっての。露骨やったで笑ってまいそうになったわ」

それが今回の事故の原因ではないが、彼女に合わせてシフトを組まなければ死ぬこともなかったかもしれない。須田はそんなことを言った。

内方七海。やっぱり、できることなら彼女からコメントをもらいたい。たいしたことを訊くつもりはないのに、というのは律の言い分で、彼女はマスコミが怖いのだ。

「ほりゃあ根掘り葉掘り訊かれて、思い出したくないんでないの。あんた、若い女の子に無理強いしたらあかんよ」

「ええ、もちろんです」

さすがに十代の少女に強要などできない。

ほどなくして信号に捕まり車が停止した。すると、「これ作るのがまあ大変なんやって」と須田はボヤき、頼んでもいないのに、鞄《かばん》の中からクリップで留められたいくつかのプリント紙を取り出し、律に差し出してきた。見やるとシャーペンで書いては消したが繰り返されたシフト表であった。「あたしはパソコンが使えんで全部手書き。毎月、従業員のみんなとなんべんもやりとりして、パズルみたいに埋めていって、もうほんと大変。この日はあかん、あの日もあかん、けども今月は稼ぎたいで多く入りたいってわがままいう人もいて。こういう一番面倒な仕事をあたしがやってたわけでしょう。自分でいうのもなんやけども、あたしがおらんかったら店は成り立たんかったと思うわ」

何の役に立つかわからないが、せっかくなので数ヶ月分のシフト表を撮影させてもらった。

それからほどなくして、車は引き返し、来た道の反対車線を走って須田の自宅へ向かった。帰りの車中で、最後の質問として高齢者の運転問題について彼女の見解を訊ねると、「危ないとは思うけど、ないと生活できんしの」と当たり障りのないコメントが返って来た。結局、皆そうなのだ。わかってはいても、地方で暮らす人々にとって自動車は欠かせない。

やがて車は須田の自宅に戻ってきた。なんだかんだで四十分近くもドライブしたことになるので、律はガソリン代という名目で、二千円を封筒に入れて彼女に差し出した。

「あらー。いいのに別に」

「美味《おい》しいケーキでも食べてください」

車内の会話の中で彼女が大の甘党であるということを聞いていた。

「じゃあご馳走《ちそう》になってまおうかしら。あーあ。また太ってまう」

門扉の前で改めて彼女に礼を告げ、辞去しようとすると、背中に声が降りかかった。

「ねえ、今ふと思ったんやけど、これって事故の取材やよね。店長の性格がどうとか、七海ちゃんが好きやったとか、あんまり関係ないんでないの。ここまでしゃべっといて今更やけどさ」

律は微笑んだ。「ええ、半分は個人的な興味で質問させていただきました。須田さんの話がおもしろかったのでつい」

「いやあね、まったく」

須田は口に手を当てて笑っている。

バイクに跨《また》がってエンジンを掛けると、「あ、そういえば」と、また声が降りかかった。

「ほんとに写真は撮らんでいいの」

よく見たら彼女はその顔にばっちり化粧を施していた。

10

須田宅を離れた足で加害者、落井正三の住んでいた埜《の》ヶ《が》谷《だに》村へと向かった。本人から話を聞けたらベストだが、接見は難しいであろう。今現在の落井正三は起訴されていれば被告人、起訴前であれば被疑者の立場である。となれば事件から五日が経った今、彼は留置場で勾留、もしくは拘置所に移送されているはずだ。おそらく接見禁止はついていないと思うが、いずれにしても家族、友人でもない一介のライターである自分にはハードルが高い。他人で彼と会っているのは弁護士だけだろう。そしておそらくその弁護士は私選ではなく国選だ。

落井正三は独居老人で、年金で生計を立てていた。そんな孤独な老人が長い人生の終盤を迎えて取り返しのつかない事故を起こしてしまった。関係のない第三者の立場でも胸が痛む。

バイクをそれなりに飛ばしてきたつもりだが、埜ヶ谷村までは二時間弱掛かった。昨日、現場にいた解体業者の作業員から一時間半と聞いていたせいか、体感時間はさらに長く感じられた。

埜ヶ谷村は、野伏ヶ岳という福井と岐阜に跨って聳《そび》える標高千六百七十四メートルを誇る山の北東部の麓《ふもと》に位置しており、周囲に豊かな緑をたずさえ、きらかな川の流れる美しい山村であった。傾斜地に沿って古い瓦《かわら》屋根の日本家屋が密集しており、見えたその数はざっと四、五十といったところか。一帯が深い窪《くぼ》地であることから、律は道中の高い場所から村の全景を一望することができた。

この村がわずか半年前、大雨に襲われ、山崩れが起きたのである。当時の映像では、村の状況は惨憺《さんたん》たるものであったが、こうして俯瞰《ふかん》して見る限り、意外にも災害の痕跡は見られない。もちろん復旧作業が行われたのだろうが。

律はまずは村役場を訪ねることにした。加害者についてわかっていることがあまりに少ないのでイチから聞き込みをするのだ。

応対してくれたのは岩本和夫《いわもとかずお》という五十半ばの男の職員であった。肩書きは主任。窓口で身分を明かし用件を伝えると、ごま塩頭のこの中年男性が出てきたのだ。彼はわざわざ律を別室に案内してくれ、茶まで出して取材に付き合ってくれた。

岩本はけっして饒舌《じょうぜつ》な人間ではなかったが、どこかマスコミ対応に慣れている感じがした。聞けばくだんの災害で、テレビ関係者やその他マスコミの応対を取り仕切ったのは岩本なのだそうだ。また、今回の事故が起きた翌日——今から四日前にマスコミが数社やってきたので、その応対にも岩本があたったのだという。ちなみにそのマスコミたちは岩本から少し話を聞いてすぐに帰ったそうだ。それは落井正三が身内のいない独居老人であり、彼について一番詳しい人物が他ならぬこの岩本だからである。

岩本はこの土地で生まれ育ち、落井正三とは隣家で毎日顔を合わせていたという。

律は主題に入る前にまずは埜ヶ谷村についていくつか質問をした。

「一昨年、公営のバスも廃止されてもたし、終わりにしろってことなんやろう。抗《あらが》うことなんてできませんよ。受け入れるしかないんです」

岩本は乾いた口調でそう言った。村がなくなる、というのである。

明治初期から続いた埜ヶ谷村という名称は来年の三月末、つまりあと半年足らずで消滅し、隣町に吸収される形で合併が決まっているのだそうだ。

半年前の災害の影響ですかと訊ねると、ちがうという。五年も前から合併の話は持ち上がっており、去年の暮れに正式に決まったとのこと。合併に至った理由は単純に過疎化である。今現在、村の人口は百人足らずで、高齢者も多いため、その数も年々下降線をたどっているという。

「さみしいもんですよ。生まれ育った村がなくなってまうというのは」

とはいえ、土地が奪われるわけではなく、村人の大半もこの地に留《とど》まるようだ。希望者は隣町の公営アパートを用意してもらえるようだが、挙手する者は多くないのだという。理由は聞かなくてもわかった。人は生まれ育ち、慣れ親しんだ土地を離れることは容易ではない。それが高齢者なら尚更《なおさら》だ。結局、そうした者にとって利便性など二の次なのだろう。

「仕方ないんです。今に始まった話でないけども、不便なとこにちがいはないで」

とくに冬季は大変なのだと岩本は語った。積雪すると村は隔絶されてしまう。働ける者は山のペンションなどの宿泊施設に泊まり込み、ウインタースポーツ目当ての観光客を相手にシーズン限定の商売をするらしいが、そうなると村には老人と子供ばかりになってしまい、買い物ひとつ、用事ひとつにも難儀するとのことだ。

「亡くなった方には申し訳ない気持ちでいっぱいです。取り返しのつかんことをしでかしてしまいました」

改めて、今回起きた事故について話が及ぶと、岩本は目を伏せ、沈痛な面持ちでそう告げた。まるで加害者の息子かのような台詞である。

彼の話によると、加害者の落井は数年前から挙動におかしなところが見られ、認知症と思《おぼ》しき言動が目立っていたのだという。ただ、誰に迷惑を掛けるでもなく、とりたて問題を起こすようなこともなかったため、放任していたのだそうだ。村には落井の他にも似たような老人が少なくなく、彼らを村全体でサポートしていたと岩本は話した。

落井の妻は十五年前に他界しており、子はいない。二人の兄は若いときに戦争で亡くなっており、当然親も死没している。二十年近く生活を共にしていた小太郎《こたろう》という犬がいたらしいが、去年の終わりに寿命を迎え、それ以来落井はめっきり憔悴《しょうすい》を示すようになったという。だが、日によっては「小太郎がいなくなった」と騒ぐこともあったらしい。

やはり落井正三は認知症だったようである。そしてやはり、独りだった。

岩本の話を聞きながら、律は真っ先に頭に浮かんだ疑問を口にした。

「認知症だった落井さんが車を運転していたことを村のみなさんは容認していたのでしょうか」

訊くと岩本の顔が曇った。「正三さんはだいぶ前に車の運転をやめてます。今回はその――」目が泳いでいる。「勝手に」

律は疑問の眼差《まなざ》しを向けた。

「つまり、我々の目の届かんところで、ひとりで車に乗って出掛けてもて……」

どうも要領を得ない話である。「そもそも車の運転をやめていたのに、軽トラックを所持していたのですか」

今度は岩本の顔がはっきりと歪んだ。「正三さんのでないんです。あれは隣に住む関《せき》ちゅう男の軽トラで」

尚更奇妙な話だ。「他人の車を使って事故を起こしたと？　そもそも車検切れの車だったんですよね」

「はい。おっしゃる通り、軽トラは数ヶ月前に車検が切れとりました。本人は、もうオンボロやで廃車にするって言ってて、近いうち業者に引き取ってもらうつもりやったそうなんです」

「なぜ、関さんという方はそんな車を落井さんに貸したのでしょうか」

「貸したわけではのうて、玄関に置いてあった鍵を正三さんが勝手に持ち出してもて……」

要は持ち主の与《あず》り知らぬところで事が起きたのだという。

また、落井正三がそんなことをした動機については、「わかりません」と岩本はかぶりを振った。

認知症からくる突発的な行動であったということだろうか。それにしても他人の家に勝手に上がり込み、鍵を持ち出して車に乗り込むなんてことがあるだろうか。

だが、岩本はそれについては特別なことではないと言った。

もちろん今回のように無断で持ち出すようなことはないが、この村において隣近所での車の貸し借りは日常茶飯事であった。それこそ醤油《しょうゆ》や味噌《みそ》を借りるくらいの軽い感じで車の貸し借りが行われているという。

律は話を聞きながら東京との遥《はる》かな距離を感じた。おそらくこの土地においては共有財産という価値観が根付いているのだろう。そして人間関係もそれに近いところがある。要は村人全員が身内なのだ。岩本が先ほど口にした、「申し訳ない気持ちでいっぱい」という台詞もそういうところから発せられたのだ。

「しかし妙な話だな――落井さんはなぜあの日に限って、長く乗っていなかった車に突然乗り込んだのか」

律が顎《あご》に手を当てて独り言のように言うと、岩本はゆっくり首を左右に振った。

「村長の話やと、正三さん自身、なんで自分がそんなことしたんか、まったく覚えてえんそうなんです」

「村長さんは、事故後に落井さんと会われているんですか」

「ええ。四日前、病院で」

「病院？」

詳しく訊ねると、留置場か拘置所にいると思われた落井正三は事故直後から今現在も牧野市内にある総合病院に入院しているのだという。事故を起こした際、衝撃で自分の胸をハンドルに強打しており、肋骨《ろっこつ》が三本も折れていたのだそうだ。そういえばFYの酒井が、事故直後、落井正三は胸のあたりを手で押さえていたと話していた。

四日前に村長が面会できた理由は、独り身の落井正三には身元引受人がおらず、認知症の傾向も見受けられるため、病室で執り行われた警察の事情聴取に特別に同席を認められたからだそうだ。原則として、逮捕から七十二時間以内に弁護士以外の人間が被疑者と接見することは禁止されている。

「村長さんからそのときのご様子を聞かせてもらうことは可能でしょうか」

律がそう願い出ると、岩本は困惑したような表情を浮かべ、「村長も今回の件で責任を感じとるし、できればそっとしといたげたい」という理由で難色を示していたが、責任を感じているのであれば尚更この問題と向き合ってほしい、けっして悪いようには書かないという約束を交わして、村長宅まで案内してもらうことになった。もちろん、悪いようには書かないというのは、必要以上に、という意味合いが込められているのだが。

ただし、出発までに三十分近くも待たされた。岩本が誰かとずっと長電話をしていたからだ。

村長宅までは徒歩で向かった。役場からは十分もあれば着くようだ。

岩本と並び、同じリズムを刻んで、緩やかな上り斜面の未舗装路を歩いていく。静かで、長閑《のどか》だった。聞こえるのは鳥のさえずりと、川のせせらぎ。空気は澄み渡っていて、かすかな稲の匂いが鼻先をくすぐる。前方には田畑が広がり、その向こうには紅葉に燃えた野伏ヶ岳が悠然と構えていた。古風な日本家屋が立ち並んでいるからか、律はタイムスリップしたかのような錯覚を覚えながら足を繰り出していた。

「こうして眺めている限り、災害の痕跡《こんせき》がまるで見られませんね」

半年前に恐ろしい天災があった地とは思えない。

岩本は、「こっち側はなんともないんです」と、足を止めた。そして振り返って後方を指差した。「先ほどいた役場の向こうは今もひどいもんです。ここらは平地ではのうて、傾斜になってるでしょ。ほやさけぇ雨水は斜面に沿って向こうに流れていくんです。あっちは平地でしかも川も流れてるもんやで強い雨が降るとすぐ氾濫《はんらん》を起こす。ほうなったら何でもかんでも濁流がさらっていくんです」

土地は広々としているのに、家が平地ではなく斜面に沿った小高い場所に密集して建っているのはそういう理由からだったのか。実際、雨水が浸水した民家もあったが、大半は大きな被害を免れたそうだ。

「例の山崩れがあったのはどの辺りですか」

訊くと岩本は指先の方角を変え、「あの辺りです」とため息交じりに言った。

指先の方には、緑に覆われた山林が広がっていた。「あの麓に、民家が五軒建ってたんです。ぜんぶ土に飲み込まれてまいましたけど」

そして、逃げ遅れた一家三人が生き埋めとなり、帰らぬ人となった。前兆はあったというう。間一髪逃げのびた村人たちが言うには、山崩れが起きる数分前から揺れを感じたそうだ。激しい雨音に交じり、ミシミシという木々が折れるような音を聞いた者もいた。

律も実際の被害後の様子は映像で見て覚えている。土に飲まれたというより、家の方が土にめり込んだような有様であった。地滑りと共になだれ込んできた木々も横倒しの状態で、家を真っ二つに割るかの如く、大木が倒れ落ちていた民家もあった。

「あれはほんと、地獄絵図やった」

過去にこの地で山崩れが起きたことはなく、全国に約三十八万ヶ所ある土砂災害特別警戒区域にも指定されていなかったという。

「業者やボランティアの人が毎日復旧作業にやって来てくれるやろう。みんな励ましの言葉をかけてくれるんです。ありがたいんやけども、力が出ん。気張らなあかん思ってもダメや。なんやら心ん中にぽっかり穴が空いたみたいでずっと虚《むな》しかったですわ」

岩本は遠い目で語っていた。

「亡くなられた一家とは、親しくされていたんですか」

たしか年老いた夫婦とその娘が犠牲となったはずである。娘は律よりも若干年上だったろうか。

「まあ、人口が少ないで、村の者はみんな家族同然です」

そんな会話を交わし、田んぼの間を走る砂利道に足を踏み入れたところで、律はぎょっと目を瞠《みは》り、足を止めた。遠目には人だと思っていた物体がそうではなかったのだ。

案山子《かかし》……？

先を行く岩本が振り返り微笑んだ。「外から来た人はよう驚かれます」

案山子だとしても奇妙な形姿《なりすがた》だった。どこがどう奇妙なのかというと、全身真っ白な装束姿で、組笠《くみがさ》などは被っておらず、代わりに頭部から長い黒髪が生えている。それをうしろで金の髪飾りでとめて一つに結っていた。顔に目や鼻はなく、唯一、口を描いたものだろう、真っ赤な紅が横一文字に引かれている。

風に煽《あお》られ、袴と髪をゆるくはためかせていた。それがまた、ゾッとさせた。

「案山子巫女《みこ》です。天災を遠ざけ、豊作になるようああして祈禱《きとう》してるんです。もちろん、害獣除《よ》けの役割もありますけど」

頷きながらも律の顔に疑問が浮かんでいたのか、岩本に「手入れの問題やろう」と心を読まれた。そうなのだ。長い時間、陽を浴び、雨風にさらされているはずなのに、その形跡がない。袴など洗い立てのように真っ白だ。

「大変ですよ。この村の巫女装束は白を基調としてるでなおさらやの。三日に一度、袴もカツラも当番制で村人が自宅に持ち帰って手洗いや。おろそかにすると村のジジババ連中からカミナリを落とされるで誰も手ぇ抜きません。例の災害のときも真っ先に案山子巫女を屋内に避難させたくらいやで」

埜ヶ谷村の風習なのだという。そういえば解体業者の若者が埜ヶ谷村のことを変わった村だと話していたことを思い出す。

「あれはなんですか」

律は右手側遠くを指差して訊いた。家屋とは異なった形の、年季を感じさせる木造の建物が横に長く延びている。

「酒蔵です。あそこで『ひの雪華《せっか》』という日本酒を造ってるんです。あまり知られてませんが、熱燗《あつかん》にして呑むと旨《うま》いんですよ。どうですか、土産に一本」

このときばかりは岩本が目を光らせていうので、律は苦笑してしまった。

その後、これから会う村長について話を聞かせてもらった。名は國木田《くにきだ》保仁《やすひと》、年齢は五十二歳。この村の生まれで、岩本とは幼馴染《おさななじみ》なのだという。國木田が村長を任されたのは一昨年からとのことだ。生き字引《いじびき》のような老人を勝手に思い描いていたので意外に思った。

ちなみに他のマスコミはこの村長に取材はしていないという。

「他のマスコミの方は自分と話をしただけです。正三さんは認知症やったって言ったら、ほれで納得して帰って行きました」

なるほど。マスコミ連中からすれば、事故を起こした老人はやはり認知症だった、これだけ知れればよかったのだろう。ちなみに事故を起こした軽トラが車検切れだったこと、またそれが彼の所持する車ではないこと、この二つに関しては、「訊かれんかったでこちらもあえて言いませんでした」とのこと。

ほどなくして村長宅に着いた。周りと同様、古風な瓦屋根住宅で、広い庭に紫色のコスモスが美しく咲き乱れていた。

岩本は勝手に敷地に入っていくと、ベルも鳴らさずに玄関の戸を開け、「やっちゃーん。いるかーい」と叫んだ。

すると、奥から「おうよー」と太い声が返ってきた。

岩本に「どうぞ」と勧められ、靴を脱ぎ、框《かまち》に足をかけた。

板の間を進んで広い仏間に入ると、鎮座した低い卓子を挟んで、座布団に腰を下ろした二人の男が向かい合っていた。一方は岩本と同年代、もう一方は律よりも若干年上、四十歳くらいに見えた。前者は褐色の和装、後者はグレーの薄手のジャンパーを着ている。和装の男が村長の國木田だろう。

仏間の長押《なげし》には先祖だろうか、たくさんの遺影がぐるりと連なっていた。壁には雪化粧を纏《まと》った山が描かれた水墨画の掛け軸が垂れ下がっている。

「そちらは、どちらさんや」

國木田が律を見ながら岩本に訊いた。

「こちらは雑誌の記者さんで――」

岩本が律を紹介すると、二人の男は弾かれたように居住まいを正し、畳に指をつけて頭を下げてきた。

「この度は村の者が世間を騒がせました。こんな取り返しのつかんことを――」

慌てて律も膝《ひざ》を畳に落とした。「いえ、わたしは謝罪される立場にありません。事故とはなんら関わり合いのない一介の記者ですから、どうぞ頭を上げてください」

律は改めて自己紹介をして、今回の取材の趣旨を伝えた。

配置が変わり、卓子の向こうには三人の男。真ん中に村長の國木田、右手に岩本、そして左手にいるもう一人の男は関浩一郎《こういちろう》と名乗った。そう、落井正三に車を貸した、いや、正確には勝手に持ち出され、事故を起こされた人物である。

実に好都合であった。この人物にも取材を行いたいと考えていたので、これで手間が省けた。

「ジジババが町に出るときは、極力若いのが運転してほこに同乗させてたんですが、まだ自分でハンドル握っとる者もようけおりますので、今後はより一層、自治体も注意を強化していく所存です」

國木田は形式張った台詞を吐き、となりの関浩一郎に向けて軽く顎をしゃくった。

「この男も、ある意味では被害者なんです。ついこの間まで乗ってた車であんな事故を起こされてもて」

「自分もあかんかったんです。あんな使えねえトラック、いつまでも放置してたから——とっとと廃車にしとけばこんなことにならずに済んだのに」

関浩一郎は太ももの上で拳《こぶし》を握りしめていた。

先ほど役場で岩本から聞いていた通り、彼の所持していた軽トラックは車検が二ヶ月前に切れており、更新するつもりはなかったという。一年ほど前に売ろうとして中古車販売店に持ち込んだが、むしろ引き取りに金がかかると言われ、それなら乗り潰《つぶ》してしまおうということで使用していたのだそうだ。車検が切れた後は自宅前に放置していたと関浩一郎は話した。

「おれがだらしないばかりに正三さんを犯罪者にしてもて……村のみんなにも面目ないです」

「おめのせいでないって」國木田がたしなめるように言った。「いったい誰が正三さんが乗ってまうなんて思うよ。たまたまおめの家がとなりにあったでそうなったわけやろう。おれの車やったかもしれんし、和夫のやったかもしれん。鍵だってしょうがね。みんな玄関なんて開けっ放しなんやで」

「そうだ」岩本が大きく相槌《あいづち》を打った。「なんでも自分に非があったんでないかって思い込むのは昔からおめの悪い癖や。浩一郎には何の責任もねえ」

関浩一郎は下唇を嚙《か》んでいた。

そこに割烹《かっぽう》着姿の女性が茶を運んできた。「家内の静《しずか》です」と國木田が紹介してくれた。ずいぶんと白い鬢《びん》が目立つが、年齢は夫よりも上だろうか。

國木田が落井正三と面会できた理由は先ほど岩本から聞いていた通りであった。殺人などの凶悪犯罪ではないので、警察の事情聴取も終始穏やかな雰囲気で、事務的に執り行われたのだそうだ。ただし、本人は自責の念に囚《とら》われており、悔恨の言葉を口にしていたという。

「弁護士先生のお話やと、無罪を勝ち取れるかどうか微妙なところなんやそうです。認知症の診断書があればよかったんですが、正三さんは我々で面倒を見ていくつもりやったで——今更ながら、病院へ連れていっとけばよかったと後悔してます」

弁護士について訊くと、国選でなく、私選とのことだった。人情派でやり手との噂を聞きつけて、國木田がその人物に落井正三の弁護を依頼したのだそうだ。

「自分らも若い頃には正三さんにずいぶん世話になった。ある意味では親のような方です。被害者の方には申し訳ないが、正三さんをあの歳で刑務所に入れたくはありません」

國木田は、はっきりと言い切った。

仮に実刑が下されれば交通刑務所に服役することとなる。どちらにしろ懲役は一年か、二年か、そんなところだろう。あとで里美に見解を訊ねてみようと思った。曲がりなりにも彼女は司法の世界に身を置く人間である。

「その弁護士の先生の連絡先を教えてもらえませんか」

律が願い出ると、三人は顔を見合わせた。

「勝手にほんなことをしていいものか、自分らにはわからんのですが」

「大丈夫だと思います。取材を受けるかどうかは弁護士の先生が判断するでしょうから。落井さんの弁護をしているわけですし、彼の不利に働くような証言は絶対しないはずです」

國木田は難しい顔で腕を組み、うーんと唸《うな》っていたが、やがて「ほういうことでしたら」と弁護士の名刺を差し出してくれた。

佐藤《さとう》法律事務所所長、佐藤宗治《そうじ》。電話番号とメールアドレス。住所は福井市内にあった。

律はそれらをメモ帳に書き写してから、改めて取材を再開した。訊きたいことは山ほどある。一番はもちろん認知症のことだ。はたして加害者はどの程度耄碌《もうろく》していたのか。まず、落井正三の以前の職業について訊ねると、國木田は「もう、とうに引退しとるけれども」と前置きして教えてくれた。落井正三は杜氏《とうじ》であったという。杜氏は酒造りの技術職人であり、最高責任者である。その酒はここに来る道中に見た、あの木造の建物の中で造っている『ひの雪華』だそうだ。ちなみに目の前にいる関浩一郎はその弟子のひとりで蔵人だという。ただし、落井正三は師匠としては不向きであったと、その関浩一郎が苦笑交じりに言った。「基本的に正三さんは他人を叱ることができんのです。ほんな人でした」とのこと。だがその分、己には厳しかったようだ。現役時代は蔵内の管理はもちろん、原料の扱いから、酒しぼり、貯蔵、熟成まで、全ての工程に目を配っていたという。

引退したのは七年ほど前、ある日突然、「舌があかんようなった」と弟子たちに告げ、自ら退いたのだそうだ。

「落井さんは事故当日のことを覚えていないとのことでしたが」

「ええ。本当にまったく覚えてえんようなんです」

「落井さんの認知症がどの程度のものであったのかわかりかねますが――」律は三人の

顔を見回して言った。「ここから牧野市までは車で二時間ほど掛かります。なぜそれほど離れた場所にあるコンビニにわざわざ出かけたのか。また、それだけの道のりをマニュアル車でしっかり運転できる能力があるのに、記憶がまったくないというのはどうも整合性が取れない気がするのですが」

「正三さんが嘘をついていると」國木田の目がギロリと光った。

「いえ、そういう意味ではないのですが、妙な話だなと思いまして」

國木田はスーと音を立てて鼻息を漏らし、再び口を開いた。

「自分はこう考えてます。あの日、正三さんは衝動的に車に乗り込んでもうた。目的はわかりませんが、昔の感覚がふと蘇ってもたんやろう。彼は現役時代、仕事で毎日のように車を使ってましたで。もちろん正三さんが当時乗っとったのもマニュアル車です。あの世代の人はむしろマニュアルの方が慣れとるんですよ。

ただし、町に出たはいいが自分がなんで車を運転してるのか、どこへ向かおうとしてたんかがわからんようになってもた。村に戻りたくても帰り道もわからん。あの軽トラにはカーナビもありません。仮についていたとしても正三さんには使いこなせません。正三さんはひたすら軽トラを走らせた。やがて疲れ果て、小腹が空《す》いたか便所か、ほんな用事でコンビニに寄った。それがたまたまあの店やったっていうことです」

國木田は滔々《とうとう》と説いた自らの推論に数回頷き、「警察の方も弁護士先生もほのように考えてると思います」と補足した。

さらには岩本がこう続いた。

「正三さんの記憶がねえのは、自分らからしたらなんも不自然なことではありません。物忘れの度を越してたし、昨日今日のことを覚えてえんこともしょっちゅうあった」

「それほど認知症が進んでおられたのに、医療機関で検査を受けさせなかったのですか」

「それは——そんなことまでするほどでねえかなと」

律は小首を傾げて見せた。「落井さんの認知症はかなり進行していたんですよね」

岩本はこめかみを人差し指でポリポリと掻くと、「つまり、どう捉えるかっていうことです。村にはもっとひどい認知症のジジババもいたりするんで、自分らからしたら正三さんはたいしたことがねえちゅうか……いずれにせよ村で面倒を見ていくで、今更わかってるものをわざわざ検査を受けさしてダメを押してもらわんでもええかと」

「なるほど」律は相槌を打ち、質問を変えた。「落井さんが運転をやめたのは具体的にはいつ頃だったかわかりますでしょうか」

三人が同時に腕を組み、思案顔を作った。そして國木田が、「どうやったろうか。たしか四、五年くらい前やったんでねえかな」と自問するように言った。

「では、認知症の兆候が見られたのは？」

「おんなじくらいやと思います」

「だとすると、やはり辻褄《つじつま》が合わないのではないでしょうか。七十二歳以上の高齢者の免許の有効期限は優良ドライバーでも三年です。とすれば落井さんは少なくとも一回は免許の更新を行っており、その際、七十五歳以上のドライバーに課される認知機能検査もパスしていることになります。また、車の運転をやめていたはずの落井さんが免許の自主返納という形を取らずに更新を選んだことも解せません」

國木田は苦い顔をして、「ほんなの我々は知らん。だいたいその検査いうのもどこまであてになるもんかわからんしね」と言うと、今まであまり発言のなかった関が胸の前で手を挙げ、「ちょっといいですか」と割って入ってきた。

「うちの母親はもう車に乗らんのに免許だけは更新し続けてるんです。免許を更新せんと人生まで引退した気分になると、そんなアホなことをいうてるんですが、気持ちはわからんでもないです。ほやさけぇ正三さんも自主返納とかそんなことはよう知らんで、ただ更新時期がきたで手続きをしただけなんでねえかと」

「いいえ、知らないということはないと思います。高齢者であれば運転者教育センターで必ず講習があり、自主返納サポートについて丁寧な説明がなされているはずですから」

とくに福井県は法改正に伴う措置として、高齢者の事故防止につなげる狙いで、今年に入ってから県内二ヶ所の運転者教育センターに看護師資格を持つ、小野田のような『講習指導支援員』を配置している。免許更新に訪れた高齢者の相談に乗るほか、認知機能検査の説明なども丁寧に行われているのだ。

律がこれらの説明をすると、國木田は不快感を隠さずに、

「今年からいうことはその前まではいい加減ちゅうか、杜撰《ずさん》やったかもしれんが。正三

さんがいつ免許の更新をしたんかは正確には知らんけど。それに、あんたの話はようわかったけど、いったいあんたは何を取材なさるおつもりなんですか。正三さんには責任能力があるで有罪やろうって、ほういうことをおっしゃりたいんですか」

「いえ、そうではなく――」

「そうではないって、そうでねえかっ。さっきから聞いてると」突然、國木田が座卓に拳を落とした。

律が驚いていると、「やっちゃん」と岩本が國木田を宥《なだ》めるように肩に手を置いた。「あんたがカッカするような話でねえやろう。俊藤さんだって仕事なんやで、今後こういう事故をのうすために、ちゃんと調べて書かなあかんのやで。ほれだけのことよ――ね、ほうですよね」

「ええ、その通りです。ありがとうございます」

國木田は顔を赤らめていたが、やがて気分を落ち着けたようで頭《こうべ》を垂れてきた。「申し訳ない。客人に無礼を働いた」

「いえ、こちらこそ配慮の足りない訊き方をしてしまいました」

続いて被害者のことに話が及ぶと三人は同時に視線を落とした。「若い人の命を奪ってもて申し訳ない」國木田は下を向いたまま、消え入りそうな声で謝罪の言葉を口にした。

岩本もそうであったが、彼らは親族でもないのに当事者意識を持っている。親しい関係にあったからだろうが、東京で生まれ育った律にはどうしても奇異なものに映ってしまう。

続いて國木田は村を代表して被害者の通夜に訪れたという話をしてくれた。その際に父親である石橋宏にも会って謝罪をしたのだという。だが彼からは、「謝罪やらいいで、賠償金と慰謝料を村から払え」と言われたそうだ。

容易にその情景が浮かんだ。石橋宏からすれば、金さえ払ってくれるなら親族でもあかの他人でも構わないのだ。

「村にそんな予算はありませんし、法的にも支払う義務はありません。ほう答えたら、あの男はこういいました。『やったらうちの会社で金を借りねま』と。むちゃくちゃや」

律は肩を落として吐息を漏らした。石橋宏の本業は金融である。

ほどなくして、國木田が出掛ける用事があるということで、「すみませんが、そろそろ」と退去を促された。

最後に、國木田に頼んで落井正三の写真を見せてもらうことにした。提供されたのは、村役場の前で撮影したもので、十人くらいの高齢者が横に整列した集合写真だった。一昨年に行われた村の催事のときのものだという。

律は写真に目を凝らした。落井正三は痩《や》せていて、姿勢がよく、周りと比べて頭一つ出ていた。この世代の老人にしてはかなりの高身長だろう。頭髪はなく、綺麗《きれい》に禿《は》げ上がっている。穏やかながら、凛《りん》とした顔つきが印象的だった。

写真を返したところで取材は終了となった。わずか十五分ほどの滞在であった。

11

國木田宅を辞去し、岩本と共に来た道を戻っていると、「俊藤さん、このあとのご予定は?」と岩本が横目で訊《き》いてきた。すぐそこの田んぼではイナゴがリズムよく跳ねている。

「先ほど教えていただいた弁護士の先生にお会いしてみたいと思います」

「先生は会ってくれるかの」

「どうでしょう。それこそ岩本さんの口利きがあると助かるのですが」笑いながら言った。

「自分は窓口でないし、先生とのやりとりは全部やっちゃ——村長がやってるで」

「そうでしたね」天を仰ぎ見た。薄いさば雲が青空にたなびいている。「國木田村長のこと、怒らせちゃったなあ」

そうボヤくと岩本は隣で苦笑し、額を撫《な》でて見せた。「すみません。あの男は昔からやたら短気で」

「いえ、悪いのはわたしですから。気になったことはなんでも質問してしまうんです」

律もまた苦笑した。「それにしても、岩本さんと國木田さんの間柄はうらやましいですね。まさしく親友といった感じで」

「親友というか、ありゃもう兄弟みたいなもんです。生まれたときからずっと一緒ですで。それこそ子供の頃は取っ組み合いの喧嘩《けんか》を数え切れんくらいしました。そのたんびにふたりして村の大人にこっぴどう叱られての」

「落井さんにも叱られたことがありますか」

訊くと、岩本は首を横に振った。

「正三さんは昔から穏やかな人やから。ほやさけぇ子供は親と喧嘩すると、みんな正三さんの家に逃げ込んで一晩泊めてもろたりしてたんですよ。そんで一晩中愚痴を聞いてもろたりして。あの人は何をいうでもなく、ただ静かに話を聞いてくれて」

岩本は当時の感傷に浸っているのか、遠い目をしていた。

「この村はみんなで支え合って生きているんですね」

何気なくそんな言葉を添えると、岩本はため息を漏らした。

「支え合わな生きていけんのやわ。なんの因果か知らんけども、やたら天災も多いとこやからの」

聞けば半年前に起きた山崩れ以前にも、埜ヶ谷村は度重なる天災に見舞われてきたのだという。

「これは童子の頃からジジババに耳にタコができるほど聞かされてきた話なんやけども
――」

そう前置きした岩本の話は、律も学生時代に日本史の授業で触れたことのあるものだった。

戦後三年——昭和二十三年六月二十八日、北陸から北近畿《きんき》に掛けて大地震が起こった。いわゆる、福井地震である。ここ埜ヶ谷村も例に漏れず大惨禍を受け、壊滅危機にまで陥ったという。当時、戦争で若い男手を失っていた埜ヶ谷村は、年寄りから子供まで総出で復旧にあたり、長い年月をかけて生活を取り戻したのだそうだ。そして今日まで歴史を紡いできた。

「当時どれだけ大変やったか、実際のとこわからんが——ほやけど、自分らも豪雨、豪雪、噴火と厳しい災害を経験した。そのたんびにみんなで知恵出して、力合わせて乗り切ってきたんです。ほやさけぇこれまでは死人が出るようなことはいっぺんもなかった。半年前の……あれほど惨《むご》たらしい目に遭《お》うたことはなかったんです——」ここで岩本はハッとなり律を見た。「すみません。いらんことをべらべらと」

「いえ」

「ほれやったら早いとこ村を捨てて、ほかの土地で暮らせばいいでねえかと思うやろう」

「そんな」

「いいんです。理に適《かな》ってえんと自分らでも笑《わろ》うてるくらいですで」岩本は肩を揺すっている。「よその人から見たらここはおかしな村です。やたら決まりごとも多いし、面倒なことはようけある」

たとえばどういった、と訊くと岩本はいくつかの因習を教えてくれた。代表的なのが、『みこころ』という名の租税である。村人はその収入によって定められた金額を年に一度、自治体に納めなくてはならないのだという。そうして納められた金は催事などにも用いられるようだが、基本的には収入の少ない家の保護金として充てられるのだそうだ。要するに埜ヶ谷村独自の生活保護制度である。よくそれで人間関係が良好に保たれるものだと感心してしまう。

「当たり前やけど自分らの税があるからって国の税から逃れられるわけではねえ。ほやさけぇ、この村に金持ちはひとりもえん」

岩本は苦笑している。他にも、村の年寄りの介護や、外の学校へ通う子供たちの送迎が当番制で課せられていたりと、いろいろと大変なのだそうだ。この村で暮らす限り個人主義は通用せず、輪の中で生活するほかないのだろう。

そんなわけで村人たちは全員が各人の連絡先を把握しており、近年では村のＬＩＮＥグループなんてものも立ち上がったそうだ。

「東京じゃ考えられんでしょう」

さすがに息が詰まりそうだなと思ったが、当然口には出せず、「まあ、そうですね」と言葉を濁した。

「ほやさけ外からは共産主義や鎖国やなんて揶揄《やゆ》されとります。閉鎖的なとこなのは認めるけどもね」

「グローバルばかりがいいことじゃありませんから」律はフォローの言葉を添えた。

「グローバル？　この村でそんな言葉を使う人間はおりません。さすが東京の人や」

埜ヶ谷村から東京に出る若者はいないのかと訊《たず》ねると、「まあえん」という答えが返ってきた。そもそも離村する人間自体少ないのだという。ちなみに岩本には今年三十歳になる息子がいて今現在は村の青年会のリーダーを務めているのだそうだ。また、國木田には子供はおらず、先ほど茶を出してくれた彼の妻の静は、岩本の実姉であるとも教えてくれた。ということは岩本と國木田は実際に親族でもあるのだ。

「関さんも親族に当たるんですか」

話の流れでそう訊くと、岩本は首を横に振り、「あれはまだ独りですから」と乾いた口調で言った。彼は膝《ひざ》を悪くした母親とふたりで暮らしているという。

そんなやりとりを交わしていると、前方に村役場の古い建物が見えてきた。律は腕時計に目を落とした。

「わたし、この辺りをもう少し散歩してから帰ろうと思うのですが構いませんか」

そう申し出ると、にこやかだった岩本の顔が一転して曇った。

「ほれはダメやということはできんけども……ただ、村のもんにむやみやたらと取材をするのは勘弁しとくんね。半年前にしつこく取材されて嫌な思いをしたもんもおるし、今回のことでもマスコミの人らがまた来るいうてみんなそわそわしとったで、自分が統括して窓口になったんやで……それに、調子こいて有る事無え《ね》事口にするたわけが出るかもしれんし――」

「ご安心を。取材が目的ではありませんので」

「ほれやったら自分が村の中を案内しますよ」

「いえ、お仕事中にわたしの個人的な散策に付き合わせるのは忍びないので。本当にのんびり景色を見ながら歩きたいだけですから」

岩本はそれでも不服な様子だったが、「なんもないところやけども」と最後はしぶしぶ折れ、ひとり役場に戻って行った。

その背中を見送り、律はふーっと息をついた。

彼の心配するところは容易に想像がついた。律に落井正三の認知症レベルを測られたくないのだ。

先ほどの取材で、落井正三の認知症について疑問を投げかけると、彼らは明らかに態度を変えた。それは少し不自然なほど過剰な反応だった。はたして落井正三は本当に認知症だったのだろうか。正直、疑わしく感じてしまった。

とはいえ、村の中を歩いてみたいというのも本心である。異国の地ではないが、この風変わりな埜ヶ谷村という土地に興味が湧いたのだ。であればその生活の上辺だけでも触れてみたい。

律はのんびりとした歩調で足を繰り出した。実に気持ちが良かった。埜ヶ谷村にはゆるりとした時間が流れている。こういう土地で暮らしていたら――無論、天災を抜きにすればだが――人はストレスとは無縁ではなかろうかと勝手な想像を働かせていた。こんな大自然に囲まれていると、どうしたって雑踏を掻《か》き分けている自分の生活を省みてしまう。

ここで律は横からの視線に気がついた。外の人間が珍しいのか、すぐそこで農作業をしていた老婆が手を止めて律の方に視線を送っていたのだ。会釈すると「あんた、どっから来たの」と、人懐っこい笑顔でこちらに歩み寄って来た。ただし、腰が曲がっていて亀のようにのろい。

「東京？　あら～まあ遠くから。お仕事？」

「ええ。例の事故の件でちょっと」

「例の……事故？　なあにそれ」

律は眉《まゆ》をひそめた。地元の人間が知らないのか。いや、そんなはずはない。コンビニの事故だということを伝えても老婆は首を傾げた。

「そういえば半年前に、ここで大変な災害がありましたね」

「はて、災害？」

これではっきりした。この老婆は認知症なのだ。

いくつか会話を交わしたところで、「ところで落井正三さんのことはご存じですか」と訊いてみた。

「ありゃ、あんた正三さんの知り合いなんか」

「いえ、存じ上げてるのはお名前だけなんです」にこやかに笑って見せた。「もしよければ落井さんがどんな方なのか教えていただけませんか」

すると、老婆は落井正三に関するエピソードを詳細に語ってくれた。どうやらこの老婆は昔の記憶の方がはっきりしているようだ。

この老婆は落井正三の五つ年下にあたり、幼少期はよく面倒を見てもらったとのこと。少年時代の落井正三は手先が器用で学問に長《た》けており、その当時、埜ヶ谷村から旧制中学校に進んだのは落井正三ひとりだったと老婆は自慢するように語った。ただし当人はそれを鼻にかけるようなことはなく、誰に対しても分け隔てなく接する親切な人だとその人間性を褒めちぎった。

「みんなから慕われてるでの。しょういえばついこの間、正三さんの還暦祝いに村からしょーがんきょを贈ったんやけども、正三さんかすな感激して、それ以来ずっと首からぶら下げて歩いとっけるでね。ほんなとこもまたあの人らしいな」

還暦祝いだとすると、今から二十六年前か。ちなみにしょーがんきょというのは双眼鏡のことのようだ。

「あんた、そんなに正三さんについて知りたいんやったら、家行って本人と話したらいいが。すぐそこやでな」

そんなやりとりをしていると、そこに軽トラックが通り掛かった。髪を薄茶に染めた若い男が乗っている。車窓が下がり、「ばあちゃん、そろそろ家帰ろっさ」と老婆に声を掛けた。

「まだ終わってえん。もうちょっとしたら自分で帰るで心配せんといて――ほんなら、ゆっくりしていっての」

老婆は男と律に言い、また畑へと戻って行った。

「まいったなあ。今日は長そうだ」男は老婆の背中に視線を送りながらため息を漏らした。「おんさん、ばあちゃんと話しとっても要領を得んかったやろ。だいぶぼんやりして来てもてるんや」

「いいえ、楽しいお話をたくさん聞かせていただきました」

「毎日、ああやって畑に出な気がすまんのやよ。もう身体に染み付いてるで、仕方ねえちゅうて放っといとるけど、怪我されてもかなわんし、つれえよ、ババアの介護は」

言葉は乱暴だが、男は温かい眼差《まなざ》しで老婆を見つめている。お孫さんですかと訊くと、ちがうという。

「ほやけどあっちはおれのこと息子や思うてるけどね。あんたの息子はつるっ禿《ぱ》げのおっさんや言うても信じんわ。ところでおんさんはどこの誰?」

訊かれたので身分を明かすと、途端に男は表情を強張《こわば》らせた。そして訊いてもいないのに、「正三さんは偉い人やでな」と口にした。「落井さんも認知症だったとか」探りを入れてみると、「まああの人も歳やでひどいもんやったな」と顔を背けて言い、さらには「余所者《よそ》がうろついてるとみんな怖がる。気ィつことっけの」と暗に去れと言われた。

律はその場を離れ、いくつかの民家が立ち並んだ方へ向かった。去れと言われて去っていたらジャーナリストなど務まらない。

小道で律と同年代の主婦が三人集《つど》って井戸端会議をしていたので、今度はこちらから近寄って声を掛けた。三人とも初めこそフレンドリーに接してくれたが、やはり律が目的を告げるとぱったり笑みが消えた。

そして例に違《たが》わず、口々に落井正三を「いい人」「立派な人」だと褒め称えた。認知症については、「ひどかった」「だいぶねえ」という一様の返答であった。

「具体的にはどういった症状が見られたのでしょう」

突っ込んで訊くと主婦らは口ごもった。「なんて言ったらいいか……徘徊《はいかい》したり、癇《かん》癪《しゃく》を起こしたりとか、ほんなこともあったと思うけど」と歯切れが悪い。

迂《う》闊《かつ》なことをしゃべりたくないということなのだろう。その証拠に、律が「取材は以上です」と告げ、道具を仕舞うと、緊張を解いたように三人は安堵《あんど》の笑みを浮かべた。

やはり、村人たちは落井正三が重度の認知症を患っていたということにしておきたいのだ。おそらくマスコミに何か訊かれた際はそう伝えるように岩本や國木田から指示されているのだろう。だが、はたして本当はどうだったのだろうか。

ここからは他愛もない世間話をした。その中で彼女たちが三人ともこの村の生まれであり、その夫もまた同郷であることを知った。失礼を承知で「お見合いのような形ですか」と訊ねると、「ほやほや。相手は子供の頃から決まってるんですよ」と極自然な返答があったので驚いた。成人を迎えると、親から正式に相手を知らされるらしいが、本人たちはその前から自分の許婚《いいなずけ》の相手は見当がついているのだという。

「だいたい相手っていっても選べる人数も少ないしねえ」

「うちの人はこんな村に生まれてえんかったらおれは安室奈美恵《あむろなみえ》と結婚してたなんてたわけたこといまだにいうでね」

「こっちかってディーン・フジオカと恋に落ちてたわ」

主婦らは屈託なく笑い声をあげている。

平成も終わるこのご時世に、このような風習がいまだ残っているのが信じられない。彼女たちの手にスマートフォンが握られていたりするので、時空を彷徨《さまよ》ってはいないようだが。

先ほど國木田の妻の静が岩本の実姉であることは聞いたが、それも見合い結婚だったのだろうか。だがそうなると、関浩一郎が独り身であることが不思議に思えてくる。

律は先ほど関浩一郎と会ったことを告げ、「彼はまだ独身であると小耳に挟んだのですが」と言うと、彼女たちは気まずそうに互いの顔を見合った。気になったが、これ以上深掘りするのはさすがの律でも気が引けた。

主婦らと別れ、その後、佐藤法律事務所に電話を掛けた。落井正三の弁護人が今回の事故をどう捉《とら》えているのか見解を聞いてみたい。時間の許す限り、今回の事故の背景を突き詰めてみたい。

担当している所長の佐藤宗治は外出中であったが、十五時に戻ってくると事務員が教えてくれた。

「ではその時間にそちらに伺わせていただいてもよろしいでしょうか」

〈それは構いませんけど、どのようなご相談でしょうか〉

用件を伝えると、

〈ああ例の。ただ、そのような件でございますとわたしでは返答しかねるのですが……佐藤に確認せんことには〉

「弁護を依頼された埜ヶ谷村の國木田村長からご紹介を受けたのですが」

〈そうなんですか。ですが、申し訳ありません。やはりわたしでは判断できません〉

「では佐藤所長に直談判《じかだんぱん》させていただきます。それでは十五時に。失礼致します」

強引に告げて電話を切る。相変わらずな自分である。実にマスコミ向きな性格だ。

引き続きぶらぶらしていると、山林の小高い場所に朱塗りの鳥居を発見した。といっても、枝葉の間から鳥居の一部が申し訳程度に顔を覗《のぞ》かせているだけなのだが、あれは間違いなく鳥居だろう。だとすれば神社がある。律は足を運んでみることにした。

山林の中に分け入ると、道無き道がしばらく続いていて、やがて苔《こけ》の生えた石段が現れた。石はやや不揃いの形で、石段は蛇のようにうねって上に延びている。およそ二百段はあるだろうか、頂上に先ほど発見した鳥居の一部が見えた。遠くから見たよりも、ずいぶんと高い場所に神社は位置しているようだ。この石段もかなりの急勾配《こうばい》である。

律は気合いを入れて石段に右足を掛けた。両脇から木々の枝葉が伸びて、頭上を緑のアーチを作るように覆っており、木洩《こも》れ陽が石の上にまだらな陽だまりを作っている。空気はひんやりとして心地いい。だけど夜はおっかなくて近寄れないな。そんなことも思った。

半分ほど登ったところで石段に腰を下ろしてひと休憩した。すでに膝が笑っているのだ。情けない。東京に戻ったらダイエットをして身体を鍛えようと固く誓った。もっともこの固い誓いが履行された例《ため》しはないのだが。

枝葉の間から埜ヶ谷村全体を一望することができた。改めて長閑《のどか》なところだと思った。だが、村人たちの結束の強さは計り知れない。

岩本や國木田をはじめ、落井正三の関係者が今回の事故は認知症によって起きたものであるとして収めたいのは明らかだ。事実、有罪無罪の分かれ道はそこだろう。

公判はまだ先のことだろうが、その判決は——微妙なところだなと思った。たとえ認知症と診断されなくとも高齢者ゆえ、アクセルとブレーキを踏み間違えた不注意も情状酌量の余地があるだろうが、完全無罪を勝ち取ることは難しいのではないか。おそらく車検切れの車に乗っていたことも判決に影響するだろう。

やはり元妻の見解を聞いてみなくては。彼女は今日は仕事なので、夕方以降でないと電話に出られないだろう。

再び石段を登り始め、ようやくあと十段くらいのところまでくると、上の方から降ってくる子供たちの甲高い叫声を鼓膜が捉えた。一段上がるたびにその声が大きくなっていく。人がいるとは思ってもみなかったのでうれしくなった。

朱塗りの鳥居は所々剝《は》げていた。上部に太縄が括《くく》られており、中央には『巫《かんなぎ》神社』と彫られた石板が据えられている。

最上段まで上がると完全に視界が開けた。鳥居の向こう、真ん中に石畳の参道が延びており、その奥にこぢんまりとした神殿が構えていた。両脇には狛犬《こまいぬ》の石像が立っている。境内の広さはおよそ三十メートル四方で、一面に玉砂利が敷き詰められていた。

そんな一画で小学生と思《おぼ》しき四人の子供がボール遊びに興じていた。彼らは遊びに夢中で律の存在に気づいていない。子供たちの保護者だろうか、傍らに若い女性も一人ついている。

微笑ましい光景に頰を緩めた律は、直後、目を瞠《みは》り、息を吞《の》んだ。

内方七海――。

12

〈偶然だよ、偶然〉

鼻息荒く顚末《てんまつ》を話したのだが、佐久間の反応は芳しくなかった。

「それにしちゃできすぎてるでしょう。だいたい、アルバイト一つするのにどうして遠く離れた町のコンビニを選ぶんですか。ここがいくら田舎とはいえ、もっと近い場所に働けるところも、それこそコンビニだっていくらでもあるはずです」

律はバイクを停めてある村役場まで歩きながらスマートフォンを耳に押し当てていた。すぐそこを首輪をしていない犬が草木の匂いを嗅《か》ぎながら散歩している。野良犬だろうか、それにしては肥えている。きっと村人から食べ物を分け与えてもらっているのだ。脇を通ると物欲しそうな視線を投げかけてきたが無視した。

〈事情があるんでしょ、事情が〉

「どんな事情があるっていうんですか」

〈そんなのおれがわかるわけないじゃない。あ、その子が通ってる高校が近いんじゃないの。例のコンビニと。高校生でしょ？ どの高校に通ってるか聞いた？〉

「何にも聞けてないです。彼女は何ひとつ話をしてくれないので」

律はため息をつき、つい先ほどの神社での出来事を思い浮かべた。

取りつく島もなかった。彼女は律の姿を認めると、虚を衝《つ》かれたように目を見開き、しばしその場で固まっていたが、やがて「みんなそろそろ帰るよ」と子供達を引き連れて、逃げるように石段を下り始めた。もちろん律もそのあとについて石段を下りたのだが、「わたし、何も話したくないんです。ついてこんでおくんなさいっ」と一蹴《いっしゅう》された。

仕方ないので、四人の子供達の中で一番年長に見えた男の子に、「みんなはこの村の子だよね？ 落井正三さんのことは知ってる？」と訊くと、「うん。知ってるよ」と返答があったのだが、「勝手にしゃべらんっ」と内方七海に一喝され、打ち切られた。男の子は口を尖《とが》らせてしょげていた。

これ以上強引なこともできないので、律は石段を下りきったところであきらめ、彼女たちの背中を見送った。

〈じゃあ何よ、俊藤ちゃんは今回の事件がただの事故じゃないとか、そういうことを言いたいわけ？〉

「そういうわけではないんですが、なんか引っかかるんですよ」

〈それってつまりは勘でしょ〉

「……まあ、勘ですけど」

〈じゃあ当てにならないな。俊藤ちゃんの勘は山の天気の如しってね。そっちも今に大雨が降るんじゃない？　あはは〉

ぐ――。たしかに自分の勘は信用するに値しない。だいたいが自分は思い込みの激しい人間なのだ。

「とにかく、もう少しこの事故を調べてみたいんです」

電話越しに佐久間のため息が聞こえた。〈君の気の済むまでやればいいさ。だけど、締切は守ってよ。こっちまで徹夜は勘弁だからね〉

電話が切れる。おのれ佐久間め。

何はともあれ、内方七海である。佐久間のいうように本当に偶然だろうか。事件の加害者と、唯一の目撃者が遠く離れたこの村の人間、はたしてそんな偶然は起こりうるのか。

村役場に到着すると、すぐに岩本を呼び出した。「お帰りですか」と好々爺《こうこうや》のように笑む岩本を外に連れ出し、バイクを停めてある裏手に回った。

そして、今しがた神社で内方七海を見かけたことを伝えた。

すると岩本の表情が一変した。目が忙《せわ》しなく泳ぎ出したのだ。

「なぜ、黙っておられたのですか」

内方七海のことを、である。取材の中で彼女の名前は一切出てこなかった。國木田や岩本が彼女の存在を知らないはずがない。彼らは意図して彼女の名前を口にしなかったのだ。

「まいりましたな」

律は眉《まゆ》をひそめた。「どういうことでしょう」

「その、できれば知られてほしくなかったということです」岩本はこめかみをポリポリと掻いている。「ほら、七海が正三さんとおんなじこの村の子やいうことが広まったら変な噂が立つかもしれんやろう。世の中には口さがない連中がようけおるし。ほやさけぇあなたがまだ知らんのなら黙っとこうかと。すみません」

頭を下げられたが到底納得はできない。

「先ほど國木田村長は、落井さんが車で例のコンビニにいた理由をわたしにこうおっしゃいました。『小腹が空《す》いたか便所か、そんな用事でコンビニに寄った。それがたまたまあの店だったということ』だと。ですが彼女があそこに勤めていたとなると、まったく事情がかわってきます」

「ええ。ほやさけぇ警察の人には、もしかしたら正三さんは七海を迎えに行ったんかもしれんと、こう伝えてます。けども、七海はそんな約束してえんちゅうし、正三さんは正三さんでなんも覚えとらんていうで、自分らも絶対そうやと断言はできんのです」

だったらなぜはじめからそのように話してくれないのか。

そう批難すると、岩本は若干の苛立《いらだ》ちを露《あら》わにした。

「今もいうたけど、真実がわからんのやで、できれば七海のことには触れてほしくなかったんです。あの子はまだ子供やで、そっとしといたげたいという親心や。わかるやろう。それにあの子自身、人にいろいろ訊かれるのはイヤやっていうてる。話をすると事故の恐怖が蘇《よみがえ》ってまうようなんです。あなたの取材を断ったんもそういう理由です」

そんなことを言ってもいつまでも隠し通せるはずがないではないか。そもそも岩本は律以外のマスコミには落井正三の乗っていた軽トラックが他人の所有するものであることと、また、それが車検切れを起こしていることも黙っていた。なぜそんな不合理なことをするのか。遅かれ早かれ、少なくとも公判になれば確実に世間に知れてしまうのに。

そしてもう一つ、気になっていたことがあった。もしやと思っていたが、今の岩本の台詞で確信した。

った。

「岩本さんは——おそらく國木田村長も、もともとわたしのことを知っていましたね」

岩本の顔が凍りついた。そして、「いや、知らんかったけども」と目線を合わせず言った。

「それはおかしい。なぜならあなたは今こう発言した。七海さんがわたしの取材を断ったのもそういう理由だと。わたしは一度も彼女から取材を拒否されたという話をしていません。ただ、先ほど神社でお見かけしたと伝えただけです。それなのにあなたは彼女が取材を断ったことを知っている。つまりそれは先ほどのことではなく、昨日、現場でわたしと彼女が接触したことを指しているんです。ちなみに、わたしは彼女に名刺を手渡しましたが、それもあなた方は見ておられたのでしょう」

岩本は何も答えない。いや、答えられないのだろう。彼は哀れを催すほど狼狽《ろうばい》を示していた。唇までもわなないているのだ。

だが、ここははっきりさせなくてはならない。

「あなた方はわたしのことを確実に知っていた。あなた方はそんなことおくびにも出さず、わたしと向き合っておられましたが」

つまり三人は猿芝居を打っていたのである。

彼は視線を落ち着きなく地面に這《は》わせている。直球な詰問を受けてパニックに陥っているのだ。

「岩本さん、お答えいただけないでしょうか」

しばらく待っていると、やがて岩本は観念したようにため息を漏らし、「自分らがすでにあんたのこと知ってたということは、七海がここの子やいうことの証明になってまうでないですか」と、ふて腐れたように言った。

「そこまでして七海さんのことを隠しておきたい理由はなんなんです」

「何べんも言ってるでしょうっ」岩本がいきなり声を荒らげた。「いっても七海はまだ十七や。そんな子供をなんでマスコミなんぞの前に出せるんやって。あんたら子供相手でも容赦せんと根掘り葉掘り訊くやろう。自分らはよう知ってるんや。半年前、仲間が死んでみんな落ち込んどるでそっとしといてほしいとあれほどいうたのに、マスコミは村のもん捕まえて強引にマイク向けたげや。わしは忘れんぞ。もうな、わしらはあんたらにうんざりしてるんや」

本来は生真面目で気の小さな男なのだろう、彼は小刻みに顔面を震わせていた。面と向かって人を罵倒《ばとう》することに慣れていないのだ。

「もちろん事故を語るのは彼女にとってつらいことでしょう。ただ、彼女だけが唯一の目撃者なのは事実です。お願いします。彼女に取り次いでもらえませんか」

「あんた人の話をちゃんと聞いてるのか。あかんと言ってるでしょうが。どうしてもそんときのことを訊きたいんやったら、おっかなかった、パニックになったちゅうとった。以上や」

「大変ありがたいのですが、それを直接彼女の口から聞かせてはいただけないでしょうか」

こうなった以上こちらも引き下がれない。岩本や國木田、七海も含めてこの村は何かおかしい。まだ何かを隠している。そんな気がしてならないのだ。

「いい加減にせいっ。だいたいなんでこの事故にそこまでこだわるんや。あんたが取材したいのは年寄りの運転のことやろう。おんなじような事故が起きんように、そのために記事を書きたいんやいうてたやろう。あんたのしてることはおかしいわ」

岩本は両の拳《こぶし》を握りしめて律を睨《にら》みつけている。今にも飛びかからんばかりだった。

「彼女はなぜ、あんな遠くの町のコンビニに勤めていたのでしょうか」

「知らんっ。自分はまだ仕事中や、失礼する。とっととこの村から出て行っとっけの」

岩本は律をその場に残し、大股《おおまた》で去って行った。

13

埜ヶ谷《のがだに》村を出た律はそのまま福井市内にある佐藤法律事務所に向かった。ロードレーサーのようにバイクを飛ばした。内方七海に出くわしたことや、岩本と一悶着《ひともんちゃく》あったことで時間を食ってしまったのだ。事務員には所長の佐藤が戻ってくる十五時に往訪すると伝えてある。もとより取材を受けてもらえるか怪しいのに時間を守らなかったのでは印象が悪い。

飲食店を横切る度、腹が鳴った。今日は朝から米粒一つ口にしていない。どうしても我慢できないので、コンビニに寄ることにした。どうせならFYマートを利用することに決め、しばらく走るとそれはあった。例のFYマート同様、駐車場がだだっ広い。なのに車が一台も停まっていないのが切ないところである。

店内で明太子のおにぎりとメロンパン、それとペットボトルのお茶を手に取った。レジで会計を済ませ、出入り口に向かった律は目の前で自動ドアが開いた瞬間、ふと足を止めた。

外には出ずに左手通路を進んだ。雑誌コーナーの前に立ち、初めに目についたホリディに手を伸ばす。適当なページを開き、目を落とした。無論、読みたい記事があるわけではない。

律はスッと顔を上げ、ガラスの向こうを睨んだ。

石橋昇流はこの状況で、突然軽トラックに突っ込まれたのだ。そんなこと夢にも思わなかったことだろう。もしかしたら彼は自分の身に何が起きたかもわからないまま死んでいったのかもしれない。

そういえば事故発生時刻は正確には何時何分だったのだろう。夕方とは聞いているが、季節柄、十七時であればまだ日はあるが、十八時なら薄暗かった可能性がある。はたして軽トラックのヘッドライトは点《つ》いていたのだろうか。あの日の天候を含めて調べてみたい。

今回の事件はどうしても何かが引っかかる。だとすれば納得のいくまで突き詰める。後悔だけはしたくない。

続いて律は右手後方を振り向き、レジの中にいる若い男の店員に目をやった。やることがないのか、うしろの壁に背をもたれてヒマそうにしている。

内方七海もちょうどあんな状態だったかもしれない。事故時、店内に客はいなかったのだ。

やはり、防犯カメラが捉えた映像を見てみたい。となれば、頼る先はFYではなくオーナーの石橋宏である。息子の昇流が仕事をサボって雑誌を立ち読みしていたこと、これは絶対に書かないと約束すれば、彼はきっと協力してくれるだろう。

律はコンビニを出て、バイクの上でおにぎりとパンを茶で無理やり胃に流し込んだ。歯の間におにぎりの海苔《のり》が挟まっていたので、茶でうがいをして取った。悲しいほど味気ない食事だったが、今は悠長に飯に時間を割いていられない。やることは山積しているのだ。

結局、佐藤法律事務所には約束より十五分ほど遅れて到着した。細長い五階建てビルの三階にそれは位置しており、外にでかでかとパラペット看板が掲げられていた。エレベーターを使って三階に上がり、磨《す》りガラスのドアを開けて中に入ると、手前のワークデスクにいた事務員らしき中年女性が顔を上げた。

「先ほどお電話をした俊藤と申しますが、佐藤所長はお戻りになりましたでしょうか」

「ああ、さっきの」事務員が立ち上がる。「ごめんなさい。まだ戻ってきてえんくて、もうそろそろやと思うんですけど」

よかった。「ではここで少し待たせてもらってもいいですか」

「ええと、お電話でも申し上げた通り、佐藤がその取材を受けるかどうかはお約束できんのですが」

「ええ、構いません」

「わたし、事前に佐藤に伝えておいた方がいいと思ってメールを送っておいたんやけど、いつも確認するのが遅いで、見てるかどうか――」

そのとき、背後のドアが開いた。振り返ると、律より一回りくらい年上で、小柄だが体軀《たいく》のいい男性が立っていた。角刈りに金縁眼鏡。紺のスーツの左のラペル部分に弁護士記章があった。この男が佐藤宗治に違いない。

金縁眼鏡の奥の目で、足のつま先から頭のてっぺんまで見られた。律はチェックシャツにチノパン、さらには登山に行くようなリュックを背負《しょ》っている。とても相談客には見えないだろう。

「先生、メールを送っといたんやけども見てくれましたか」と事務員。

「メール？　見てえんよ」佐藤は事務員に言い、律を見た。「もしかして、あなたが記者さんですか」

律が虚を衝かれたような顔を見せたからだろう、佐藤は相好を崩し、「先ほど村長から電話もらったんですわ。記者さんが取材に来られるかもしれんでお願いしますと」と教えてくれた。

律は納得して、名刺を差し出し、手短に用件を伝えた。すると、佐藤は名刺に目を落としたまま、「ホリディさん、ね」とつぶやき、「ではあちらに」と奥の方に手をやって促した。

事務員に衝立《ついたて》で区切られたスペースに案内された。木製の丸テーブルを真ん中にして、椅子が向かい合わせでセッティングされており、片隅には観葉植物が置かれている。窓際なので射し込む陽が眩《まぶ》しい。

律が椅子に腰を下ろし待っていると、遠くで「茶はいい」という声が聞こえた。ほどなくして佐藤がやってきた。仕事ではないと判断したのだろうか、上着を脱いで、ワイシャツの袖《そで》を肘《ひじ》のところまで捲《まく》り上げている。彼は対面に座るなり、「あんまり時間は取れんけど」と牽制《けんせい》してきた。ただ、机上のボイスレコーダーに目をやりながら、「話せることは話しましょう」とも言った。

太く筋肉質な両腕をでんとテーブルの上に置いている。肩も山なりに隆起しているので身体を鍛えるのが趣味なのかもしれない。律に向けるその表情は穏やかだが、眼鏡の奥の目が笑っていない。人情派でやり手の弁護士と國木田は言っていたが、律は油断ならない相手だなと思った。何より、その國木田がどのように律のことを伝えているのかわからない。

「お忙しいところ突然押しかけてしまって申し訳ありません。お時間がないとのことなので、早速ですが――」

律はまず初めに落井正三の容態について訊ねた。この弁護士が落井正三と接している時間が一番長いはずだ。

「お元気ですよ。寝返りを打てんのがつらいと言ってましたけど」

「肋骨《ろっこつ》が三本も折れていたんだとか」

「正確には折れてるのは一本、二本はヒビですわ。ご高齢やで快癒には時間がかかるやろう」

「精神的にはいかがでしょうか」

「人を死なせてもたわけやで、ほら意気軒昂《けんこう》とはいかんけどもね、まあ大人しくしてますよ」

「先生から見て、落ち込んでいる様子などは見受けられますか」

「見受けられるというか――反省の弁を口にされてたけどね」

どうも奥歯にものが挟まったような言い方である。

「これまでの取材で加害者が認知症を患っていたかもしれないという話をいくつか聞いたのですが、先生は実際に会われてみて、どう思われましたか」

少し間があった。「なんとも」

「それはどういう」

「判断がむずかしいということ。ぼくは医者ではないわけだし」

「所感で構いませんので」

「ほんなら、認知症やと思う」

「具体的にはどういったところでそう感じられたのでしょう。供述があやふやだったり、記憶が定かでなかったりとか、そういった部分があったということでしょうか」

「まあ、多少は」

「多少、ですか。埜ヶ谷村の村長からは事故当日の記憶がまったくないという話を聞きましたが」

「まったくないと言い切ってもていいもんかむずかしいところやけども、はっきりとした時系列を追えてえんことはたしかやね。あれだけの事故を起こしたわけやで仕方ないやろう」

「事故によるショックで記憶がないのと、認知症によって記憶がないのではまったくちがうと思うのですが」

「やで、どちらもあるっていうことよ」

「それも先生の所感でしょうか」

佐藤は一瞬鼻に皺《しわ》を寄せ、眼鏡を中指で押し上げた。「おたく、高齢者の運転問題について記事を書きたいって言ってたけど、ちがうの？」

「いえ、その通りです」

「するとどうやろ。おたくの質問は落井氏に責任能力があったか否かを調べたがってるように聞こえる。ぼくが取材に協力しようと思ったのは、おたくがもっと大枠のテーマで記事を書くものと認識したからや。そうでないんやったらこれ以上の質問にお答えすることはできんよ」

「もちろん今回の事故は高齢者の運転問題の一つとして取り扱うつもりです。ただ、記事にするにあたり、加害者の責任能力の有無について触れないわけにはいきません。ひいては今回の事故にどういう判決が下されるのか、そこにも焦点を当てるべきと考えます。超高齢化社会が加速する中で、今後も似たような事故が頻発するでしょう。そのとき、加害者の処遇はどうなるのか、言葉は悪いですが被害者遺族は泣き寝入りなのか、世間がもっとも知りたいのはそこではないでしょうか」

佐藤は表情を変えず、黙っていた。やがて、「仕方ないと思うけどね」とポツリと言葉を漏らした。

「仕方ないというのは？」

「年寄りの事故よ。何をどうしたってそら起きてまうやろう。あくまで被害者感情を無視した全体論やけどの。けども、ちょっと考えたらわかりそうなもんやろう。この国は圧倒的に年寄りが多いんやで、年寄りはどしたって耄碌《もうろく》してまうんやで。こらもう仕方ないと受け入れるしかない」

「第三者の立場ならばそう捉えられますが……」

「だいたい車使わな暮らせん年寄りもようけいるんや。東京の人にはわからんやろうけど」

「いえ、理解しているつもりです。高齢者に限らず、自動車がないと生活が成り立たない地域は確実にありますから」

佐藤は頷《うなず》くと窓の外を一瞥《いちべつ》した。「まだこの辺りは電車もバスも走ってるでいい。ただ離れたとこに住んでる者は交通手段が自家用車しかない。ほうなると、世帯年収が五百万以下の家庭に車が二台も三台もあるなんてアホなことになる。もう地方では車は携帯電話とおんなじなわけよ。一人につき一台。こうした暮らしをする者がやがて歳を食って、耄碌して事故を起こす。こらもう摂理みたいなもんや。だってあんた、国道沿いにやたらめったらでかいショッピングモール造って、なんでもかんでもそこに詰め込んでの、町の商店街はどこもシャッターがカタカタ鳴ってるわけよ。結局、大資本が地方にまで進出してくると皺寄せがいくってことよね。その一番の被害者が年寄りや。その上、あんたら老いぼれの運転は危険やで乗るなっていうのはぼくは横暴やと思うけど、ちがうか」

「否定はしませんが……では先生はどうすればいいとお考えですか」

「国営バスを活性化すべきやとぼくは思ってるけど」

「ほう」

「民営じゃやっていけんのは自明の理や。ほんならお国様の出番やろ。そんなとこをしっかりとサポートしてやね、それで初めて自動車の運転は控えましょうということをいえるわけよ。そんなんもせんと乗るな乗るなといっても誰も聞く耳なんて持たんやろう。もちろんコストはかかる。けども、こういうとこに日本は金使わないけんのとちがうか。外国ばっかに、それも不必要な金ようけばらまいて、この国はどうかしてる」

佐藤はここでハッとして、頰を緩めた。

「話が飛んでもた」

そして左手首に巻きつけている腕時計に露骨に目を落とす。取材を始めてからまだ三分と経っていない。

律ははたと気がついた。この男、自分を煙《けむ》に巻こうとしているのだ。

「失礼。お話を戻させていただきます。加害者に認知症があったか否か、裁判になれば争点はここになると思いますが、現状、先生の見立てをお聞かせください」

佐藤はため息をつき、不快そうに首を搔いた。「見立てといわれてもね。無罪を勝ち取るためにしっかり仕事せなと思ってるよ」

「無罪はいけそうですか」

「どうやろね」

「有罪判決が下されることもあるということでしょうか」

「ほらあるやろう。当たり前やないか」

「それはどういった場合でしょうか」

「もちろん被疑者に責任能力があると判断された場合」

「認知症の診断書がないことは弁護の不利に働きますか」

「ほれは今から検査をしても遅くはないけどの。認定が下りれば、やけど」

「ということは、先生は下りない可能性があるとお考えなんでしょうか」

佐藤は眼鏡を額に持ち上げて、両の目頭を揉《も》んだ。「程度問題やでね。それにね、ご存じか知らんけども、認知症の診断というのは実に曖昧《あいまい》なもんなんやで」

認知症のランク分けが曖昧であることは、過去に介護をテーマにした記事を書いたことがあるので律も多少の知識があった。ランクⅠと診断されている患者が実際はランクⅢ相当の認知症レベルであることも珍しくないそうだ。講習指導支援員の小野田も、「日に日に進行していくものですし、人によってそのスピードが異なるのであくまで参考程度のものとして捉えないとならない」と話していた。

ただしこれは、認知症を患っていることが大前提の、程度問題である。

「申し訳ないけど、そろそろ」

佐藤が退去を促してきたのを無視して、律は勝負に出ることにした。

「実際のところ、先生は加害者が認知症ではないと考えておられるのではないでしょうか」

その瞬間、佐藤の挙動がピタッと止まった。そして、これまで見せなかった冷たい目で律を睨んだ。

「なんで」

「ちがいますか」

「それはおたくがそう思ってるだけやろう」

ここで律はペンをテーブルに置き、メモ帳を閉じた。ボイスレコーダーもわかりやすくスイッチを切った。

「わたしは加害者と面識がないので明言はしませんが、少し疑問には思っています。事件の当日、彼は長い道のりを運転して、例のコンビニまでたどり着いてます。それだけしっかりとした行動の取れる方が当日の記憶がまったくないというのは妙な話じゃありませんか。ちなみに先生は事故を起こした軽トラックがマニュアル車だったことをご存じですか」

佐藤は鼻で笑った。「弁護士が知らんはずがないやろ。車検が切れてたこともね。ほれと、ぼくは氏の記憶がまったくないという言い方をしたつもりはないけどね」

「では、具体的に加害者の記憶はどの程度あるのでしょうか」

「ほこまで部外者であるあなたにお話しする道理はない」

しばし、顔を見合った。

やがて、佐藤は鼻息を漏らすと、「もういいね。あともつかえているで」と逃げるように腰を上げた。

「加害者は、ご自身が認知症であるという自覚はあるのでしょうか」

「もうおたくの質問には答えない。お帰りを」

「事故時、現場に居合わせた少女がいます。彼女は加害者と同じ埜ヶ谷村の出身です」

佐藤はこれみよがしに舌打ちをした。

「先生はご存じなかったでしょうか」

「しつこい人やね。もう一度おんなじことを言う。知らんはずがないやろう。埜ヶ谷村は小さい村やで二人は当然顔見知りや。ほやけど、氏がその女の子を迎えに行ったんかどうかはわからん。氏本人がわからんというてるわけやし」

「先生はどう思いますか」

「ほりゃぼくは迎えに行ったんやろうと思ってるよ」

「ということは、加害者は少女があのコンビニでアルバイトしていたことを以前から知っていたということになりますよね」

「ほれもようわからんちゅうことや。知ってたかもしれんし、知らんかったかもしれん。ほれすら覚えてえんのや。ほやさけぇ氏は認知症。もう失礼する」

再び背を向けた佐藤に、「本当に、先生は心からそう思っていますか」と追い打ちをかけた。

佐藤はゆっくりと振り向き、律を睨みつけた。射貫《いぬ》くような目でじっと見下ろしている。

埜ヶ谷村の人間のように、佐藤が何かを偽っているとは思えない。だが、本音を語っているとも思えなかった。

「弁護士としてではなく、一人の人間として、お答えください」

五秒、十秒が経った。律は視線を逸《そ》らさなかった。

遠くで事務員が叩くキーボードの音がしている。

やがて、ふいに佐藤が口を開いた。「あんた、俊藤さん、といったかね」

「はい。俊藤律といいます」

「じゃあ俊藤さん、あんたは有罪、無罪どちらやと思う」

唐突にそんなことを訊かれる。

「現段階では、わかりません」

「なら有罪と無罪、どちらを望む」

さらにこう補足した。

「氏は八十六年間、まっとうに生きてきた人間や。前科もない」

律はしばし考え、口を開いた。

「責任能力がないなら、無罪。責任能力があるなら、有罪を望みます」

佐藤はふっと口元を緩めた。「えらくまっとうな答えやな」

小馬鹿にされたのかと思ったが、彼の表情からそういった匂いは感じられなかった。

佐藤は体を窓の方へ開いた。腰で指を組み、目を細めて遠くを見つめている。

やがて、

「わからんのよ」

ぽつりと漏らした。

律は次の言葉を待った。

「あんたのいう通り、氏は思いのほか矍鑠《かくしゃく》とされてる。ぼくとの質疑応答も実に円滑や。けどあの日の、事故当日の記憶だけがすっぽり抜け落ちている。こういうことが起こり得るのか、正直なとこぼくにはわからん」

だとすると無罪を得るために認知症のフリをしている可能性があるのではないか。

だが、佐藤は律の心を読んだように、「勘違いせんでもらいたい」と言った。

「氏は厳罰を望んでる。ほやさけぇぼくの弁護もいらん、いや、死刑にしてもらって構わんとまで言ってる。ぼくはその言葉は本心やと思う。断言してもいい。氏に保身はない」

律は自然と眉間《みけん》に皺を刻んでいた。

「どや、ますますわからんやろう」

14

受付窓口で面会証のバッジをもらい、それを胸につけて、足早にエレベーターに乗り込んだ。

先ほど落井正三の名を告げると事務員は一瞬困惑した顔を見せたが、「替えの下着を持ってくるように警察の方に言いつけられまして」と紙袋を持ち上げて見せると、納得したように頷き、「ではこちらに署名を」と面会受付の紙を差し出してくれた。もちろん偽名を書き込んだ。

違法行為をしている自覚はあるが、さほど罪悪感は覚えなかった。これまで人一倍生真面目だと思っていた自分の意外な一面を見た気がする。

西館病棟の１２２１号室が落井正三の病室である。十二階でエレベーターを降り、廊下を進む。幾人かの患者や見舞客、医師や看護師とすれ違い、その度に笑顔で会釈を交わした。館内は病院特有の消毒液の香りが漂っている。

牧野大学病院は市内で一番大きい総合病院である。事故の起きたコンビニとは車で十分ほどの距離で、被害者石橋昇流、加害者落井正三の両名は救急車でこの病院へと運ばれた。その後、石橋昇流は改めて死亡が確認され、落井正三はここで入院を続けている。

はたして１２２１号室の前にはパイプ椅子が置かれてあり、そこに二十代半ばと思しき私服姿の男が足を組んで座っていた。濃紺のテーラードジャケットにベージュのチノパン。おそらく彼は落井正三の警護を任されている警察官だろう。制服姿だと他の患者に威圧感を与えるので、私服を着るよう指示を受けているのかもしれない。彼はかろうじて目を開けているが、今にも船を漕《こ》ぎ出しそうな気配があった。

もっともこれが凶悪犯罪者だと話はちがう。仕事柄、律は過去にそうした光景を目にしたことがあった。病室の前に制服姿の警察官が門番のように立ちはだかり、蟻一匹通さんといった厳戒態勢を敷いていた。今回は相手が高齢者であり、怪我をしているので逃亡の心配もなく、何より、人が死んでいるとはいえ、事故ゆえにこうした緩い警備態勢なのだ。

さて、ここまではほぼ想定内だが——。律はサッと辺りを見渡し、廊下の一角に位置するリラクゼーションスペースに移動してソファに腰を沈めた。新聞や雑誌、マンガ本などが置かれているので、患者や見舞客の休憩の場として利用されているのだろう。ここならばあの若い私服警官の姿が視界に入る。距離にして二十メートルくらい離れているだろうか。

律は適当な新聞を手に取り、顔の前で広げ、思索に耽《ふけ》った。もちろん目線は廊下の先の私服警官だ。

「事故やで接見禁止はない。けども、氏が拒否してる。昨日も村長らがぼくと一緒に面会に行ったけども氏が彼らには『会いとうない』と言って断った。つまり今、氏と会えるんはぼくだけや」

弁護士の佐藤がそう話していた。ということは事件翌日に行われた警察の事情聴取の同席を最後に、村の人間ですら落井正三に接触できていないということになる。落井正三の真意はわからないが、いずれにせよあかの他人であり一介の記者である自分が接見できる道理はないだろう。

だが——どうしても落井正三をこの目で直《じか》に見たかった。仮に奇跡的に会えたとしても、ここで何かを得られるとは考えていない。ただ、一目見てみたい。その一心が律を動かした。

なぜ落井正三は、あの日突然、とうの昔にやめていた車に乗り込み、遠く離れたFYマートを目指したのか。内方七海を迎えに行ったのだとしても、そんな約束はなかったという。

また、彼女が地元から遠く離れたFYマートでアルバイトをしなくてはならない理由はなんだったのか。

そして、落井正三は本当に認知症なのだろうか。佐藤は最後まで明言することはなかったが、彼自身が落井正三の状態について疑問を抱いているのは間違いないだろう。

知れば知るほど今回の事故は謎が多い。曖昧なことが多すぎる。

とはいえ、これらの解答は案外力の抜けるものなのかもしれない。

内方七海が離れた土地のコンビニで働いていた理由に特筆するようなものはなく、落井正三は認知症ゆえ、勝手な思い込みで彼女を迎えに行ってしまった。そこでブレーキとアクセルを踏み違えてしまった。そして岩本たちが秘密主義なのも彼が口にした言葉をそのまま鵜呑《うの》みにすればいいのかもしれない。真相は本当にこういうことなのかもしれない。

だが違和感は残る。この違和感こそが、律が執拗《しつよう》なまでに事件にこだわる理由だ。

さらに掘り下げていうならば——この違和感を見過ごして後悔したくなかった。もっと調べていればよかった。そんなふうに後で思ってもどうにもならない。なんにもならないのだ。

こういう状況に置かれると、どうしても八年前のあの事件を思い出してしまう。結びつけて考えてしまう。たまに自分でも異常だなと思うときがある。里美に指摘されるのも当然なのだ。

十五分ほど経ったろうか、私服姿の警察官がパイプ椅子から腰を浮かせた。あくびをしながらこちらに向かって歩いてくる。

そのまま律の脇を通り過ぎ、その先にある便所に入った。数秒、逡巡《しゅんじゅん》して律は次の機会を待つ判断を下した。小便だとしたらすぐに戻ってきてしまうだろう。

右手首に巻きつけている腕時計に目を落とした。十六時半。面会時間は十八時までなのでチャンスは残り一時間半である。

私服の警察官は一分ほどで便所から戻ってきた。自分の判断が間違っていなかったことに安堵する。

彼はまた律の前を横切ると、再びパイプ椅子に腰を下ろした。腕と足を組み、何をするでもなくぼうっとしている。やはり眠気に襲われているのか、瞼《まぶた》が重そうだ。このまま深い眠りに落ちてしまえばいいものを、根が真面目なのかギリギリのところで耐えている様子である。

やがて時計の針は十七時を指し、十七時半に差しかかった。まだ私服警官は動かない。

ここで胸ポケットの中のスマートフォンが一瞬震えた。確認すると、講習指導支援員の小野田からのメールだった。ここにやってくる前に彼女に向けてメールを打ったので、その返信をしてくれたのだ。

律が送った内容は、認知症の者にマニュアル車の運転が可能か、という曖昧なものである。

『軽度の認知症ならば、おそらくは可能だと思います。先日も申し上げましたが、認知症を患っていても、身体が動く限り、運転行動はできるのです。たとえマニュアル車だとしてもご本人がそれに慣れておられれば支障はないでしょう。ただし、そういう方もいらっしゃるということです。もちろん運転の仕方を忘れてしまっている方も多くおられます。重度の認知症の方の場合は何とも言えません。理由としては事例がないからです』

ということは、たとえ落井正三が認知症――もちろん軽度であった場合だが――だったとしてもマニュアル車の運転は可能だったということになる。

律はお礼のメールを返信してから顔を上げた。いつの間にか対面のソファには水色の病衣を纏《まと》った初老の男の入院患者がいる。鼻の上に老眼鏡を乗せ、熱心に新聞を読み耽っていた。

時刻は十七時四十五分。やはり落井正三との接触は不可能だろうか。

「おにいちゃん」

ふいに対面から声を掛けられ、ドキッとした。

「それ、読み終えたら貸して」

律の手の中にある新聞を指差している。

「ああ、どうぞどうぞ」畳んで差し出した。

「おにいちゃんが読み終えてからでいいよ」

「もう読み終えてますから」

初老の男は律から新聞を受け取ったが、それを広げようとはせず、「あんたこっちの人でないね」と言った。

「わかりますか」

「うん。だって発音がちゃうもん。どっから来たの」

「東京からです」

「ほえー。まぁ東京から。ご家族が入院してるの」

「ええ、まあ。父がちょっと」

「そう、大変やねえ。ほやけど、親父さんはありがたいわな。こうして息子が遠くからわざわざ見舞いに来てくれるんやで。おれはここが地元やけど、子供たちはろくに見舞いにも来んわ」

初老の男は肝硬変で入院しているという。酒を断つよう勧告されていたが、やめることができず、結果こうして入院する羽目になったので、自業自得だと思われているのだと自虐的な身の上話を披露した。

「この歳で酒を奪われたら、何を楽しみに生きればいいんやってね」

「自分も呑兵衛《のんべえ》なので気持ちはよくわかります」

「やったら量を考えなあかんよ、量を。若いときはいくらでも飲めてまうで、気のままに飲んでまうやろう。ほやけど歳食うてからガタがくる。身体はほんと正直やわ」

「ええ、耳が痛いです」

「仕事仕事に追われてようやく引退できたと思ったら、これや。ほりゃ好き勝手呑んでたのはあんたやろっていわれたら――」

相槌《あいづち》を打っていた律は、動きを止め、廊下の先を睨んだ。私服の警察官が再び立ち上がったのだ。先ほどと同様、こちらに向かって歩いてくる。また便所だろうか。

「――ほやけども、おれの周りの連中もみーんなおんなじように呑んだくれてたんやわ。人間ってのは平等じゃないんやなってつくづく思い知らされたわ。だいたい医療費も高いんや。あんた三割も負担してたら年金なんてあっちゅうま――」

いや、便所じゃない。進路を変えたのだ。

「――国は何十年も年貢を納めさせてや、結局んとこ身体壊したら自己責任――」

私服の警察官はナースステーションで立ち止まると中に声を掛けた。「ちょっと購買に行ってきますんで」とかすかに聞こえた。そのままエレベーターの方へ向かって歩いていく。たしか購買は一階と、七階にあったはずだ。ここは十二階なので利用するのはおそらく七階だろう。いずれにせよ時間にして五分ないし、三分は戻って来ない。

今だ。

「――ああ、まったくしがねえ世の中やわ。やっぱりこれからのニッポンはあんたんてな若い人に変えてってもらわな――」

「失礼」律は手刀を切って立ち上がった。「そろそろ面会時間も終わるので、最後に父に顔を見せて帰ります。楽しいお話ありがとうございました」

「いやいや。こちらこそ。親父さんによろしく」

リラクゼーションスペースを出て、足早に廊下を進んだ。

1221号室の前に立った。さりげなく辺りを見渡して人の目がないか確認した。

スライドドアの取っ手に手を掛けた。そこで、手が止まった。

ここにきて何を今さら逡巡しているのか。律は覚悟を決めて、音を立てぬようドアをスライドさせていった。

室内に足を踏み入れ、すぐさま背後のドアを閉めた。

シンプルで綺麗《きれい》な病室だった。カーテンを開け放した窓から夕陽が射し込んでいて、八畳ほどの室内の全体を赤く染め上げている。

ベッドの上には、痩《や》せた老人が横たわっていた。

落井正三――。

膝まで掛け布団を剝いでおり、お腹の上で祈るように指を組んでいる。眠っていると思ったのだが、よくよく見ると薄目を開いて天井をぼんやり眺めていた。その黒目がふいに動き、律を見た。しかし、すぐにまた視線は天井に戻された。

律は歩を進めて、枕元に立った。顔のあちこちに斑点《はんてん》が浮き出ているが全体的に肌艶《はだつや》のいい老人だった。窪《くぼ》んだ眼窩《がんか》はもともとの顔の造りだろうか。國木田に見せてもらった写真よりもだいぶ若く見えた。八十六歳だというが七十代でも通りそうだ。

「落井正三さんですね」

律は静かに言った。

「あなたは」

落井正三が嗄《しわが》れた声で訊いてきた。

「俊藤といいます。今回の事故の取材をしている者です」

正直に告げていた。適当にごまかすこともできたが、なぜだろう、しなかった。

「……ほうですか」

電動ベッドなので手元にスイッチがあるのだが、落井正三は自力で起き上がろうとして両手をベッドに突っ張った。骨の折れた胸が痛むのだろう、歯を食いしばって顔を歪《ゆが》めている。

「どうぞ横になったままで」

そう告げたが、落井正三はそのまま上半身を起こし、「わざわざ自分のためにご苦労様です」と頭を下げてきた。

小棚の上に置かれている時計を一瞥した。長針が一歩ずつ時を刻んでいる。時間はない。

律は息を吸い込んだ。

「身体のお加減はいかがでしょうか。事故の際、ハンドルに胸を強打されたと聞きましたが」

「シートベルトもしてえんかったもんやで。自業自得です」

「アクセルとブレーキを踏み間違えてしまったとのことですが」

「ええ、そのようです」

「覚えていませんか」

「ええ。面目ない」

「シートベルトをしていなかったことは覚えているのに？」

「ほれは……あとんなって警察の方にそう聞いたんです」

律はひとつ頷き、質問を続けた。

「あなたは車の運転をだいぶ前にやめていたと聞きました。なのにどうして、あの日突然、車を運転しようと思い立たれたのでしょう」

落井正三は視線を落とした。「なぜでしょうな。気が触れたんやろか」

「以前からご自身が認知症であるという自覚はありましたか」

「どうやったですかね。自分じゃようわかりませんが、こんなことしてもたんやで痴呆《ちほう》の気があったってことなんやろうと思います」

落井正三は小さいため息を漏らしていた。

「しつこいようですが、事故の日のことで覚えていらっしゃることはありますか」

「ありません」

「まったくでしょうか」

「ええ、ありません。気がついたらここに運ばれていました」

「本当に？」

「ええ」

しばし、沈黙が流れた。

「信用に足りませんか。うらの言葉は」

「いえ。ただ、とてもしっかりとされているご様子なので、当日の記憶だけがないのは不思議な話だなと思いまして」

胸の奥にチクリとした痛みが走った。自分の祖父を責め立てているような錯覚に襲われたからだ。

その痛みを律は抑えこんだ。

「亡くなった被害者の男性は二十八歳の若者でした」

「ええ。聞いてます」

「酷なことを訊きます。命を絶たれた被害者に対し、今どのようなお気持ちでしょう」

落井正三は目を伏せた。目尻《めじり》に掘ったような深い皺が刻まれている。

外で救急車が走っているのか、サイレンの音が室内にかすかに響いていた。

やがて彼はその薄い唇を動かした。

「罪深いことをしたと、思っております」

罪深いことをしたと、思っております——。律の耳の中で反芻《はんすう》され、反響している。

律は再び時計を見た。部屋に入ってからすでに二分は経過している。もうそろそろあの私服の警察官が戻ってくるだろう。

「事故が起きた際、店内には被害者の他に、あなたと同じ村に住む内方七海さんというアルバイト店員がいました。あなたは彼女を迎えに行かれたのでしょうか」

落井正三の顔が上がった。「自分ではちがうと思っていますが、ようわかりません」

「というと」

「警察や弁護士の先生が、うらは以前から七海があすこに勤めとるのを知ってて、ほんで無意識のうちに迎えに行ったんじゃなかろうかっていうで、やったらほうなんかもしれんと」

佐藤に聞いていた通りだ。

「内方七海さんとあなたの間柄は？」

「あれが生まれたときから知っとりますから、孫——歳からしたらひ孫でしょうか。ほんなもんです。七海に限らず、村の子らはみんな同じです」

「それは國木田村長や、岩本さんもでしょうか」

落井正三が目を一瞬見開いた。「保仁や和夫にも会われたんですか」

「はい。午前中に埜ヶ谷村へ行き、一通りお話を聞かせてもらいました」

「ほうですか」

「彼らはあなたの無罪を勝ち取るために闘っています」

落井正三は答えず、また顔を伏せた。

「おかしなことを訊きますが、あなたはご自身が有罪になると思いますか。それとも無罪になると思いますか」

「人様をこの手で殺《あや》めといて、罪がないわけがない」

「それは、有罪判決を受けても構わないということでしょうか」

落井正三は顔を上げ、律の顔を正視して頷いた。「首をくくられても構いません」

じっとその眼を見つめた。濁りのない色をしていた。弁護士の佐藤の言葉を思い出す。

――保身はない
「村の人たちは悲しむでしょう。みなさん、あなたを心から慕っている」

「ありがたいですが――あなたからも保仁たちに伝えてください。もういい、と」

「どういう意味でしょう」

「放っといてもらっていいということです」

「彼らは納得しないと思いますが」

落井正三は再び吐息を漏らすと、窓の方へ向け身体を開いた。遠くの山の向こうから射し込む夕陽が、彼の顔を赤く染め上げている。

律は照らされたその横顔を静かに眺めていた。手を伸ばせば触れられる程度の距離にいるのに、妙に遠く感じられた。

ほどなくして、

「夢を、見るんです」

ふいに落井正三が言った。視線は窓の外に向けられたままだ。

「なんでやろう、アクセルを踏みつけとるんです。足を離そうと思うても身体がいうことを聞かん。どうして、あんなことになってしもたのか」

しばし待ったが彼からそれ以上の言葉は出てこなかった。

「それは、夢ですか」

落井正三はその問いに答えなかった。

そのときだった。背後でドアがスライドする音が聞こえた。振り返ると、若い私服の警察官が目を丸くして立っていた。購買帰りだからだろう、手にビニール袋を提げている。

口の中で舌打ちした。「ありがとうございました。わたしはこれで」

落井正三に頭を下げ、素早く身を翻した。困惑して動けずにいる警察官に微笑を投げかけ、その脇をすり抜けるようにして廊下に出た。

そのままエレベーターホールに向かって足早に歩を進めた。すぐさま背中に駆け足の音が迫ってきた。

「待って。おにいさん待って。あなた、どなたよ」

横に並ばれて言われた。彼の顔には動揺が広がっている。

「どなた？　ただの民間人ですが」歩きながら答える。

「誰の許可を得てあの部屋に入った？　あんた、あの部屋で何をしていた？」

「何も。部屋を間違えて入っただけです」

「ウソをつくなま。あんた何者や」

「あなたこそ何者ですか」

「ぼく？　ぼくは警察官よ」

「そうは見えませんけどね」彼の恰好《かっこう》を一瞥して言った。

「いいよ。警察手帳を見せたげる」

「結構です」

「いいでまずは止まりなさい」

「急いでるんですよ」

二人は競歩のようにして廊下を進んでいる。すれ違った看護師の女が怪訝《けげん》な顔で振り返った。

「あんた知ってたな？　そうやな？　わかっててあの部屋に入ったんやな？」

「部屋を間違えたと言ってるでしょう」

「ウソや。止まりなさい」

「なぜあなたに従わなければ――」

「止まれって」

肩をガッと摑《つか》まれた。彼はその体軀通り力強く、律はいとも簡単に制止された。

正面から対峙《たいじ》し、彼はニキビ面をぐっと近づけてきた。「逃がさんよ」

「いったいなんです。放してください」

「いいや、放さん。あんたブン屋か？　テレビか？」

「ですから何をおっしゃっているのかわかりません」

「とぼけてもあかんよ。身分証出して」

「拒否します」

「場合によっては逮捕することになるぞ」

「ほう。おもしろい」律は歯を見せて笑んだ。「仮にあなたがあの部屋の門番のような役割を担っていたのだとしたら、勝手に入ってしまったことはこの通り謝罪します。それでも納得できないというのであれば、ぜひ上司にこう報告してください。自分の怠慢により不審者に侵入されてしまいました、と」

ニキビ面がわかりやすく歪んだ。

律は肩に置かれた手を払った。「失礼」と告げて、悠然とした足取りでエレベーターホールに向かう。律の帰還を迎え入れるかのようにエレベーターは開いて待っていた。今しがた誰かが降りたのだろう。

乗り込むと同時に『閉』ボタンを押した。両サイドから伸びてきたドアが中央でぴったと合わさると同時に、ドンっと壁に背をもたれ、大きく息を吐き出した。

「……怖かったあ」

心臓に手を当ててつぶやいた。

15

〈そんなとこ死んでも住みたくない〉

元妻は彼女らしく忌憚《きたん》ない台詞を吐いた。律が埜ヶ谷村《のがだに》について見聞きしたことを伝えたあとの感想である。ホテルに帰ってきてすぐに彼女に電話を掛けたので、かれこれ三十分近く話し込んでいる。律は硬いベッドの上で靴下を脱いだ状態で胡坐《あぐら》をかいていた。手にはその靴下。鼻先に持ってくるとつんと臭った。今日も一日働いた証《あかし》である。

ちなみにホテルは宿泊を延長することができた。すでに必要な取材は終えているのでこの先は実費となるが、このままでは東京に戻れない。

〈完全にプライバシーゼロじゃん。あたしの田舎よりひどいよそこ〉

里美は九州は熊本の出身である。律も結婚していたときは毎年一度、彼女の実家に顔を出していたが、律よりもむしろ里美の方が帰省を嫌がっていた。息が詰まる、と彼女はよく愚痴っていた。そういえば里美の両親、とくに父親はとても厳格な人であったことをふと思い出した。

〈だいたい許嫁《いいなずけ》って何？　結婚相手が決まってるなんてあり得ない。いつの時代よ〉

「奥さんたちは幸せそうだったけどね」

〈ふうん。でも、同情しちゃうなあ。人生の伴侶《はんりょ》くらい自由に選ばせてあげてほしいわ〉

「あなた自由に選んで失敗してるじゃない」

〈あ、そっか〉

否定せんのかい。心の中でツッコんだ。貴重な経験だったとか言ってくれればいいものを。

〈求刑三年、判決一年の禁錮刑。ただし、執行猶予付き〉

仮に落井正三が有罪判決を受けた場合の処遇について里美の見解を訊ねると、彼女は裁判官らしく簡潔に答えてくれた。ここまでに知り得た事柄は詳細に彼女に伝えていた。ただ、落井正三に会ったことだけは伏せている。というより、言い出せずにいる。

「完全無罪はむずかしい？」

〈無理。免許持ってても車検切れの車で事故起こしちゃったわけでしょう〉

「認知症って診断されても？」

〈うん。逆に無免許だった方がよかったかもね〉

「ん？　なんで？　どうして？」

〈どうしても〉

「教えてよ」

〈イヤ。めんどい〉

「ちょっと頼むよ。可愛い元旦那《だんな》の頼みじゃない」

電話の向こうでうんざりとしたため息が聞こえた。

〈自動車の運転に支障を及ぼすおそれがある病気のうち、政令の定めるものの影響によって人を死傷させた場合、自動車運転処罰法3条2項により『危険運転致死傷罪』ってので処罰されるんだけど、認知症はこの政令の中に含まれてないわけ。だから、危険運転致死傷罪で処罰されるんじゃなくて、過失運転致死傷罪ってのが適用されんの。ふつうだったら七年以下の懲役もしくは禁錮なんだけど、重度の認知症と診断された場合には無罪となった判例もあるのね。でも、今回はそういうふうにはなんないと思う。つまり、加害者がとっくに免許を失効していて、ある日突然錯乱して何年も乗っていなかった自動車に乗り込んだというなら、ああそれほど認知症がひどいのねってことになるけど、最長でも三年、その期間内に認知機能検査を受けて免許を更新してもらっている以上、いくらなんでも三年の間にそこまで耄碌しないでしょって判断されちゃうわけよ〉

「なるほど。よおくわかりました。さすが里美ちゃんは司法界のアイドルだね」

〈お金ちょうだい〉

無視した。

「でも、弁護士の佐藤先生は無罪でいけると踏んでるようだったけど」

〈まあ弁護士はがんばるっしょ。それなりにニュースでも取り上げられて注目されたしさ〉

「そういう俗っぽい人じゃなかったけどね」

〈律くんは弁護士って人種を知らないからだよ。あいつら名前売ってなんぼだから〉

まったく。この人は本当に口が悪い。

言うべきか否か迷いつつ、落井正三にも会ったことを恐る恐る伝えると、〈バカじゃないの。律くん頭おかしいんじゃない。マジで捕まるよ〉とやはり怒られた。

この人の奇妙なところである。妙なところで堅いのだ。その基準が律にはまるでわからない。

〈ああ信じらんない。こっちにまで被害が及んだら許さないからね〉彼女は語気荒く言って、ふーっと息を吐き出した。〈ま、別れた夫がどんな不祥事起こそうが法律上あたしに責任なんてないんだけどさ。律くんがお縄になったら実里連れて面会に行ってあげるね〉

本当にどうしてこの人と結婚しようと思ったのだろう。

続いて、律は落井正三に抱いた印象を里美に伝えた。彼が認知症ではないかもしれないということ、そして、この事故が事故ではないかもしれないということも。

〈加害者が故意に轢《ひ》き殺したって言いたいの〉

「言いたいっていうか――もしかしたらそういう可能性もあるかもって」

〈なんだかミステリ小説みたいな話だね〉

「事実は小説より奇なり。あなたの方がよっぽど身を以《もっ》て知ってるでしょ」

〈まあね。で、動機は？〉

「そんなのわかんないよ。でも内方七海が関係してる気がするんだよね。だからなんとかして彼女から話を聞きたいと思ってるんだけどさ」

〈取材拒否されてるんだっけ〉

「そう。だからよけいに怪しんじゃうわけ。だって何もやましいことがないならちょっとくらい取材を受けてくれたっていいでしょ。おかしいと思わない？」

〈キモいからじゃない〉

「は？　おれがってこと？」

〈うん。年頃の女の子って無条件におっさんとは口利きたくないのよ。とくに律くんってパッと見、変質者っぽいしさ〉

この女は言うに事欠いて――。「そのキモい変質者と結婚してたのはどこの誰よ」

〈だから離婚したんじゃない〉

もういい。この人のペースに付き合ってると頭痛がする。

「ところで実里はもう寝てる？」

〈とっくに。あの子、いつも十時間寝るもん〉

「寝る子は育つだね」

〈寝過ぎるとパパみたいになるよって脅してるんだけど〉

「どういう意味よそれ」

〈ふふ。でもね、だったらもっといっぱい寝るって〉

なんて愛《いと》おしい娘なのか。今すぐ東京へ飛んで行って抱きしめてやりたい。

「ヌコ丸は？」

〈あたしの膝の上。この子クッションみたいで気持ちいい〉

「悪いんだけどもう少し預かっててもらってもいいかな。この件が落ち着くまでもう少しこっちにいて、それから東京に戻ってお迎えに――」

〈来なくてもいいよ。このままうちで引き取るから〉

「やだよ。おれの大切な相棒を奪わないでよ」

〈ま、キティのことは心配しないで、律くんはお仕事がんばってよ。真相究明が君に与えられた使命だ。じゃあねー〉

一方的に通話が切れた。どこまでもふざけた女である。司法界は一刻も早く彼女から国家資格を取り上げた方がいい。彼女に裁かれる罪人が不憫《ふびん》でならない。

頭のうしろに手をやって背中からベッドに倒れ込んだ。低い天井を漫然と眺める。

真相究明、か——。簡単に言ってくれるよな。

そもそもそんなものがあるのかという大前提もある。勝手に別の物語を作ってそれに囚《とら》われてはならない。これだけは肝に銘じておかなくては。

瞼が重たくなってきた。さすがに今夜はホテルで大人しくしていよう。

明日もまた忙しくなる。

16

実に不愉快そうに石橋宏は一枚のDVD-Rを律に差し出した。彼の自宅の玄関先で二人は向かい合っている。時刻は十時半。今日は太陽が灰色の雲のうしろに隠れていた。

律が受け取ろうと手を伸ばすと、上にひょいとかわされ、空を摑《つか》んだ。

「いいか。書いたら承知せんでな」

「ええ。約束します」と告げ、それを受け取った。

書いたら、というのは息子の昇流が事故に遭った際に雑誌の立ち読みをしていたことを指している。世間の同情票がもらえなくなることを危惧《きぐ》しているのだ。

昨夜《ゆうべ》、コンビニの防犯カメラが録画していた事故映像を提供してほしいと改めて頼み込んでおいた。最初は拒まれたのだが、前述の事実をすでに摑んでいることを告げ、それを伏せることを約束し、なんとか了承してもらったのだ。

通常、コンビニなどの防犯カメラは警備会社からレンタルしているもので、映像を確認するにはそちらに許可を得なくてはならないのだが、くだんのコンビニに設置されていたものはすべてオーナーである石橋宏個人の所有物であった。毎月のレンタル料を払うのが嫌で中古品を安く仕入れたらしい。結果的にそれが幸いした。

頼んでいた通り、DVD-Rには事故の前後一時間の映像が入っているとのことだ。ただし、石橋宏自身はそこまで確認していないらしい。「事故は一瞬やで十秒見りゃ事足りる」とのこと。

「それとほれ。こいつもやろ」

石橋宏が手のひらサイズの紙を一枚差し出してきた。受け取って見ると、『福井県福井北警察署交通課交通捜査係　係長　瀬《せ》波《なみ》洋一《よういち》』と書かれていた。

この瀬波という刑事が今回の事件の担当であるようだ。これもまた映像と共に頼んでおいたものだ。

警察が今回の事件をどう捉《とら》えているのか、その見解を知りたかった。マスコミ相手にどこまでしゃべってくれるかわからないが、とりあえず接触してみるつもりである。

「この刑事がまた使えん奴でな。定年が近いでか知らんけど、まあ仕事がおざなりや。ところで、おれから瀬波に一報いれんでほんとにいいんか？　あんたが突然やってきても相手にしてくれんのでないか？」

「お気遣いありがとうございます。ですが、大丈夫です。被害者遺族からマスコミを紹介したいと言われても警察は取り合ってくれないでしょうから」

「ふうん。まああんたの好きにやりね。ほやけど、加害者のじいさんがどうなろうがおれは構わんのやでな。何べんもいうけども」

ちがう。律が知りたいのは、警察がこの事件を事故として認識しているのか、それとも──。

「それより聞いてくれや」石橋宏が顔を険しくして言った。「今朝方FYから電話があってやな、相手は酒井の上司に当たる男で、膝《ひざ》つき合わせて話をさせてほしいっていうで、とりあえず用件を言えといったら、あれやこれやと長ったらしくしゃべるんやけど、つまるところ金は出さんていう話やったんやわ。脅しも泣き落としもしてみたけど、あかん。二言目には『弊社は交わした契約に基づいて──』とこうや」

「ということは──」

「待て」手で制された。「話はまだ終わってえん。おれも頭にきたで、最後に『今に見ときね』と宣戦布告しといた」

「宣戦布告？　それはどういう……」

石橋宏は一つしわぶいてから、口を開いた。「『あんたは二言目には契約やルールや言うけどの、世間様はどう捉えるかわからんのやで。あんたの会社のほういう体質が知れたら、新たにFYのオーナーやろか思う人が減るんでないのか。ほんな心ない会社が運営してるコンビニでモノ買おかいう人も減るのとちがうか。おれならちょっと手間でも別のコンビニに行くでね』とな」

「それで相手はなんと?」

「『ご心配なく』やと。余裕の構えやったわ。けどの——」口の端を吊《つ》り上げて見せた。「『記事が出るのが楽しみやわ』一言こういったらいきなりおろおろし始めたでな。『記事というのはいったいなんなんですか』と泡食ってたわ」

「まさかうちの雑誌のことを伝えたんですか」

「もちろん。ホリディも、あんたの名前も言ったわ」

額に手を当てた。

「いよいよネガティブキャンペーンの始まりや。世間は弱者の味方やっていうことを——」

「石橋さん。まだあなたの意向に沿った記事を書くと決まったわけではないんですよ」

ここからおよそ二十分、石橋宏の唾《つば》を浴びることとなった。元々そういう約束だろう、そのために誓約書を交わしたんだろうというのが彼の主張だったが、律はそんな約束をしたつもりは毛頭ない。誓約書も石橋宏の許可を得ずに記事を掲載することを禁ずるものであので、彼の望む内容を書くためのものではない。それを指摘すると、さらに彼は激昂《げっこう》し、れば映像は渡さない、今すぐ返せと脅してきたが、律が「どうやらわたしはお力になれないようですね」と撤退をほのめかすと、「ほんなつまらんことといわんといてや」と一転して矛《ほこ》を鈍らせ、「あんたも社会に一石を投じる記事を書きたいやろう」と懐柔してきた。

　この男は今までこうして世を渡り歩いてきたのだろう。

「おれの要求は大きく二つや。一つはあかんようになった商品の請求を取り下げてもらうこと。もう一つはまとまった見舞金を出させること。あんたは、FYは加盟店オーナーに対して冷たいっていうことを書いてくれたらほれでいいんやでさ」

　律はため息をついて見せた。「そううまくいきますかね」

「いく。なんでならおれの息子は実際に死んでる。それとこれとはまた別の問題やと思うやろ？　世間はちがう。一緒くたにして考えるんや。さすがにオーナーがかわいそうやっていう話になる。そうなれば当然FYの評判は落ちる。売上も下がる。ほんなことになるならおれに金握らせて大人しくしてもろた方が得策やとこうなるわけや。損得勘定してみねの、あややってわかる。FYは外資やし、利に聡《さと》いはずや」

　利に聡いのはあんたの方だろう。だが、彼の話はあながち的外れでもない。相手は企業ゆえ、リスクを考えれば例外の措置を取る可能性はある。それはFYが石橋宏に屈する、泣き寝入りするという決着だ。

　なんにせよ、やれやれである。

　ここで石橋宏が腕時計に目を落とした。「ああもうこんな時間や」そう言って、やにわに玄関のドアを開けて家の中に入っていった。

　律はその場に取り残されることとなった。こちらはもうここに用はないのだが、勝手においとましてもいいものだろうか。判断に迷う。

このあとはまた埜ヶ谷村に行くつもりだ。どうにかして内方七海に接触したい。本日は平日なので、おそらく彼女は学校に行っているはずである。となると帰宅は夕方だろうが、それまでは村人にまた取材をして待てばいい。

しばらく待ったが、一向に石橋宏が姿を現さないので、律は辞去の挨拶《あいさつ》をするために玄関のドアをそっと開けた。「失礼します」小声で言って、タイルの土間に足を踏み入れた。

廊下の奥の方から、水の流れる音とシャカシャカと歯を磨く音が聞こえている。きっと彼は洗面所にいるのだろう。思いきり痰《たん》を吐く音も聞こえた。思わず顔をしかめてしまう。

そんな律の鼓膜が別の音を捉えた。人の、女のすすり泣く声だ。どうやらすぐそこの居間から声が発せられているようだ。

泣き声の主は、石橋宏の妻であり、昇流の母親の多恵だろう。

放蕩《ほうとう》息子とはいえ、子を失った母の気持ちを思うと胸が痛んだ。自分だって、もしも実里が死んだらどうやって立ち直ればいいかわからない。やることなすことすべて無意味に思えてしまうだろう。親にとって子を亡くすというのは、未来を失うということだ。

水の音が止《や》み、廊下の突き当たりから石橋宏が姿を現した。玄関にいる律の姿を認めると、「なんやまだいたんのか」とぞんざいに言った。あんたが勝手に消えるからだろう。

石橋宏はこちらに歩み寄ってくる途中で、居間に首を突っ込み、「いつまでえんえん泣いてるんやっ。いくら泣こうが死んだ人間は戻らんのやざ」と心ない一喝を浴びせた。

「やっと部屋から出てきたと思ったらああや。かなわんわ」

「もし可能であれば奥様にも取材させていただけませんか」

「不可能。話のできる状態やない。ほれ、仕事や仕事」

石橋宏に促されて共におもてに出た。濁った雲が空に垂れ込めている。天気予報によれば雨が降ることはなさそうだったが、油断のならない空模様である。

別れ際、石橋宏は神妙な顔でこんなことを口にした。

「俊藤さん、あんたにかかってる。死んだ息子の無念を晴らせるのはあんただけや。供養してやってくれ」

何をいまさら。ここにきてどうしてこんな台詞が出てくるのか。未《いま》だこの男の実体が摑めない。

車に向かって離れゆく石橋宏のうしろ姿を呆然《ぼうぜん》と眺めた。

人間は様々だ。彼のようなのもいれば落井正三のような人間もいる。世界には気の遠くなるほどたくさんの人がいる。そんな当たり前のことが、時折怖くなる。

17

予定通り埜ヶ谷村に向かう道中で目についた定食屋に入った。外観の哀愁漂う感じが逆に美味《うま》い郷土料理を食わせてくれる気がした。看板の文字など半分消えかかっている。味で勝負している店なのだ。昼時には早いのできっと空《す》いているだろう。

だが、暖簾《のれん》をくぐった律はそこで足を止めることとなった。座席があらかた埋まっていたのだ。そして客はほぼ、いや、全員が年寄りだった。さらに、店員もまた腰の曲がった老夫婦であった。客を化かさんばかりに見事なタヌキ顔の店主と、キツネ顔の夫人である。

「いらっしゃい。空いてるとこ座って」キツネ夫人にのんびりとした口調で言われる。

回れ右をしよう。思っただけで、足は動かなかった。この老夫婦を傷つけてしまうかもしれない。いつだっていい人ぶるのが自分の悲しい性《さが》である。

一つだけ空いていたテーブル席につき、改めて店内を観察する。店内が賑《にぎ》やかなのは結構だが、タバコの煙と臭いがきつい。まるで雀荘《ジャンそう》だ。ここはおそらく年寄りの憩いの場で、だから昼前なのにこんなにも人がいるのだろう。その証拠に、飯を食い終えた客が一向に帰ろうとしない。とある一角には将棋を指している者たちまでいた。

ヤニで黄ばんだ壁に垂れ下がっている品書きに目を通すと、なぜか中華料理が多く、郷土色のある品がない。仕方ないので中華丼を注文した。厨房《ちゅうぼう》の中の老夫婦は耳が遠いのか聞こえていない様子だったので、「中華丼をひとつ」と声量を上げて言うと、「あい、中華麺《めん》ね」とタヌキ店主。脱力する。訂正はしなかった。

だが五分待ってもその中華麺が出てこず、そもそも作り始めている様子もないので、律はテーブルの上にパソコンを広げた。このような客は珍しいのだろう、周りから奇異な目で見られた。

DVD-Rをパソコンに差し入れた。事故前後一時間、計二時間もの尺があるので、すべてをここで見るわけにはいかないが、触りだけでも映像を確認しておきたい。

十ヶ所の異なる位置から撮影された映像が流れ始める。つまりあの店にはカメラが十台設置されているということだ。

出入り口に一つ、レジの後方に二つ、フロアには各通路を挟み込むようにして六つ、残りの一つはバックヤードに設置されている。画面右下では数字が一秒ごとにタイムを刻んでいる。

はたして内方七海の姿はレジの中にあった。FYの制服にデニム生地のパンツという、どこでもよく見かけるスタイルである。彼女は買い物客から金を受け取り、釣り銭を手渡していた。

一方、店長の石橋昇流の姿はバックヤードにあった。パイプ椅子に腰を下ろし、タバコを吹かしてスマートフォンを熱心にいじっている。その指の動きからしてゲームでもしている様子だ。レジに客が並んでいてもヘルプに行こうともしない。

律は目を凝らした。彼が動いている姿を見るのは初めてである。座っているが、長身瘦軀《そうく》であることがわかる。写真で見た通り、顎《あご》が鋭く尖《とが》っている。この男が数十分後、悲劇に見舞われ、命を失う。

とりあえず五倍速で映像を流し見ることにした。映像の中で十分が経過し、時刻は十六時四十分を迎えていた。昇流は相変わらずだが、七海やちょくちょくやって来る買い物客は五倍速で忙《せわ》しく店内を動き回っている。

二十分が経過し、ここで昇流がようやく腰を上げて、店内に姿を現した。ちょうどそのとき、律の胸ポケットの中のスマートフォンが震えた。見やるとFYの酒井だった。

応答すると、

〈どうなってるんですかっ〉

いきなり酒井の怒声が飛び込んできた。

理由を聞いて律は戸惑った。彼は今まで上司連中に取り囲まれ、詰問されていたのだという。ホリディという雑誌の俊藤という記者を知っているのかと問われ、知らないと答えたにも拘《かか》わらず信用してもらえなかったらしい。理由は、石橋宏が酒井の上司との電話のやり取りの中で、酒井の名刺を律に手渡したことを伝えていたからだ。

あの男、そんなことまで話していたのか。律は激しく後悔した。口止めをしておかなかった自分のミスだ。

また酒井は、俊藤という記者に何を話したのかと再三問い詰められ、「会社のマイナスになるようなことは話してません」とうっかり口を滑らせてしまい、「やっぱりしゃべってるんやないか」と今度は嘘をついたことを責め立てられたという。

そのあとは酒井の言い分に耳を貸してくれることはなく、ひたすら「本社に知れたらどう責任を取るんや」と脅され続けたのだそうだ。

〈はじめからぼくを騙《だま》すつもりやったんですね──俊藤さんのこと、信用してたのに〉

「騙すなんてとんでもない。酒井さん。冷静に聞いてください」

〈冷静になんてなれませんよっ。ああ、クビや。もうクビや〉子供みたいに喚《わめ》いている。

「ご迷惑をかける形になり申し訳ありません。ですが、石橋さんがどう言おうとも、お約束していた通り、わたしはFYさんが困るような記事は書きません。すべて彼の独り相撲なんですよ。その辺りの事情をわたしが直接酒井さんの会社に説明させてもらいます」

そう告げたのだが、酒井は黙り込んでいる。いや、時折洟《はな》をすすっているような音が聞こえるので、もしかしたら電話の向こうで泣いているのかもしれない。彼はまだ二十三歳の、大人を始めて間もない青年なのだ。

律はパソコン画面に目を落としつつ、ため息を漏らした。映像の中では、昇流と七海がレジの中で二人並んでしゃべっている。その様子を見たかったので映像を通常の速度に戻した。

積極的に話しかけているのは昇流のようである。映像が鮮明ではないことと、画角の関係で、両者の表情ははっきりとはわからない。ただ、昇流の顔がなんとなく綻《ほころ》んでいるのがわかる。逆に七海は表情を変えず、淡々と受け答えしているように見えた。現在、店内に客はいない。

〈……もう遅いんですよ〉

ここで、ようやく酒井が言葉を発した。

「ちゃんと説明すればきっとわかってもらえます」

〈うちはそういう会社じゃないんです〉

「だって酒井さんは何も悪いことをしていないじゃないですか」

〈だからそんな会社じゃないんですっ〉

だったらそんな会社辞めたらいいという言葉が出かかったがすんでのところで飲み込んだ。それができないから彼は悩んでいるのだ。それに、自分が吐いていい台詞じゃない。

「では、酒井さんはどうするのがいいと思いますか？　できることはなんでもやりますよ」

だが酒井は何も答えてはくれず、また洟をすすり始めた。今度ははっきり泣いているとわかった。こうなるとお手上げだ。聞こえないようにため息をついた。

そうして困り果てていると、映像の中に気になる場面が訪れ、律は目を細めた。

昇流が手を伸ばし、七海の頭を撫《な》でたのだ。彼女はすぐにその手を振り払っていた。おそらく日頃からこういうボディタッチがあったのだろうと想像していると、次の瞬間、律は目を疑った。

昇流の手が、今度はデニムのパンツを穿《は》く彼女の尻《しり》を鷲摑《わしづか》みにしたのだ。見間違えじゃない。レジのうしろから捉えた映像にもはっきりと映っていた。

彼女は反射的に身体を引いて、彼を睨《にら》みつけ一言、何かを訴えた。どんな言葉かはわからないが、不快を示していることはわかった。だが、昇流は意に介した様子もなく、厭《いや》らしい笑みを浮かべている。

〈後藤さん〉

ふいに耳元で声がしてハッとした。酒井と電話していることを一瞬忘れていた。

〈……ぼくは、あなたを恨みます〉

「酒井さん、待っ――」

通話が切れた。律は目を瞑《つむ》って天井を仰いだ。最悪だ。

手の中のスマートフォンに目を落とす。掛け直しても今は出てくれないだろう。仕方ない。酒井の件は後回しだ。

再び映像に目を戻した。客の男が店内に入ってきて、タバコだけ買って店を出ていく。それを見届けて昇流はレジを出た。そしてあくびをしながら雑誌コーナーへと向かっていった。

彼は一冊の雑誌を手に取った。車雑誌のように見えた。そのまま頭を落として読み始める。おそらくここだ。もうすぐ事故が起きる。律の鼓動が駆け足になっていく。いくつかのカメラが店外の様子も捉えており、ややおもてが薄暗くなってきたのがわかる。するとと、画面に白い軽トラックがいきなり現れた。事故が起きたのだ。

慌ててパソコンを操作し、映像を十秒ほど戻した。イヤフォンも挿し込んだ。

改めてディスプレイを睨みつける。映像の中の時刻は十七時十二分。昇流は相変わらず下を向いたまま雑誌を読み耽《ふけ》っている。店内に客はおらず、七海はレジの中にいる。

そして、律が唾を飲み込んだ瞬間だった。強烈な破裂音を伴い、軽トラックがガラスを突き破って店内に飛び込んできた。そして昇流を吹き飛ばした、いや、消し去ったという表現が正しい。まるで手品のようにその姿が画面から消えたのだ。軽トラックは四つある陳列棚をすべてなぎ倒し、最後方の壁側に位置していた飲料コーナーの手前で止まった。

車体は倒れた陳列棚の上でもくもくと白煙を吐いている。フロントガラスはヒビで全面真っ白だ。そのせいで運転席にいる落井正三の顔は見えない。ただ、ドアウインドウ側から手で胸の辺りを押さえていることだけはわかる。店内には場違いなFYの宣伝BGMが軽やかに流れ続けていた。

現場はしっちゃかめっちゃかだった。昇流の姿は本当にどのカメラにも映っていなかった。棚の下敷きになり、雑多な商品に埋もれているからだ。

律はごくりと唾を飲んだ。想像以上に衝撃的な映像だった。

レジの中にいる七海は両手で口を覆って固まっている。パニックで身動きが取れないのだろう。

やがて彼女は意を決したのか、足の踏み場を探しながら、軽トラックに近づいて行った。そして運転席のドアを開け、その半身を車内に突っ込んだ。落井正三と何かしらのやりとりをしているのだろうか。二人の顔が映されていないので詳しくはわからない。

次に彼女は運転席のドアを閉め、なぜかバックヤードへと入って行った。バックヤードに置かれている固定電話に用があるのかと思ったのだが、そうではなかった。電話を素通りして、カメラの死角へと消えたのだ。では、そこにロッカーか何かがあり、そこから自分の携帯電話を持ち出そうとしているのかとも思ったのだが、それもまたちがった。再びカメラに捉えられた彼女の手にそれらしきものはない。彼女はそのまま店内に戻っていく。

律は眉《まゆ》をひそめた。不可解な行動である。彼女は今、何をしにバックヤードに行ったのだろう――。

続いてそこに酒井が現れた。店の出入り口から、恐々とした足取りで数歩進み、そこで足を止めて七海に話しかけた。小声なので聞き取れない。

続いて酒井はその場からあれこれと角度を変え、軽トラックを見調べ始めた。車内の様子を窺《うかが》っているのだろうが、迂闊《うかつ》に近づけない様子だ。やがて酒井は車体に近づいていき運転席のドアを開けた。何事か声を掛けている。その直後、酒井はハッとしたように後方を振り返り、「店長はっ?」七海に向かって叫んだ。七海がゆっくり酒井の足元を指差す。「この下? 巻き込まれたんか」七海は頷《うなず》いて見せていた。「うそやろう。うそやろう」彼はうわごとのように言いながら軽トラックの下を覗《のぞ》き込んだ。そこには昇流の姿はなかったのだろう。続いて、酒井は山となっている商品を掻《か》き分け始めた。そしてすぐにその手を止めた。昇流の姿を発見したのだ。彼は両手で頭を抱え、その状態のまましばし硬直していた。酒井は先日の取材の際、このときの昇流の様子をこう表現していた。「首がこう——変な方向に」

これもまた映像では判別できない。横倒しになった陳列棚と散乱した商品の中から、わずかばかり人の頭髪が見えるだけだからだ。

だが、酒井の話していた通り、即死だったのだろう。先ほどの映像を目にすれば、誰だってわかる。あきらめる。あれで生きていたら、その方が不気味だ。それほどの衝撃で弾《はじ》き飛ばされたのだ。

「おにいちゃん、なあに見てるの」

ふいに横から声を掛けられ、律は椅子から尻を数センチ跳ね上げた。声の主はとなりの卓にいる老女である。首を伸ばして映像を覗き込もうとしているので、律は「ちょっと仕事で」と微笑んで言い、同時にパソコンを閉じた。まさか人が死ぬ映像を見ていたとは言えない。

そこからは周りにいる他の老人も巻き込んでやたらと話しかけられた。彼らは若者との会話がうれしいのか、矢継ぎ早に質問を飛ばしてきた。律は苦笑いを浮かべながら受け答えをし、やがて椅子から腰を持ち上げた。

もう店を出よう。いくら待とうとも、永遠に中華麵は出てこないし。

店の出入り口に向かうと、「おにいさん」と背中に声が降りかかった。振り返ると、厨房の中のキツネ夫人が怪訝《けげん》そうな顔で律を見ていた。そして、「お代」と手を差し出され言われた。

どうして食ってもいないのに代金を支払わねばならないのか。そもそもあんたら作ってねえだろう。だが、律は素直に財布を取り出すことにした。場所代として支払うことにしたのだ。

「また来ての」

脱力して店を後にした。

18

目の痛くなるような黄色の雨合羽を纏《まと》った律が埜ヶ谷村に到着したのは十四時過ぎだった。恐れていた通り、山道を走っている途中で空から冷たい雨が落ちてきたのだ。そのせいでスピードが出せず、想定より時間がかかってしまった。

道中、バイクにまたがった律は雨に打たれながら深い思惟《しい》に沈んでいた。脳内で先ほど見た映像が延々とループされていた。

内方七海は石橋昇流からセクハラを受けていた。おそらくあれが初めてではない。昇流の手つきは明らかに慣れたものだった。

また、事故直後、落井正三と七海はあの短い間にどんなやりとりをしていたのだろう。その後、なぜ彼女は一旦《いったん》バックヤードへと向かったのだろう。

今の時点では見当もつかないが、考えれば考えるほど、律の中にあった一つの仮説が熱を持ち、膨れ上がってしまう。

彼女はもともと知っていた。軽トラックが突っ込んでくることも、落井正三がハンドルを握っていることも――。

しかし、だとすると事故直後の彼女の反応の説明がつかない。彼女は両手で口を覆い、その場で硬直していたのだ。あれはカメラがあることを意識しての演技だったのだろうか。

警察も当然、あの映像を確認しているはずだ。彼らはあれをどう捉えているのだろう。

だいぶ雨足が弱まってきたが、まだ頭上の空は泣き止《や》まずにいる。そのせいで、色のない埜ヶ谷村は侘《わび》しく、物悲しく映った。

バイクは村役場から百メートルほど離れたところにぽつんと建っていたバス停小屋の中に停めさせてもらった。ちょうどバイク一台がすっぽり入る程度のスペースがあり、雨よけにはもってこいだったのである。ここはすでにバス停として使われておらず、近いうち取り壊す予定だと岩本が話していたので誰の迷惑にもならないだろう。

律は雨合羽姿のままバス停小屋を出た。再び全身を雨が打つ。傘は持っていない。ぬかるむ畦道《あぜみち》を進んでいくと昨日見た案山子巫女《かかしみこ》がいた。村の田畑を守っているらしいが、雨に濡《ぬ》れそぼったその姿は正直気味が悪かった。のっぺらぼうの顔面に黒髪がべたっと張り付き、白い袴《はかま》からは水が滴っている。なるべく見ないようにして足早にやり過ごしたが、今度はうしろからついて来られているような気がして、何度も振り返ってしまった。

そうしてしばらく村の中を歩き回ったのだが――困った。案山子巫女はいくらもおれど、人間が人っ子一人見当たらないのである。昨日は農作業に出ている人をちらほら見かけたのだが、きっと雨だからだろう、見渡す限り誰一人としておもてに出ていない。

律はまず七海の家を探す予定でいた。彼女の親に直接頼み込んで、娘に取り次いでもらおうと画策していたのである。彼女の自宅へは、村人の誰かに案内をしてもらえばいいと思っていた。この村の人間は誰の家であろうとわかるだろう。

律が雨に打たれながら立ち尽くしていると、スマートフォンがメロディを奏でた。見ると、佐久間だった。

〈俊藤ちゃん、やっぱりFYはあきらめようか〉

たった今、編集部にFYの顧問弁護士からFAXが送られてきたのだという。そこには、FYを貶《おとし》める、またはそれに準ずるような記事を掲載すれば名誉毀損《きそん》で訴える構えであるとの文面が連なっていたそうだ。要するにFYからの牽制《けんせい》である。ここに至った経緯《いきさつ》を話すと佐律はこうなるだろうと予測していたので驚かなかった。

久間も、〈なるほど。そりゃ仕方ないね〉と納得していた。彼も慣れているので落ち着いている。

〈これからその顧問弁護士に連絡入れて、心配されているような記事は書きませんと伝えちゃうけど、構わないよね？〉

「構いませんよ。ぼくはもともとそんな記事を書くつもりないですし」

〈え、そうなの？　補償問題について触れるって言ってたじゃない〉

「それは佐久間さんが言ったんでしょ」

FYとオーナーの補償問題を掘り下げて書いてみてもおもしろいと話していたのは佐久間である。

〈そうだっけ？〉

これだ。

〈ま、FYがなくなっても別に困らないしね〉

酒井の姿が頭にチラついた。どうにかして彼の名誉を回復してやらないと申し訳が立たない。

〈ところで俊藤ちゃん、今どこよ？〉

「埜ヶ谷村ですよ。大自然の中でひとり雨に打たれているんです」濡れた顔を手でぬぐった。「とりあえず今夜もホテルは押さえました」

〈まだそっちいるつもりなの？　このあいだも言ったけど、趣旨はあくまで高齢者の運転問題なんだからね。コンビニ事故はその取っ掛かりとして調べてもらってるだけなのよ。そこわかってる？〉

「十分わかってます」

〈ならいいけどさ、締切だけは――〉

「それももちろんわかってます」

〈じゃあ早いとこ切り上げて戻ってきてよ。実は俊藤ちゃんに頼みたい仕事があんのよ。今話題のイケメン俳優が不倫――〉

「佐久間さん」遮った。「今、少しいいですか」

律は先ほど見た、事故の映像のことを話した。内方七海が石橋昇流からセクハラを受けていたこと、また、事故直後の彼女の不可解な行動について伝えると、今まで律の話を妄言として扱っていた佐久間の態度に変化があった。

〈ふうん。なんだろ。それはたしかに気になるね〉

「そうでしょう」

〈セクハラ、か。仮に俊藤ちゃんのいう通り、その女の子が日頃から被害に遭っていたとしたら、早々にバイトを辞めていないとおかしいもんね〉

〈それでも彼女はそこで働かなきゃならない理由があった、ってことか。なんだと思う？　理由〉

「ええ」

「わからないから調べてるんです」

〈警察はその辺りの事情は摑んでるの？〉

「さあ。一応、担当の刑事に当たるつもりです。マスコミ相手にどの程度話してくれるかわかりませんが」

続いて、仮にこれが事故でなく、故意による殺人事件だった場合の、落井正三の動機について話が及んだ。

〈報復か――いや、弱いな。少女がセクハラを受けていることを知った爺《じい》さん、それも親族でもない、ただの同郷の男が殺人まで犯すなんて考えられないし、無理がある。たとえ少女から『あいつを殺してくれ』と頼まれていたとしてもね〉

「同感です。何かしらそれに値する動機があると思うんです」

〈うん〉一拍間が空いた。〈でも、まだそうと決まったわけじゃないからね。わかってるだろうけど〉

「ええ。わかってます」

〈君、ぶっちゃけ、どの程度そう思ってんの？〉

事故と殺人の割合を訊《き》かれている。「フィフフィフです」

〈五十？　あー怖い怖い〉

「じゃあ佐久間さんは？」

〈おれ？　おれは二パー。今の話を聞いてもね〉

鼻白んだ。佐久間には、昨日律が弁護士の佐藤や、落井正三本人に接触したことも一通り話をしてある。そこで覚えた違和感についても伝えたつもりだ。にも拘わらず、二パーセントとはどういうことなのか。

〈よくないよ、俊藤ちゃんのそういうとこ。すぐ盲信モードに入っちゃうんだから〉

「五十パーセントなんだから盲信じゃないでしょう」

〈口でそう言ってるだけ。百パーもう決めつけてる〉

「そんなことありませんよ」

〈あるよ〉

「ありません」

佐久間が深いため息を漏らす。〈俊藤ちゃん。たしかに君の話を聞いてる限り、今回の事故はいろいろと引っかかるとこがあるけどね、けど、考え過ぎだよ。だいたい人殺そうって奴がコンビニに突っ込むなんて手法を取るかい？　相手を確実に殺せるかどうか怪しいし、自分だって無事でいられるかわかんないじゃない〉

たしかにその通りだ。現に落井正三は怪我をしている。だが腹が立ったので反論することにした。「じゃあ、彼女が地元から遠く離れた町のコンビニで働いている理由はなんです？」

〈だから言ったじゃない。通ってる高校が近いとかそんなんじゃないの〉

「彼女は事故直後、運転席のドアを開け、落井正三と何かしらのやりとりをしたのちに、一旦バックヤードへと下がっています。電話が目的ではありませんでした。おかしいでしょう。仮に佐久間さんならそんなことしますか」

〈おれなら何よりまずは被害者の身を案じるけどね〉

「彼女はそれすらしませんでした」

〈そりゃセクハラ野郎のことなんざ知ったこっちゃねえってところだったんでしょ〉

「だとすれば、それこそ落井正三につきっきりになるはずじゃないですか」

〈俊藤ちゃん。人間って生き物はパニックになると理屈に合わない、滑稽《こっけい》な行動を取るもんなんだよ〉

「だとしたって――」

〈いいから聞きなって。これまでの俊藤ちゃんの話を聞いてるとね、ぜんぶ君の『なんとなく』なわけよ〉

「ぼくは『なんとなく』な直感を大切にしてるんです」

〈君は本当にああいえばジョウユウだね〉

「古いですよそれ。で、結局、佐久間さんは何が言いたいんですか」

〈物事は俯瞰《ふかん》して捉えないと見誤るよってこと〉

「別にいいですよ、見誤っても。損するものもないですし」

〈空振りだと思うけどなあ〉佐久間のため息が聞こえた。〈ま、たしかに俊藤ちゃんは特大ホームランを打ったこともあるからね。期待してますよ〉

その言葉に律は黙り込んだ。

〈あんときはとんでもない凄腕《すごうで》だと思ったんだけどなあ。すっかり凡打者になっちまって〉

佐久間の軽口には取り合わず、「また報告します」と電話を切った。

長い息を吐き、遠く、灰色の景色に目を細めた。

特大ホームラン——八年前のあの事件。佐久間をはじめ、周囲は律を褒め称《たた》えた。その度に律は胸を痛めた。

自分に落ち度などない。当たり前のことをしただけだ。仕事をまっとうしたのだ。何度も言い聞かせたがダメだった。理屈ではなかった。

そんな律の苦しみを知る者はいない。誰にも語っていないのだから。

ここでまたスマートフォンが鳴った。今度は埜ヶ谷村の村役場の岩本だった。バス停小屋に停めた律のバイクを見つけたのだろうか。きっとそうだろうと思った。

応答するか否か、数秒思案した。彼とは昨日、喧嘩《けんか》別れのような形になっている。律が村にいることを知ったのなら、心中穏やかではないだろう。すぐに出て行けと言われるかもしれない。

ちなみに村長の國木田も岩本と同様だ。昨日、弁護士の佐藤を紹介してもらい、無事取材をさせてもらったので、お礼の電話を掛けたのだが応答してもらえなかった。一日経って折り返しがないところをみると、彼からもまた敬遠されているのだろう。

律は着信音が止むのを待って、再び歩き出した。その足でもっとも近くにある民家に立ち寄った。こうなったら飛び込みで内方七海の自宅の場所を訊《たず》ねることにする。厚かましくなければジャーナリストなんてやってられない。

ただ、三軒あたって途方に暮れた。すべて門前払いを食ったのだ。理由は考えなくてもわかった。國木田や岩本から、俊藤という記者を相手にするなと言いつけられているのだろう。三軒目の家では粘り過ぎて塩まで持ち出される始末だった。まるでお尋ね者の心境である。

だが、ここで白旗を振っては俊藤律の沽券《こけん》に関わる。あきらめの悪さくらいしか取り柄がないのだから。

四軒目、律は被《かぶ》っていたフードを取って、呼び鈴を鳴らした。すると、「はーい」という甲高い声と共に玄関のドアが開いた。

出てきたのは十歳くらいの男の子だった。その男の子と律は顔を見合わせて、同時に「あ」と声を上げた。

昨日、神社の境内で会った少年だった。律の質問に答えようとして、内方七海に叱り飛ばされ、しょげていた、あの男の子だ。

男の子は目をパチクリとさせて律の顔を見上げている。その顔には若干の恐れも滲《にじ》んでいた。

「突然ごめんね。お父さんかお母さんはお家《うち》にいる？」律は微笑んで告げた。

男の子が首を左右に振る。

「お仕事かな？」

今度は首を縦に振った。

「じゃあ、ちょっとおじさんとお話ししない？」

少年に合わせて腰を折り曲げると、少年はさらに顔を強張《こわば》らせた。

「ね、お話ししようよ」

明らかに怯《おび》えているのが見てとれたが、このチャンスをふいにはできない。大人に閉ざされた以上、子供に頼るしかないのだ。律は自分の持てる限界の柔らかい表情をこしらえた。

「……知らん人としゃべったらあかんっていわれてる」

「大丈夫。おじさんは怪しい人じゃないから。安心して」と言いつつ、ドアを閉められないように手でブロックした。だいたい自ら怪しくないという奴ほど怪しい。「おじさんは俊藤律といいます。君のお名前は？」

「………」

「名前くらい教えてくれたっていいじゃない」

「……羽生洸太《はにゅうこうた》」

「かっこいい名前だね。洸太くんは何年生？」

「四年生」

「今日は学校は？」

「午前授業やった」

「そうなんだ。お昼ご飯はもう食べた？」

「焼きそばあったためて食べたけど」

「今は何をしてたの？」

「雨やし、おもてで遊べんでスイッチやってた」

「スイッチ？」

「ニンテンドースイッチ」と言って、手の中のゲーム機を持ち上げて見せてくれた。

「ああ、ゲームボーイね」

洸太は首を傾げている。律は笑って、

「七海ちゃんとは仲いいんだ。いつもああやって遊んでもらってるの？」

こくりと頷く。

「そっか。七海ちゃんは優しい？」

また頷く。

「落井正三さんは優しかった？」

彼はこの質問には少し逡巡《しゅんじゅん》していたが、やがてゆっくり頷いた。

「落井さんのことはなんて呼んでたの？」

「正三じいちゃん。あの、ぼく、もうしゃべれんでごめんなさい。七海姉ちゃんにまた叱られてまう」

どうやらこの子は聡明《そうめい》な少年のようだ。そしてちょっぴり胸が痛んだ。事情はどうあれ、大人が子供を追い詰めていることに変わりはない。

心の中で詫《わ》びつつ、

「じゃあ、洸太くんと落井正三さんの思い出を一つだけ教えて」

そう訊くと彼は思案顔を作って黙り込み、やがてその口を開いた。「たまに一緒に散歩しとった」

「へえ。散歩中はどんな話をするの」

「家のこととか、学校のこととか」

「他には」

「野鳥探しとかするけど」

「野鳥？」

洸太が頷く。「双眼鏡で」

「双眼鏡？」

「じいちゃんがいつも持ってるやつ」

そういえば落井正三はその昔、還暦の祝いとして村から双眼鏡を受贈し、以来それを肌身離さず携帯していたと、昨日老婆が話していた。

大人が約束を破るのは良くないが、「もう一つだけおまけして思い出を教えてくれないかな」と頼み込んだ。この少年からできるだけ話を引き出したい。

洸太は子供ながらに眉間《みけん》に皺《しわ》を寄せ、困り顔を見せていたが、やがて「この前、アプリ落としてもらった」とポツリと言った。

「アプリってスマホの？」

洸太が頷く。「ぼくのスマホ、子供用のやつでゲームとかできんで、じいちゃんに頼んでじいちゃんのスマホにゲームのアプリ落とさせてもらった」

聞き捨てならない話だった。詳しく聞くと、落井正三は以前からスマートフォンを所持していたということだ。しかも、しっかり使いこなしていたという。村でそんなことができる年寄りは落井正三だけで、周りの人にも使い方を教えてあげていたというのだから驚きだ。

「落井さんと洸太くんはメールのやりとりとかしてた？」

「ＬＩＮＥしてたけど」

「それ、おじさんにちょっと見せてくれないかな」

「あの、もう……ほんとに叱られるで」

「しつこくてごめん。ただ、今の話はとても大切なことなんだ。責任はおじさんが取るから、もう少し詳しく聞かせてほし――」

「俊藤さんっ」背中から鋭利な声が飛び込んできた。

振り返ると、目を剥《む》いた岩本と國木田が並んで立っていた。彼らもまた紺色の雨合羽を揃ってまとい、長靴を履いている。共に肩で息をしていた。

状況をすぐに理解した。先ほどの電話はやはり律のバイクを発見したからで、律が電話に出なかったため、彼らは村の中を捜し回っていたのだろう。

「村の者にむやみやたらに取材されたら困るって言ったやないですかっ。しかもこんな子供相手にして」

岩本が一歩前に出て怒鳴った。國木田も顔を打ち震わせ律を睨みつけている。

「親も不在の中、こな家まで押しかけて――洸太、知らん人と話したらあかんっていつも言ってるやろ。それとおまえ、今日はゲームやったらあかん日やろうが。どうしてそれ手に持ってるんや。母ちゃんにいいつけるぞ。宿題は終わったんか」

「……まだ」

「はよしねまっ」

ぴしゃりと言いつけられると、羽生洸太はタタタと廊下を走って奥に引っ込んだ。岩本はその姿を見送るとドアを閉めた。それとほぼ同時だった。村長の國木田の両手が伸びてきて、胸ぐらを摑まれた。

「どういうつもりだおまえっ。ただじゃおかんぞ」

眼前で凄まれた。國木田は目を剝いて歯を食いしばっている。今にも殴ってきそうな勢いだった。そして本当に右腕が振りかぶられた。慌てて岩本がその手を摑み取る。

「やっちゃん、何やってるんや。さすがにほれはあかん」

「放せまっ。一発ぶん殴ってやらな気が済まん」

「あかん。あんたまで警察の厄介になるぞ」

「いいで放せま」

「あかんてっ」

岩本がうしろから國木田を羽交い締めにし、律から引き離そうとする。雨の中、合羽を纏った大人の男三人が庭の中で不恰好《ぶかっこう》に躍り狂う。ふいに手が解き放たれると、勢い余って岩本と國木田は二人して背中から地面に落ちた。派手に泥水が飛び散った。

すぐさま立ち上がった國木田は荒い息を吐いて、改めて律を睨みつけた。

「この村はなあ、わしが守るんだ。何があろうとわしが守るんだ。余所者《よそ》に勝手なことはさせんぞ」

「國木田さん、落ち着いてください」両手を前に突き出して言った。「わたしは何も――」

「やかましいっ。聞いたでな。あんた、正三さんのことを有罪に持ち込もうとするばかりか、あろうことか七海のことまで疑ってるそうでねえか。冗談でねえっ。七海には絶対に近づけさせんぞ」

「有罪に持ち込むなんてとんでもない。思い違いをされてます。七海さんの事だってそうです。わたしは彼女のお話を伺いたいだけなんです。数分で構いません。どうか彼女に取り次いでもらえないでしょうか」

「まだいうかーっ」

國木田が再び突進してこようとしたところを岩本がその腰に両手を巻きつけて止めた。

「和夫、放せって」

「やっちゃんっ。いいからまず落ち着きね。あんたはこの村の長やろうが」

その言葉でようやく國木田は思いとどまってくれたようだ。腕を解《ほど》いた岩本に対し、何度か頷いて見せている。

事が収まると途端に雨音が大きくなった気がした。いや、実際に雨足が強くなったのだろうか。地面にできた大小の水たまりに、打ち上げ花火を連発したような波紋が起きている。辺りは濡れた土の匂いが充満していた。

岩本、國木田、二人の雨合羽はもう泥だらけだ。顔も泥にまみれている。岩本がその泥だらけの顔で律を見た。

「俊藤さん、困りますよ。こっち来てるならなんで自分に教えてくれんのです。連絡先も交換してるのに」

「七海さんに取材をしたいと申し込んでも岩本さんは首を縦に振ってくれなかったでしょう」

「昨日もいうたけども、七海は事故について、おとろしかったとだけいうてました。ほんとにほれ以上、あの子から聞ける話は——」

「わたしは先ほど、コンビニの監視カメラに映っていた事故の映像を確認しました」

二人の目が見開かれた。

「事故直後、彼女は運転席のドアを開け、落井さんと数秒ほどやりとりした後に、一旦バックヤードへ下がっています。なぜ彼女がそんな行動を取ったのか、おふたりはご存じですか」

「そんなの知らん」國木田が一蹴《いっしゅう》した。「あんな事故が突然目の前で起こってみねの。しかも運転してるのが自分の知ってる人間やったらそらパニックになるやろうが。あの子はまだ子供なんや」

國木田は口の中に土が入っていたのか、ペッと唾を吐いた。「警察かってそんなところこだわってなかったで」

「では、警察からどんなことを訊かれたんでしょうか」

「なんであんたにそんなこと教えなあかんのや」

律は鼻息を漏らした。互いに顔を見つめ合う。睫毛《まつげ》に水滴が付着し、視界が滲んだ。

「改めて、もう一度お願いします。七海さんに取材をさせていただけませんか」

「あかんっていってるやろうが。帰れっ」

「彼女の親御さんに取り次いでいただくこともできませんか」

「わしらが親や」

律は目を細めた。

「七海に親はえん」

「いないというのは――」

「両親ともすでに死んでます」回答えたのは岩本だ。「あの子がまだ、小さい頃に」

「いわんでいいっ」國木田が岩本に怒鳴った。「わしらが育ててきたんや。村のみんなで大切に育ててきたんや。七海はわしらみんなの子や。おまえなんぞに指一本触れさせんで」

律は七海の顔を脳裡《のうり》に思い浮かべた。思えば彼女はどこか陰のある少女であった。そうした生い立ちが影響していたのかもしれない。

だが、それとこれとはまた別の話である。

「落井さんはスマートフォンを持っていたそうですね」

「ほれがどうした」と國木田。「年寄りかってケータイくらい持っつやろう」

「先ほど洸太くんは、落井さんがそれを使いこなしていたと話していました」

「何がいいたいんや」

「正直に申し上げます」息を吸い込んだ。「わたしには落井正三さんが認知症であったとは思えないのです」

國木田が何か反論しようとしたが、岩本が手で制した。

「俊藤さん。どう思おうがあなたの勝手だが、邪魔だけはせんとおいてください。この通りです」

岩本は頭を下げてきた。

「邪魔というのは、落井さんの裁判に不利に働くような、という意味でしょうか」

「そうです。あなたは最初にこう言った。年寄りの起こす事故が社会問題になっとるで、記事を書くことで警鐘を鳴らしたいと。ほんなら、それをまっとうしたらよろしいでないですか」

「ええ、ですからこうして取材をお願いしているのです」

「正三さんがどうやとか七海がどうやとか、ほんなことまで書かなあかんのですか」

「実態を明らかにしないことには記事は書けません。なぜこのような事故が起きたのか。単純にアクセルとブレーキを踏み間違えただけなのか。ドライバーは認知症を患っていたのか。正常な運転能力は有していたのか。それらすべて大切なこと――」

「黙れまっ」國木田が声を荒らげた。「正三さんは正真正銘、認知症やった。誰がなんといおうとわしらは最後まで闘うで」

律は判断に迷ったが、意を決して次の台詞を口にした。

「落井さんは、弁護の必要はないとおっしゃっておりました。國木田さんと岩本さんにそう伝えてくれと伝言を預かりました」

二人の目が同時に丸くなった。

「会ったんですか？　正三さんに」岩本が言った。

「ええ。数分ですが面会をさせてもらいました」

「どうやって……我々かって会えんのに」

「落井さんは面会を拒否されているようですね。なぜだと思われますか」

「ほりゃあ……こんな事故起こしちまって、自分らに合わす顔がないと思ってるんやろう。あの人はほういう人間やで――」

そのとき、律の視界が赤い物体を捉えた。二人の後方にある家の入り口から、真っ赤な傘を差した少女が入ってきたのだ。少女は、紛れもなく内方七海だった。

七海はゆっくりとした足取りでこちらに歩み寄ってくる。

律の視線に気づいたのだろう、岩本と國木田が同時にうしろを振り返った。

19

「洸太から電話をもらったの。男の人が家に来て、おじさんらと取っ組み合いの喧嘩してるって」

内方七海は言い訳のように告げた。赤い傘の露先から雨粒が垂れていた。

「七海。何しに来たんや。早《はよ》う帰んね。ほれ、早う」

國木田が急《せ》いて言う。彼と岩本は突然のこの少女の登場に動揺しきっている。

七海は彼らに首を左右に振って見せた。「いいの。わたしがこの記者さんとお話ししたらいいわけやろう。こんな揉《も》め事になるんやったら最初から断らんと取材を受ければよかった」

「七海っ。何をあやんてなこと言ってるんや。ほんなん許さんぞ」

「そうでもせんとこの記者さんはあきらめんのやろう。わたし、これ以上、みんなに迷惑をかけたくないの」

「迷惑やとかそんな話でない。この男は正三さんを刑務所にブチ込もうとしてるんやで」

「そんなことはありません。わたしは真実を知りたいのです」

「何が真実やっ。真実はもうわかってるやろうが。これは事故や。正三さんがアクセルとブレーキを踏み違えた。それだけやっ」

「人が死んでるんですっ」反射的に怒鳴った。「それだけなんて言葉で片付けていいことではありません」

そう、一人の若者の命が失われているのだ。絶たれた命はけっして戻ることはない。しかし、なぜ不幸に至ったのか、その詳細は明らかにしなくてはならない。アクセルとブレーキを踏み違えた。國木田の言う通り、これが答えなのだとしたらそれでかまわない。が、もしそうでないのだとしたら——。

互いに目を剝いて睨み合った。雨音だけがうるさく響いている。

「おじさん。大丈夫。わたし、警察の人たちとも一人でちゃんと話できたし、それに、やましいことなんてなんもないで。ほんとに大丈夫やから」

七海はやや強張りながらも國木田に微笑んで告げた。

しかし、國木田や岩本も簡単には引き下がらず、かといってこの少女も実に頑固であった。結局数分に及んで論戦を繰り広げ、最後は七海がこの意地の張り合いを制した。つまり取材をさせてもらえることになったのだ。もちろん岩本や國木田の同席と条件付きだが、それは仕方ないだろう。取材は國木田の自宅で行われることとなった。

「この娘《こ》にちょっとでもおかしなことというてみ。承知せんでな。ついてきね」

國木田はそう釘《くぎ》を刺し、顎をしゃくって移動を促した。國木田を先頭に家の敷地を出て行く。

門扉を通り抜けたところで律はふと足を止め、振り返った。便所の小窓だろうか、わずかに開いたその隙間に人の目があった。羽生洸太がこっそりとこちらの様子を窺っている。律と視線が重なると慌ててその頭を引っ込めていた。

20

昨日は開け放たれていた窓から心地よい風が入ってきていたが、本日は雨のため、國木田宅の仏間の窓は閉じている。

帰ってきた足で、國木田と岩本の二人は先ほどの騒動で被った泥を落とすために浴室へと向かった。その間、國木田は妻の静を呼びつけ、仏間から動かぬよう言い付けた。律と七海を二人きりにさせないために監視役を命じたのだ。部屋の隅に背筋を伸ばして正座する静は能面のような顔を崩さず、律と口を利かないばかりか、目も合わそうとしない。もうすっかり招かれざる客となってしまった。

一方、七海は窓際に立ち、雨のそぼ降るおもてを静かに眺めていた。

「明後日も、雨かな」

その七海がポツリと言った。

「どうかな」静が反応する。「予報では雨やったけどね。ほやけど、降らんって言ってた今日がこうして降ってるんやで、逆に晴れてくれるんでないかな」

「やといいけど」

そこで会話は止まってしまった。

「明後日、何かあるんですか」

律がどちらにともなく訊いた。ただし、返答はない。

やがて國木田と岩本が戻ってきた。だが、「七海」と一言声を掛けると、彼女を連れて仏間を再び離れた。監視役の静と二人、取り残された律はこの先の展開に想像を巡らせてみた。

簡単な質疑応答にはならないだろう。國木田たちが七海を連れ出したのは、きっと打ち合わせるためだ。取材に臨むにあたり、口にしてよいことと、よくないことを取り決めているのかもしれない。

先ほどのやりとりからすれば、彼らにとって七海が娘のような存在であることに疑いはない。であれば子に降りかかる火の粉を払いたいのは当然だろう。

ただし――それを踏まえても過剰に思う。彼らの反応はどう考えてもふつうではない。

十分ほどして三人が戻ってきた。それと入れ替わりで静が仏間を離れる。

卓子を挟んで向こう中央に七海、その両脇に國木田と岩本。昨日、取材をしたときとほぼ同じ構図だ。異なるのは関浩一郎が七海に代わり、また、國木田や岩本の態度が変わったことだ。律を見るその瞳《ひとみ》に敵愾心《てきがいしん》が宿っている。

そして内方七海。律は正面を見据えた。こうして対峙《たいじ》してみると同世代の少女と比べてもやや幼く見える。彼女の顔の曲線が丸みを帯びているからだろうか。左目の下に小ぶりな涙ボクロがあるのを発見した。

また、手の中が汗ばんでいることを自覚した。なぜだかはわからない。だが、この小柄な少女を前にして自分はたしかに緊張を覚えている。

律がリュックから取材道具を取り出すと、

「最初に言っとく。この娘の名前を出したり、この娘やと断定されるような記事は書かんと約束しね」

早速、國木田が牽制してきた。

「約束いたします」律は彼の目を見て告げ、七海に視線を転じた。「――が、事故とは直接関連がないような質問をするかもしれません。わたしもあらかじめ申し上げておきます」

國木田が何か言い返そうとしたが、それよりも先に七海が口を開いた。

「では、わたしからもお願いがあります。わたしはどんな質問にも答えます。けど、これっきりにしてください。金輪際、取材は受けません」

彼女は律を見据えてはっきり告げた。律は深く頷いて見せた。

「まず初めに、お名前は内方七海さん、年齢は十七歳の高校生で間違いありませんね」

内方七海が首を左右に振った。「わたしは高校生ではありません」

律は小首を傾げた。

「七海は巫女です」横から岩本が言った。「巫女は学校に行かんのです」

代々、埜《の》ヶ《が》谷《だに》村の巫女は義務教育を終えたら進学することはなく、村のために奉仕することがしきたりなのだという。本来、その他の仕事に就くのは禁止されているそうだ。

巫女としての業務は神事、祭礼などの祭事で神楽《かぐら》を舞い、祈禱《きとう》することが大義名分であるが、実際は村の幼子の面倒を見たり、年寄りの世話をしたりとボランティア活動のような毎日を送っているのだという。昔はそれこそ占いや口寄せをすることもあったが、昨今ではさすがにそういった役割は免除されているとのこと。「やれといわれてもわたしにはできません」七海は微苦笑を見せていた。また、この村には昔から神職はおらず、巫女がもっとも神に近い存在であることから、正式には御神子《おんみこ》と呼ぶらしい。彼女の母親、祖母、曽祖母《そうそぼ》、高祖母もまた巫女――御神子として奉職したとのことだ。血筋なのだという。

　気になっていた彼女の生い立ちについても教えてくれた。七海は母親の命と引き換えに生を受けたという。七海の母は危険を承知で子を産む選択をしたそうだ。七海は残された父親に育てられたのだが、その父もまた彼女が七歳のときに病死し、他に親類のいない七海は、幼くして天涯孤独の身となり、それ以来、村の大人たちの手で育てられた。

　そして十歳を迎え、彼女は正式に埜ヶ谷村の御神子となった。

　ちなみに明後日、この地で祈願祭という祭礼があり、七海はそこで神楽を舞うとのこと。この時季の祈願祭は、これから訪れる長い冬を無事に越すための儀式で、これもまた風習なのだそうだ。先ほど彼女が天気を気にしていたのはそのためだろう。

「大きなお世話でしょうが、七海さんはどのように生計を立てておられるんですか」

「村からお手当をもらってるんです」

　その手当は毎月、村人がみんなで捻出《ねんしゅつ》しているのだと、これは岩本が補足した。そういえば昨日、埜ヶ谷村には『みこころ』という独自の税があると彼が話していた。さすがの律でもその金額を訊ねるのは憚《はばか》られた。

「では、そうした生活収入があった中で、アルバイトを始められたきっかけは？　そもそも禁止されていたのでしょう」

「同世代のふつうの女の子みたいに外で働いてみたいなっていうのと、ちょっと自分でも稼がなと思ったんです。村の人が減ってきて、わたしのお手当出すのも楽ではないことはわかってるし、わたしだけみんなに食べさせてもらってずっと申し訳ないと思ってましたので」

「何を言ってる」すかさず國木田が言った。「村のために働いてるんやで手当をもらうのは当たり前やが。みんなおまえがいてくれて助かっとるんだぞ」

「うん。わかってるけど……」

律は一つ咳払《せきばら》いをした。

「ではなぜ、あれほど離れた職場を選んだのですか。ここからあそこまで、七海さんが乗られてる原付だと一時間半、いや、二時間はかかるでしょう」

「逆に近くはイヤやったんです。村のみんなに見つかるかもしれんと思って」目を細めた。「秘密にされていたんですか」

七海が頷く。「言っても許可してもらえんから」

「わしらには車の教習所に通ってると嘘ついてた」國木田が鼻息を漏らして言う。「今月の末にこの子は十八になるでわしらもちっとも疑問に思わんかった」

土地柄、埜ヶ谷村では男女共に自動車免許を取らぬ者はいないのだという。みな、十八歳になる頃に取得するのだそうだ。

「落井さんにも、秘密にされていたんですか」

落井正三がそれを知らなければあのコンビニに行く道理がない。

彼の名前を出すと、七海は斜めに視線を落とした。

「正三じいちゃんには正直に言ってました。じいちゃんは聞いたこと、大抵忘れてまうから」

以下、彼女が語ってくれた内容である。

七海は落井正三の介護をするために、彼の自宅に週に二、三度泊まり込んでいた。介護といっても落井正三の身体は丈夫であり、身の回りのことはすべて自分でこなせたので身体的な介助は必要なかったようだが、時折、不穏な精神状態に陥ることがあり、そうしたときに側にいてあげたかったのだそうだ。村人の結束感の強いこの村においても、落井正三と内方七海、この二人の関係はことさら特別なもので、それは彼女の先祖、高祖父が落井正三の師匠だったからだという。落井正三は酒造りの職人、最高責任者の杜《とう》氏《じ》であったことは昨日聞いているが、その彼に仕事を教え込んだのが、他ならぬ七海の高祖父だった。もっとも彼女自身は生前の高祖父はおろか祖父母も母も知らない。彼女が知っているのは父だけで、その父も彼女は幼くして亡くしている。「うちの家系はみんな短命なんです」彼女はさらりと言っていた。

そんな七海に、落井正三は生前の彼女の両親や先祖について時折語ってくれたそうだ。とりわけ印象深く心に残っているのが、落井正三が彼女の高祖父の仕事ぶりについて、

「あの人は一流の職人やった。結局、うらは一生かかってもあっこまで届かんかった」

と漏らしていたことだという。

律は相槌《あいづち》を打ちながら、彼女の目を見据えて話を聞いていた。一瞬たりとも視線をそらさなかった。彼女もまた律の目を直視して淡々と口を動かしている。

そこから——真偽のほどは測れない。これらの話はけっして作り話ではないだろう。

ただ、落井正三が認知症を患っていたこと、この一点に関してはやはり疑わしい。自分は昨日、この目で落井正三を見ているのだ。

「ではそうした中で落井さんに例のFYマートに勤めていることをお話ししていたわけですね」と再度確認した。

「そうです」

「落井さんは店舗の場所はご存じだったのでしょうか。あの辺りの土地勘がおありだったとか」

「さあ。ほれはわたしにはわかりません」

「知ってたと思う」と國木田。「正三さんは昔、毎日のように自分でハンドル握って酒屋やスーパーに酒を卸《おろ》して回ってたで、県内やったら大抵の場所はわかる」

律は國木田に向けて一度頷き、次に核心を突いた。

「改めて、七海さんから見て、落井さんは認知症であったと思いますか」

「はい」

「それは確実に？」

「はい」

「おいっ」國木田が声を荒らげた。「ほんな訊き方をするなら取材は打ち切りや」

「おじさん。もう、そうやってすぐ癇癪《かんしゃく》起こさんといて。話が進まんが」

七海が諭すように言った。十七歳の少女に村の長が諌《いさ》められている。不思議な光景だった。

ここで襖《ふすま》が開き、國木田の妻、静が茶を運んできた。ただし湯呑《ゆの》みの数は三つ。言わずもがな、律の前には置かれない。

「おばちゃん」七海が咎《とが》めるように声を発した。

静はそれを無視して立ち上がり、仏間を離れて行った。

「どうぞ」七海が自分の分の茶を律に差し出した。

「いえ、お構いなく」

「いけません。お客さんですので」

律は頭《こうべ》を垂れて受け取り、「いただきます」と一口すすった。湯呑みを茶托《ちゃたく》に戻したところで取材を再開した。

「続いて、事故当日の話を聞かせてください。できれば事故が起きるまでの、一日の動きを教えてもらえると」

「必要ない」

七海は横目で國木田を睨みつけ、そして口を開いた。

「あの日は──」

早朝から隣家の人に頼まれた畑仕事を手伝い、そのあと早めの昼食を摂《と》り、正午に埜ヶ谷村を出て、勤務先であるFYマートに原付バイクで向かった。この日のシフトは十三時半から十九時半までの六時間の勤務だった。

FYマートに到着したのは十三時二十分。いつもそれくらいの時間に着くのだそうだ。

「正午にここを出発してってことは──たった一時間二十分？　原付で？」

「わたし、こう見えて超飛ばすんです」と、はにかんでいる。

店ではしばしバックヤードで待機して、それから勤務を開始した。ちなみに店長の昇流が店にやってきたのは、十四時過ぎだという。本来であれば、七海とまったく同じシフトなのだそうだが、「店長が時間通りに来た例《ため》しはありません」と彼女は表情を変えずに言った。

「それから夕方になって、あの事故が起きました。わたしは運転席にいるのが正三じいちゃんやと気づいて慌ててドアを開けました。けど、声を掛けてもじいちゃんはまったく反応してくれませんでした。そうしたら、なんて言ったらいいか……なんだか目の前の人が自分の知ってる正三じいちゃんじゃないように思えてきて、それで怖くなって、無意識にドアを閉めて離れてまいました。そこにFYマートの社員さんが来て、警察や救急車を呼んでくれました。十分くらいでまず救急車が来て、じいちゃんと店長を乗せて行って、そのあと警察がやって来て、わたしはパトカーの中でおまわりさんたちに事故が起きたときの状況を話しました。そのあと――」國木田と岩本を一瞥《いちべつ》した。「おじさんたちが車で迎えに来てくれて、その車に乗って帰りました。村に着いたのは、零時近かったと思います」

律がいくつかの疑問を投げようとすると、それを察したのか國木田が割り込むように口を開いた。

「警察から連絡もらったときはわしらも混乱してもての。こっちはちょうど浩一郎――昨日おった関いう男や、あれの持ってる軽トラが消えたのと、正三さんがおらんことに気づいて、村中みんな気ぃ揉んでるところやった。それで警察に連絡した方がいいんやろうかと相談しとるところに、その警察から連絡があったんや。ほやけど意味がわからん。正三さんが七海の職場で事故起こしたっていうんやで。わしら誰も七海がそんなとこで働いてるなんて知らんかったで、もうちんぷんかんぷんや。何はともあれ村を代表して、わしと岩本と浩一郎、それと家内の四人でこの娘《こ》を迎えに行ったんや。途中二手に分かれて、七海のとこには岩本と家内、わしと浩一郎は正三さんが運ばれたっていう病院に向かった。いざ病院に着いてみると、正三さんは肋骨《ろっこつ》痛めてたけど、話ができんようではなかったで、そこにいた警察と一緒にあれこれ質問したんやけど、返ってくる答えがまるで要領を得ん。なんで突然車なんて乗って七海んとこ行ったんやって訊いても、本人が首をひねる始末や。ああこれはもうあかん、正三さんが錯乱してもたんやってわしらも納得するしかない――以上、これがこの事故のすべてや」

國木田はそう締め括《くく》り、湯呑みに手を伸ばした。

ここで律は窓の向こうに目をやった。突然、雨音が激しさを増したのだ。空には黒々とした雲が垂れ込め、昨日はこの場から拝むことができた山々は姿を隠している。

七海もまた律と同じようにおもてに目をやっていた。だがなぜだろう、彼女の横顔は強張っているように見える。

律は訝《いぶか》りながらも、

「いくつか教えていただきたいことがあります。まず、七海さんはどの時点で軽トラックに気がつきましたか。敷地の駐車場に軽トラックが入ってきたことには気づいていたのでしょうか」

「まったく気がつきませんでした。おもては薄暗くなってたし、じいちゃんはトラックのライトを点《つ》けてえんかったので」

「なるほど。先ほど無意識にドアを閉めたとおっしゃっておりましたが、そのときの心境を具体的に教えてもらえませんか」

「具体的も何も……つまり正三じいちゃんが目の前にいることや、じいちゃんが人を轢《ひ》き殺してもたことで、頭の中が整理がつかんでパニック状態やったんです」

「轢き殺してしまったというのは、そのとき店長の昇流さんが絶命していたことを七海さんはわかっていたのですか。結果的に昇流さんは即死だったようですが、あの時点で彼は棚と商品に埋もれてその姿は確認できなかったと思うのですが」

「車が思《おも》っ切《き》り店長とぶつかったのは見えたんです。ほんとにとんでもない衝撃やったで——俊藤さんも映像で見られたのでは？」

「ええ、確認しています」

答えながら律は思った。やはり、先ほど席を外した際に、彼女は國木田たちからこれまでのやりとりを聞かされている。でなければ、律が映像を確認していることを彼女が知るはずがない。

「それならわかると思うんですけど、あんな突っ込まれ方して、人が生きてるとはとても……」

「だとしても、昇流さんの容態は気にはならないものでしょうか。映像を見る限り、あなたは一度も昇流さんのことを気にかけていない」

座卓の上に國木田の拳《こぶし》がドンっと落ち、その衝撃で彼の湯呑みがひっくり返った。

「きさま、なんやその言い草はっ」

溢《こぼ》れた茶が座卓の端から畳の上にポタポタと垂れている。

「おじさんはもう黙ってて。いいの。最初にどんな質問にも答えるって約束したで、全部答える。それに、これが最初で最後なんやから」

そして七海は、襖に向けて「おばちゃーん。布巾《ふきん》持ってきて」と叫び、やってきた静が布巾で座卓と畳を拭《ふ》いた。

律はその様子を眺めながら、とことん攻め立てようと心の中で誓った。この少女に遠慮していてはならない。彼女は慎重に言葉を選び、時にはぐらかし、けっして心の内を見せない。多少、過激な手段を選んでも彼女の心を揺さぶらなければ、本音を引き出せないだろう。見た目はあどけなくても一筋縄ではいかない相手なのだ。

七海は確実に何かを隠している。律の本能がそう訴えていた。

静が下がったところで、七海は先ほどの問いに答えた。

「さっきの質問ですけど、正直、店長のことよりも、じいちゃんのことで頭がいっぱいやったんです。それに、死体に近づくのは、単純にイヤやったんです」

律はとりあえず頷いて納得を示した。「続いてですが、あなたは軽トラックを離れたあと、そのままバックヤードに向かっていますね。バックヤードに設置されているカメラがあなたの姿を捉えていました。あれはいったい何をしに行ったのですか」

彼女はカメラの死角部分で何かをしていたのだ。

「あれは――」彼女の目が一瞬左右に揺れた。「電話をしに」

「電話、ですか」律は目を細めて彼女を見た。「それはどなたに？」

「救急車を、呼ばなあかんと思って」

「たしかにカメラにはバックヤードに置かれた固定電話が映っていました。が、あなたはそれを素通りしていたように見えましたが」

「自分のスマホで電話するつもりやったんです」

「ですが、再びカメラの前に姿を現したあなたの手には何も握られていません。スマホを取りに向かったのだとしたらおかしいのでは？」

七海は考え込むような仕草を見せ、「ポケットに入れたんやと思います。よう覚えてませんけど」と曖昧《あいまい》なことを言った。

「すぐに使うのに？」

「はい。なんにせよ動揺してたもので」

「しかし、結果的にあなたは誰にも電話をしていない」

「ほれは、そのあとすぐに酒井さんが来てくれて、あの人が全部やってくれたから」

「ええ。そうでしたね。その様子もカメラに映っていました」

律はここでさらに切り込むことにした。

「女性には酷なことを申し上げます——あなたは、昇流さんから堪え難い行為を受けていましたね」

怪訝な顔を見せたのは國木田と岩本だった。

当の七海は予期していたのか、ピクリとも表情を変えない。

そんな七海の顔を、両脇の國木田と岩本の二人が挟み込むように覗き込んでいる。どうやらこの反応からすると、二人は律が何を指しているのかわかっていないようである。

「堪え難い行為？　なんやそれは？　七海、答えね」國木田が彼女の肩を摑んだ。

ただし、彼女はそれにも応《こた》えなかった。

「わたしが映像を見たところ、あれが初めてとは思えません。いつから、でしょうか」

「……アルバイトを始めて、二週間くらい経ってから」

「ということは少なくとも一ヶ月以上、あのような行為があったと……なぜ、そんなことをされてまであの職場にこだわったのでしょうか。いつでも辞めることはできたのではないですか」

彼女は目を伏せ、「店長にはようしてもらってましたから」と意外な答えを返してきた。そしてこう補足した。「もちろん、その、ああいうことをされるのはイヤでしたけど、ほかに害はないっていうか、別に悪い人ではなかったで……」

そうは言うものの、彼女が一瞬だけ下唇を嚙《か》んだのを律は見逃さなかった。

「須田さんをご存じですね」

「須田さんって、パートの？」

「ええ。わたしは昨日、須田さんにお会いして、取材をさせていただいたんです。また、その他の関係者にも昇流さんの人となりを伺いました。そこで聞き得た話からすると、故人のことをこのように評すのは心苦しいですが、彼の素行はけっしてよくなかった。仕事もおざなりだったと聞きました」

「それでも、わたしにとっては悪い人ではありませんでした。ほかの人が店長をどう思ってたかわかりませんが」

詳しく聞くと、昇流は他者には冷たく横柄であったが、七海にだけは優しく、彼女を特別扱いしていたとのことだ。「もしかしたら——そんなところで少し優越感を覚えていたのかもしれません」七海は醒《さ》めた口調でそんなことを言った。

ただ、それでも釈然としない話である。

「昇流さんから交際を申し込まれたり、デートに誘われたりということはなかったのですか」

「なんべんかありました。でも、断ってたらそのうちいわれなくなりました」

「あのような行為は続いていたのに？」

「ええ」

「待ってくれ。あのようないうんはいったいなんなんや。はっきり言ってくれ」堪えきれなくなった國木田が身を乗り出した。「七海、教えてくんね」

だが、またしても彼女は答えず、黙っている。

「お話しづらいようでしたら、わたしから」

律が申し出ると、彼女は吐息を漏らし、目を伏せた。

律はそれを承諾したものと捉え、「あくまでわたしが確認したのは一部ですが」と前置きし、事故が起きる前、彼女が被害者から臀部《でんぶ》を触られるというセクハラ行為を受けていたことを二人に伝えた。

國木田は握り締めた拳を震わせ、岩本は事実を受け入れられないのか、呆然としていた。

「警察は、あなたが被害者からそうした行為を受けていたことは知っているのでしょうか」

「たぶん、知らんと思います。訊かれてませんから」

ということはやはり警察は今回の事件を事故として扱っているということになる。事故を前提としているため、事故発生の前後わずかにしか注意を向けていないのだ。

ここで突然、七海がこんなことを言った。

「俊藤さんの持ってる映像、ここで見せてもろてもいいですか」

不可解だった。彼女にとっては見たくないものだろう。「構いませんが、大丈夫ですか」と確認すると彼女は頷いて見せた。

律はノートパソコンを取り出し、準備が整ったところで彼女に向けて映像を流した。

「ここが最初ですか」と七海。

「ええ、事故前後一時間の映像が収録されています」

七海は無表情で映像を見ている。逆に國木田と岩本は食い入るようにして凝視していた。

だが一分と経たないうちに、彼女は「もう結構です」と言い、「ごめんなさい。やっぱり、見たくありません」とその理由を告げた。

何か引っかかるものを感じたが、律はとりあえず映像を止めてノートパソコンを閉じた。

改めて取材を再開する。事故後についてだ。

事故当日は夜遅かったこともあり、その翌日、警察が改めて調書作成に埜ヶ谷村を訪れた。当事者である七海はもちろん、國木田、岩本、また軽トラックの持ち主である関浩一郎の四人が場に立ち会ったという。警察からの質問は、律がしたものと同様、事故前後の一連の流れ、落井正三との関係、また、落井正三の日常生活についてだったそうだ。要はどの程度耄碌《もうろく》していたのかを確認したかったようである。警察は落井正三について概《おおむ》ね同情的であったが、彼の処遇については曖昧な返答しかしなかったとのこと。

「警察はあなたが遠く離れた場所で働いていることについて、なにか言ってませんでしたか」

「大変だねとだけ。ちゃんと理由は話しましたから」

ここで前触れもなく、窓の向こうがピカッと稲光り、雷鳴が響き渡った。山地だからだろうか、大地を揺るがすほどの轟音《ごうおん》だった。落雷の地は遠くない。

七海が肩を震わせている。國木田と岩本がそんな彼女の背に手を添えた。彼女は小刻みに頷き、「大丈夫」と蚊の鳴くような声で言った。律がそんな様子を不思議な目で見ていたからだろう、「この娘はあれ以来、雨が怖くなってしもたんです」とこれまで静観の構えだった岩本が教えてくれた。あれ、が何を指しているのかすぐにわかったので深く訊くことはしなかった。

「この感じやともうしばらく雨は続きます。バイクで濡れた山道は危険です。わたしはこのあと役場に戻るで、俊藤さんもどうぞ雨宿りしていっとくんなさい」

岩本が取材を打ち切ろうとしてきたが、「取材が終わればそうさせていただきます」と退けた。

「いったいいつ終わるんや」と國木田。

「では次の質問で最後にします——今回のこの事件は本当に事故でしょうか」

岩本、國木田両名の顔がみるみる険しくなった。

「事故でなければ、なんなのでしょう。正三じいちゃんがわざとやったとでも」

一方、七海は醒めた目を崩さずに言う。

「わかりません。ただ、わたしは落井正三さんが認知症であったとは考えていません」

はっきりそう告げると、これまで感情を表に出さなかった七海の表情がわずかに気色ばんだ。

「なんでそのように思われたんですか」

「わたしが落井正三さんと直接会ったことはご存じでしょうか」

「聞いてます。しゃんとしてると思ったんでしょう。じいちゃんをよう知らん人は一見してそう思うかもしれません。けどわたしらからしたらそうではありません。村の人、誰に訊いてもおんなじ答えが返ってくるはずです。それと、もし、じいちゃんが認知症やなかったらなんやっていうんです」

鋭い眼光で言われた。律はその視線を真っ向から受け止めた。

「落井さんはスマートフォンを器用に扱っていたそうですね」

七海が鼻で一笑した。「器用といっても年寄りやで、電話とメールくらいなもんです。複雑なことは何もできませんでした。それと、先ほどの質問が最後だったのでは？」

数秒、睨み合った。青白かった彼女の顔はやや赤みが差しており、瞳はわずかに左右に揺れていた。

「俊藤さん、もう十分やろう。これ以上は勘弁してやってください」と岩本。

律は承諾し、「取材は以上です。失礼な質問ばかりしてしまい、申し訳ありませんでした」と頭を下げて詫びた。

すると彼女からも一礼が返ってきて、そして最後にこんなことを言った。

「俊藤さんのような人は不思議です」

「わたしが不思議ですか」

「こんなんして何が楽しいんやろうって」

律は小首を傾げて見せた。「取材が、という意味でしょうか」

「自分には関係のないことなのに」

七海はそう言い残し、すっと立ち上がった。そして仏間を出て行こうとした。

「お題目のようなことを申し上げますが――」襖に手を掛けた彼女の背中に向けて言った。「わたしは自分の良心に従って行動しているつもりです」

そう、きっと自分を突き動かしているのは良心なのだろう。それは正義という言葉にも置き換えられるかもしれない。他の誰でもない、自分の中に在る正義。

七海は背を向けたまま、その場で数秒ほど立ち止まっていたが、やがて襖の向こうに消えていった。

21

ぶ厚い灰色の雲が空に蓋《ふた》をしているようだった。雨合羽が弾《はじ》く雨音が耳にまとわりついている。律は岩本と並び、強い雨に打たれながら歩いていた。昨日も通った道であるのに、天候がまるでちがうせいか、別の土地にいるような感覚だった。

律にしゃべらせたくないのか、となりを歩く岩本は絶え間なく口を動かしている。ただし事故に関することには触れず、この村が抱える問題、窮状についてしきりに訴えていた。

もうすぐ農閑期を迎え、この地にも長い冬が訪れる。そうなれば数少ない若い男衆が出稼ぎに出ることになり、村には女子供と老人ばかりが残され、毎日の除雪作業に四苦八苦することになる。それだけで一日が終わってしまうこともあるという。

例の村の合併問題にも話が及んだ。あと半年足らずで埜ヶ谷村という村名は消滅する。もちろん土地の名を失ったからといって、ここに留まる村人の日常が大きく変わるわけではない。だが、何をするにしても外からの干渉が入る。それが嫌で仕方ないのだという。

「合併によってね、広域的観点に立った町づくりができるんやと。行政サービスの向上が期待されるんやと」

フードの中で岩本は皮肉交じりな笑みを浮かべていた。

ぬかるんだ地面を踏みしめる二人の足音は、ちがうリズムを刻んでいる。昨日今日で一通り歩き回ったが、埜ヶ谷村に舗装路はなかった。

続けて岩本は、歴史、文化、伝統がないがしろにされていると憤りの言葉を連ねた。初めて村の合併を打診された際、岩本をはじめ村の人間が拒否の姿勢を見せると、居丈高な役人は冷笑を浮かべこう言ったそうだ。「もとより財源がないのやから村興しもへったくれもないやろう。ほやさけぇここに未来はないんや」と。

「俊藤さん」

ふいに名を口にされ、律はとなりの岩本に目をやった。

「自分は思うんです。価値観は人それぞれやろうって。効率化とか、合理化とか、そんなのはみんながみんな望んでるわけでないんでないかって。何でもかんでも無駄を省けばいいってもんでもないと思うんです――ええ歳こいたおんさんが青臭いことを言ってますか」

「いいえ、同感です」

律がそう答えると、岩本はひとつ頷《うなず》いて見せた。

「何が正しいかなんて、結局んとこ、誰もわからんと思うんです。昨日、俊藤さんもいうてたやないですか。グローバルばかりがいいわけでないと。あれはまさしく自分らの台詞です。国だって余所《よそ》んとこの問題は口出し無用でないですか。内政不干渉ていうんですか、ほういうもんは、もっと細《こま》いとこでも適用されてええんでないやろか。ほの土地に生きる者にはほこのルールがあるわけで、ほれに則《のっと》って今日まで自分らは生きてきたんです。こんなんいったら傲慢《ごうまん》に聞こえるかもしれんけども、外の人間からとやかくいわれとうないんですよ」

とりとめのない話に相槌《あいづち》を打っていると、やがて前方に村役場の建物が見えてきた。長いこと改装もされていないだろう、旧時代を思わせる古く侘《わび》しい外観はこの村の現状を表しているようであった。立っているだけでやっとなのだ。

「自分らは、とっくに肚《はら》くってるんです。滅びるなら、ほれも構わんと本気で思っとるんです。ほやさけぇ——」

ここで岩本がふいに足を止めた。

「ほうっといてもらえんやろか」

うしろを振り返った律の顔を見て、岩本は言った。二人の間には無数の雨粒が降り注いでいる。

そして、「この通りです」と濡《ぬ》れた泥道に膝《ひざ》をつき、深く頭を下げてきた。

「ちょっと、岩本さん」いきなりのことに動揺した。「やめてください」

だが岩本は動くことなく、「この村は一生懸命生きてきたっ」と地面に叩《たた》きつけんばかりの大声で叫んだ。

「自分もやっちゃんも、正三さんも七海も、この村の者はみんな必死に生きてきた。あんたから見たらおかしなとこやろう。ちっぽけなとこで、ちっぽけな人間がせせこましく寄り添っているように映るやろう」

いったい、岩本は何を言っているのだ――？

「それでも、自分らはここまでやってきた。これからもそうやって生きていかなならんのです。どうかお願いします。自分らのことはそっとしといてくんね。ほうっといてくんね」

律にはそれが、見逃してくれ、というふうに聞こえた。

岩本は一向に顔を上げることはない。

律は何も言わず、その場を離れた。

――ほうっといてくんね
間断なく続く雨音の中に、岩本の言葉が残響していた。

22

埜ヶ谷村を離れたところで雨はジョークのようにぴたりと止《や》んだ。先程までの豪雨はなんだったのかと青々と晴れ渡る空を見て呆《あき》れてしまった。そして今、空は薄暮を迎え、夜支度をしている。律はそんな黄昏《たそがれ》をホテルの窓からひとり眺めていた。

律は首に掛けたバスタオルで濡れた頭を拭《ふ》いた。先ほどまで熱いシャワーを浴びていたので身体が火照《ほて》っている。

狭いユニットバスの中で、いや、岩本と別れてから今ここに至るまで、ずっと思惟《しい》に沈んでいた。今回の事件は、はたしてなんなのだろうか、と。

昨日、岩本は言った。口さがない連中がおもしろ可笑《おか》しく事故についてあらぬ噂を立てるかもしれない。それを恐れているのだと。

だが今、そのあらぬことが、あったのではないかと律は本気で思っている。前述を踏まえても、これまでの彼らの態度はあまりに過剰で、不自然なのだ。

仮に——もとより包み隠さず説明してくれていたのなら、これほど疑問に思うことはなかっただろう。七海には彼女なりに遠方で働く理由があり、落井正三はそんな彼女を軽トラックでコンビニに迎えに行き、そこでアクセルとブレーキを踏み違えてしまった。最初からこのように彼らが説明してくれていたのなら律はきっと受け入れた。そういう事故だったのだろうと納得した。

だが彼らが滑稽《こっけい》なほど必死に真相を隠し立てしたことで、不審を抱いた。なぜそうまでして自分を遠ざけようとするのか。

思えば今回の事件は小さな違和感がいくつもあった。その違和感が積み重なり、疑念を深めていったのだ。

律は目を閉じ、こめかみをじっくりと揉《も》み込んだ。落井正三は意思を持ってコンビニに突っ込んだのではないか。そこに七海がなんらかの形で関わっているのではないだろうか。

はたしてこれは過ぎた妄想か。とんだ見当違いなのか。知らず知らずのうちに己が築きあげた袋小路に迷い込んでいるだけなのか。すべては、幻想なのだろうか。わからない——。

ふいに、白い糸に手足の自由を奪われ、がんじがらめになっている男の姿が瞼《まぶた》の裏に泛《う》かんだ。男の正体は自分だ。

律は目を開き、再び窓の向こう、遠くに視線をやった。茜空《あかねぞら》に落井正三の相貌《そうぼう》が滲《にじ》んでいる。そういえば昨日病室の窓から見た空も、同じように燃えていた。ベッド上の彼は静かに夕陽を浴び、じっと目を細めていた。

——罪深いことをしたと、思っております

落井正三の供述は実に曖昧《あいまい》だった。あれは責任逃れからくるものではなく、己の証言によって他の誰かに迷惑がかかることを恐れているからではないのか。

ふーっとため息をつき、両頬を張った。いくら頭の中で考え込んでいても仕方ない。

律はベッドに移動し、ノートパソコンを広げた。改めて、現在所持している事件に関する資料をチェックしてみようと思ったのだ。石橋宏から入手した映像もまだすべてを見られてはいない。二時間もあるのかと思うとげんなりするが、見ないわけにはいかない。

まずは須田から提供してもらった事故直後の店内を写した静止画像だ。割れた窓ガラス、なぎ倒された棚、散乱した商品、中央には白の軽トラック。何度見ても異常な画《え》だった。

それらを順々に眺めていると、やがて書類を写した画像が画面に現れた。これは須田が作成したシフト表で、昨日、彼女の車の中で撮影しておいたものだ。シフト表はすべて手書きだったが、とても見やすかった。フォーマットも定規を使って丁寧に作られている。ことのほか彼女は几帳面《きちょうめん》な性格のようだ。

シフト表は今月から、半年前の分まである。これらを見る限り、七海は週に二、三回のペースで平日に勤務していたようだ。時間はほとんど昼過ぎから夕方にかけてである。昨日須田が話していた通り、たしかに昇流の勤務帯は、七海と重なっているところが多かった。彼が自らそれを希望したのだ。

そうしてシフト表を漫然と見ていた律の目がとある箇所で止まった。それは十月十四日のシフトで、この日の深夜に例の強盗事件が起きたのだ。当日の夜勤は石橋、また、武藤と明記されている。ただし、武藤の名前には二重線が横に引かれていた。昇流が人件費削減という建前で、ひとりで勤務したからである。実際のところはくだらない狂言強盗をするのに、武藤という従業員が邪魔だったのだろう。

いや——待てよ。律は指を唇に当てた。

シフト表の画像を眺めつつ、しばし記憶を探った。気がついたときには須田由美子の携帯電話に発信していた。ただし、彼女は応答することはなく、やがて留守番電話に切り替わった。律は折り返してもらうようメッセージを残しておいた。

続いて、昼に見た事故の映像を改めて流すことにした。

この監視カメラは解像度が低いのか、映像はやや粗い。だが、十ヶ所から映しているので、多角的に店内の様子を捉《とら》えている。

ほどなくして昇流が七海に対し、セクハラ行為に及ぶシーンがおとずれた。不快な気持ちがこみ上げる。こんなことをされたのに彼女は、彼を「悪い人ではない」と評した。素直には受け取れない。

やがて昇流は雑誌ラックの前に陣取り、ひとつの雑誌を手に取った。もうすぐだ。すでに見ているのに唾《つば》を飲み込んでしまう。

軽トラックが突っ込んできた。そして昇流を消し去った。映像は軽トラックの吐き出す白煙によってさらに鮮明さを失った。七海はそんな白煙の中を進み、運転席のドアを開けたが、十秒ほどで閉めた。

いったいこのとき、彼女は何を、どんなやりとりをしていたのか。彼女の証言によれば、声を掛けてみたものの、彼が反応を示さなかったので途端に怖くなってその場を離れたとのことだ。この理由もまた釈然としない。

そして車体を離れたあと、彼女はバックヤードに向かっている。なぜバックヤードに行く必要があったのか。電話をしに向かったと言っていたが、あれは嘘だ。

その後、店内に酒井が現れた。彼は七海といくつかの会話を交わし、やがて昇流の事切れた姿を発見した。

以上、ここまでが昼に確認している映像である。

なお、その先は以下のようなものであった。

甲高いサイレンの音と共に救急隊員が店内に駆けつけ、落井正三と昇流の両名を担架に乗せ、店内から運び去って行った。真っ先に駆けつけた救急隊員の一人が、昇流の姿を確認し、胸の前でバッテンサインを作って見せていたのが印象的だった。その後、遅れを取ってやってきた警察が酒井と七海から事情を聴取している場面も映されていた。ほどなくして二人を店内から連れ出したところでちょうど映像は終わった。

その後も繰り返し事故前後の映像を見ていると、律はあることに気がついた。軽トラックから離れたあと、バックヤードへ向かう七海の身体が若干前屈《まえかが》みになっているのだ。腹に何かを隠した——？　彼女の着ているあのFYマートの制服の下に何かが隠れているのだろうか。

もし、車内から何かを持ち出したのだとすれば、その後彼女がバックヤードへ向かった理由はおのずと見えてくる。持ち出した物を置きに、いや、隠しに行ったのだ。

よくよくその後の映像も見てみると、バックヤードに入った七海がスッと目線を上げていることにも気がついた。

念のためそこで映像を静止させた。間違いない。こちらと目が合っている。つまりこれはカメラの位置を確認したということだ。そして死角へと入り込み、そこで車内から持ち出した何かをどこかしらに隠した。

そう仮説を立ててみてから一連の映像を確認すると、ますますそれが正しいような気がしてきた。彼女は車内で何かを発見し、それを隠しにバックヤードに向かった。おそらく、店外に持ち出すことは敵《かな》わず、かといって店内には数多くの監視カメラがある。そんな中、唯一死角となっている場所がバックヤードにあるのだ。だが、彼女は車内でいったい何を発見したのだろう。

ここで律は初めて七海と会ったときのことを思い出した。二日前、FYマートにやってきた彼女は、「置きっ放しにしていた荷物を取りに来た」と話していた。その荷物は車内から持ち出した何かだったのではないだろうか。

彼女は一時の隠し場所としてバックヤードのどこかにそれを置いた。だが、映像からもわかる通り、間もなく店内に酒井が現れ、またその後救急隊員やら警察やらが大勢詰め掛けたことにより、再びそれを取り出すことが敵わなくなってしまった。映像では彼女の傍らにはずっと警察官が寄り添っている。つまり隙がなかったのだ。

律は目を閉じて想像を巡らせた。

彼女は仕方なく、持ち出した物をバックヤードに置いたまま現場を離れ、その日は村に帰ることとなった。だが、ずっと気掛かりだったことだろう。万が一、車内から持ち出した物が見つかってしまったら大変なことになる。だから彼女は、店内整理のあの日、わざわざ現場にやってきた——。

律は天井を仰ぎ、額に手を当てた。なぜもっと早くこのことに気がつかなかったのか。彼女にこれらの質問をぶつければもっと揺さぶりを掛けられたはずだ。

後悔は先に立たない。律は改めて映像をイチから見ることにした。

が、新たな発見はなかった。これ以上、この映像から手掛かりを見つけることは難しそうだ。できればもっと前の、七海や昇流の勤務開始からの映像が欲しい。最初から石橋宏にそのように頼んでおけばよかった。後悔ばかりで嫌になる。

早速、石橋宏に電話を入れ再度映像を抽出してほしいと頼み込むと、彼は〈どうしてほんなものが見たい〉と当然の疑問を口にした。

「その日の客のもっとも多かった時間帯を調べたいんですよ。事故が起きたとき、幸い、店内に客はいませんでしたが、かの時間には最大これだけの客がいた、もしもこのとき事故が起きていたならさらなる惨事になっていたことだろう、こんなふうに記事を書きたいんです」

無理があるかなと思ったが、彼は〈またひとつ貸しが増えたでの〉と承諾してくれた。映像は明日の早朝に自宅に受け取りに行くと伝えた。

彼との電話を終えると入れ違いでスマートフォンがメロディを奏でた。留守電を聞いてくれたのだろう、相手は須田由美子だった。なんと間のいいおばさんなのか。

〈今度はどうしたの〉

一度会ったからか、彼女は親しげな第一声を発した。

「すみません夜分に。今よろしいでしょうか」

〈よろしくなかったらこうして掛け直さんよ〉須田はケラケラ笑っている。〈で、なあに？　七海ちゃんには取材できたの？〉

「ええ、おかげさまで。たしかに彼女は可愛らしい子ですね。須田さんがアイドルになった方がいいとおっしゃっていたのがよくわかりました」

〈そうなんよ。可愛いのよあの子。んで、あんた、ほんなことというために電話してきたの？〉

「いえ、まったく別件です」と笑い、「須田さん、昨日、昇流さんと仲のよかったアルバイトの方のお名前をおっしゃってましたよね」

〈ああ、武藤くんね〉

「彼の連絡先はご存じですか」

〈そりゃ知ってるわよ。彼だけでのうて、みんなの知ってる。ほら、シフト作りで、全員とやりとりしてたでね。武藤くんの連絡先、教えてほしいの？〉

「お願いできると助かります。昇流さんと親しかった方にもコメントをもらいたくて」

〈はいはいなるほどね。まあ、親しいっていうことなら、武藤くんしかえんかもね。ちなみに彼の家の住所もわかるわよ〉

武藤翼《つばさ》。年齢は昇流より二つ若く二十六歳。自宅は須田の家からそう離れていないという。

電話番号と住所のメモを取り、須田に礼を告げて通話を終えた。

律はすぐにジャンパーを羽織ってホテルを出た。

23

先ほど須田から入手した住所を頼りに武藤翼の自宅を目指した。電話であらかじめ連絡を入れることはせず、直接アパートを訪ねることにした。もちろん狙いがあってのことだ。

時刻は二十二時に差し掛かっている。さすがにこの時間ともなるとぐっと冷え込む。バイクを運転しているので体感温度はさらに低い。

大通りを突き進み、やがて小道に逸《そ》れ、いくつかのアパートが立ち並ぶ敷地へと入って行った。細い夜道をバイクの頼りない光線が照らす。

やがて武藤の住むアパートの前に到着した。二階建てアパートで外装は鮮やかなブルーを基調としており、それが安普請をことさら強調しているように感じられた。この辺りだと家賃はいかほどだろうか。最寄駅から歩ける距離でないことを考えれば二万を下りそうだ。

バイクを停め、まずはアパートの裏手に回った。砂利地面の駐車場に六台の車が横並びで停まっている。武藤は自家用車持ちのはずなので、おそらくこの中の一台は彼の所有する車だろう。ちなみに六台中、五台は軽自動車で、残る一台は黒のフェアレディZだ。ただし、リヤバンパーの左端がベッコリ凹《へこ》んでいて、白い擦り傷が長くサイドに伸びている。タイヤがひどく摩耗しており、寿命をとうに過ぎている。

はたして武藤は家にいるようだった。彼の部屋である201号室のカーテンの隙間から明かりが漏れている。再びおもてへと移動し、階段を上って二階に上がり、ドアの前に立った。表札は出ていない。インターフォンを押してみたのだが、壊れているのか、スイッチを切っているのか、うんともすんともいわないので、拳《こぶし》でドアをコンコンと叩《たた》いた。しばらく待ってみたが反応がないので、ここで須田から教えてもらった武藤の携帯電話に発信してみた。すると中で発せられた着信音のメロディが外まで漏れ聞こえてきた。だが、武藤は応答することはなかった。再度ドアを叩く。

そうしていると、足音が近づいてくるのがわかった。ほどなくしてドアが少しだけ開き、中から上下グレーのスエット姿の若者が顔を覗《のぞ》かせた。

「武藤翼さんでしょうか」

「そやけど……」警戒の顔つきで彼は答えた。中肉中背で、目にかかる程度の長さの髪をうっすら茶に染めている。

ドアの隙間から名刺を差し出した。

「こんな夜分に突然すみません。わたし、ホリディという雑誌でライターをやっております俊藤と申します。お勤め先で起きた事故について取材をしておりまして、亡くなられた石橋昇流さんの関係者にコメントをいただきたく、こうしてお伺い致しました」

いきなりのことに彼は困惑していたが、「場所はどこでも構いませんし、時間は五分で結構です」と律がやや強引に告げると、彼は弱々しくだが首を縦に振ってくれ、また、外に出るのが億劫《おっくう》と判断したのか、「どうぞ」と部屋の中に通してくれた。

中は八畳ほどのワンルームだった。中央に万年床と思われる布団が敷かれており、隅には脱ぎ捨てた衣服が乱雑に積まれている。壁にはアニメの女性キャラクターが描かれたポスターが貼られていた。幼女のような顔をしてやたら胸と尻《しり》が巨大なのが特徴的だ。お世辞にも綺麗《きれい》とはいえないが若い男の一人暮らしなんてこんなものだろう。

武藤が布団を畳んで律の座るスペースを作ってくれ、そこに腰を下ろし、改めて取材の趣旨を伝えた。

武藤はほとんど律と目を合わさないで話を聞いていた。目線が一瞬上がり、視線が重なったかと思うとすぐに逸らすのである。どうやら人と目を合わすことが苦手らしい。

「――といった経緯《いきさつ》で、武藤さんが昇流さんと親しかったと伺ったのですが、彼とはどのようなお付き合いをされていたのでしょうか」

「親しかったというか……」

そこで言葉は止まってしまった。待ったが続きは出てこなかった。

「武藤さんの車で一緒に出掛けたりしていたんじゃないですか」

「それはどのくらいのペースで」

「まあ、はい」

「結構行ってたけど」

「たとえばどういったところに遊びに行ってらしたんですか」

「そのときによってちがったけど」

律はボールペンでこめかみのあたりをポリポリと掻《か》いた。

「私生活でも親しくされていた昇流さんが亡くなられてしまったわけですが、武藤さんの今のお気持ちを聞かせてください」

武藤は小首を傾げ、なかなか言葉を発しようとはしなかったが、やがてボソッと一言、

「残念です」と事務的に答えた。

「先日、昇流さんの通夜があったと思うのですが、武藤さんは出席されたのでしょうか」

「いえ、してません」

「それはなぜ？」

「……喪服、持ってえんし」

律は眉根《まゆね》を寄せた。「大きなお世話でしょうが、勤め先の雇い主で、ご友人でもある方が亡くなられたわけですから通夜には顔を出しておくべきだったのでは」

武藤はそれには答えず、胡座《あぐら》を掻いた足の上で両手を弄《もてあそ》んでいる。

律はため息を漏らし、改めて質問を始めた。

武藤は相変わらず曖昧な返答を繰り返していたが、根気よく取材を進めていくうちに以下のことがわかった。

武藤がくだんのコンビニでアルバイトを始めたのは十ヶ月ほど前、オープンから間もなくで、彼が別のコンビニでの勤務経験があることから即戦力と見なされ採用となった。彼が入るシフトは時給が高いのと客が少ないことから、基本的に夜勤のみとのこと。仕事以外で昇流と初めて行動を共にしたのは今年の春先で、昇流から「乗せてくれ」とドライブをせがまれたという。以後、頻繁に県内の遊技施設などに共に出掛ける仲になった。

だが、二人はけっして良好な友人関係ではなかった。

端的にいうと武藤は、昇流の運転手だったのである。免許を失効している昇流としては自由に動き回るための足を欲していた。そんな彼にとって、自家用車を所持し、気の弱いこの青年は都合のいい人物であったのだろう。いつしか二人の間には完全な主従関係が構築されていた。

LINEで車のスタンプが送られてくると、それは呼び出しのサインであり、武藤は車を飛ばして昇流を迎えに行かなくてはならなかった。真夜中だろうと、断ることは許されなかった。遅れると罵倒《ばとう》され、ときには暴力を振るわれることもあったそうだ。

「なぜ、そうまでして昇流さんとの関係を続けていたんですか」

武藤は思案顔を作り、やがて、「ガソリンとか、飯とか、浮くでかな」と自分で確認するかのように言った。

基本、共に行動している際の経費はすべて昇流が支払っていたらしい。ただし、昇流自身が金欠のときもあり、そういったときには武藤に金を借りることもあったという。

「ところで武藤さんが乗られている車の車種は？」

「フェアレディやけど」

裏手に停められていたあれだ。なんとなくそんな気がしていた。

「スポーツカーがお好きなんですか」と訊《き》くと、「もう十万キロ近う走っとったし、三年くらい前に中古《こ》で買うた」と質問とはズレた返答があった。

「先ほど裏手に回って車を拝見したんですが、リヤバンパーが凹んでましたね」

すると武藤は鼻に皺《しわ》を寄せ、「自分がぶつけたんでない」と不愉快そうに答えた。

「ということは掘られたんですか」

武藤はこの質問にどう答えていいのか、しばし判断に迷っている様子だったが、やがて「店長が」とボソッと言った。

「それは昇流さんが運転をしてどこかにぶつけたということですか」

武藤が頷く。

「彼は運転免許を持っていないはずでしょう」

昇流は免許の更新期限を過ぎ、結果、失効してしまっているはずだ。

武藤は黙っている。

「免許を持っていない彼に運転をさせたということですか」

「……店長がさせろっていうで――」

詳しく聞くと、二人の乗車時、ハンドルを握るのは昇流であり、武藤は常に助手席に座っていたのだという。武藤は嫌だったが、彼が怖くて断ることはできなかった。昇流の運転は荒く、やたらと飛ばすので毎回事故を起こされるのではないかと武藤はヒヤヒヤしていた。そしてそんな不安は八月の中旬に現実のものとなった。

その日、武藤は昇流から深夜に呼び出された。昇流は峠を攻めに行こうと誘ってきたという。二人とも取り立てて走り屋というわけではないようだが、昇流はたまにこうした行為をやりたがったそうだ。昇流はレースのようにフェアレディを爆走させ、やがてドリフトを始めた。そうして事故は起きた。フェアレディはヘアピンカーブを曲がったところでスピンし、二回転して尻からガードレールに突っ込んだ。その際も昇流は一言も謝罪することなく、むしろ「おまえがタイヤ交換してえんからこうなった」と批難されたらしい。この話をしているときばかりは武藤も憤ったような表情を見せていた。

石橋昇流がまっとうな人間でなかったことはもう明白である。それはこれまで関係者から聞いた数々のエピソードからしても間違いはない。これまでの取材を経て、彼の良い話は何ひとつ耳にしていないのだ。唯一、親しくしていたと思われた武藤とも、けっして良好な関係ではなかったこともわかった。武藤はただ怯《おび》えて、彼に付き合っていただけなのである。

律が時間を忘れ、思案に耽《ふけ》っていると、

「あのう、これ、なんの取材？」

武藤が遠慮がちに、ただし、もっともなことを訊いてきた。

「必要なんですよ。記事を書くのに」微笑んではぐらかす。

さて、ここからだ。律は居住まいを正して、目の前の男を真正面から見据えた。

「三週間ほど前、十月十四日の深夜二時半、勤め先のＦＹマートで強盗事件がありましたね」

声色を低くして告げた。

瞬間、膝の上で弄ばれていた武藤の手の動きがピタッと止まった。

その反応で律は確信を抱いた。

「ご存じですよね」

「………………」

「ご存じないでしょうか」射るように睨《にら》んだ。

「……知ってるけど」

当然だ。須田の作成したシフト表によれば、事件のあった日の夜、店で勤務しているはずだったのは昇流と、武藤だったのだから。

ところが、人件費削減という理由で武藤を休ませ、実際に一人で店に立ったのは昇流である。そして事件は起きた。

「事件当日、勤務予定だったあなたが休みになったのはどのような経緯からでしょうか」

「……店長が、一人でいいっていうたで」

「それはいつ言い渡されたのでしょう」

「……覚えてません」

「では事件当日、あなたはどこで何をしていたのですか」

容疑者を追い詰めるように質問を重ねた。

「……家にいたと思うけど」

「はっきり覚えてませんか？　あんなことがあった日のことを」前傾姿勢を取って距離を詰めた。「もし、予定通り出勤していたらあなたも刃物を持った強盗と遭遇していたかもしれないのに」

「…………」

「こういう言い方は不謹慎かもしれませんが、お休みになってラッキーでしたね」

武藤がごくりと唾を飲み込んだのがわかった。喉仏《のどぼとけ》を大きく上下させたのだ。

「これは、ここだけの話なんですが」声を落として、さらに身を乗り出した。「この事件はふつうのコンビニ強盗ではなかったのではという噂があるんです」

律は俯《うつむ》き加減の武藤の顔を下から覗き込むようにして見た。

「どういうことかというと、昇流さん自身が企てた狂言強盗なんじゃないかと。あくまで噂ですけどね」

「……」

「ただ、仮にこれが事実だとすると共犯者がいたはずです。なぜなら昇流さんが被害者の店員を演じたわけですから、犯人役を務める人間がいないと犯行が成り立たないでしょう」

堪《こら》えきれなくなったのだろう、武藤の顔面がブルッと震えた。

律が、もしや、と思ったのは先ほどホテルで須田の作成したシフト表を眺めているときだった。強盗事件が昇流自身が企てた狂言だったのだとすれば、当然、犯人役を演じてもらう協力者の存在が必要不可欠である。では、その協力者は誰か？　彼が唯一親しくしていたのはアルバイトの武藤翼という青年であるという。そして事件当日、出勤予定だったのがこの武藤だったのだ。はたしてこれは偶然だろうか。それを確かめるべく、こうして夜討ちをかけたのである。

そして、確信した。武藤翼が強盗事件の犯人である。

ただし主犯ではないだろう。この臆病《おくびょう》な青年は昇流の支配下にあった。きっと断る選択肢はなかったのだ。

「わたしは警察ではありません。真相を知ったからといって、今更どうこうしようとは思いません。何より、主犯である人間はすでにこの世にいないのですから」

ここで律は武藤の目につくように取材道具をリュックにしまい込んだ。

「で、武藤さん、あなたは、ただ頼まれて協力しただけなんでしょう」

武藤は怯えた様子で黙り込んでいる。まるで蛇に睨まれた蛙の状態である。

「そうですか。素直にお話しいただけないのでしたら、わたしも態度を変える必要がありますね。主犯が死んだからといって時効になるなんてことはないんですよ」

そう脅すと武藤は顔を上げ、すがるような視線を向けてきた。

「分け前はもらったのですか」

「………」

「もらったのかと訊いているんです」

「……三万」

脱力した。わずか三万ばかりの金でこの男は強盗を働いたというのか。ちなみにFYの酒井に聞いた話によれば被害総額は五十二万である。

このあと、武藤は素直に事件の真相を供述した。それは以下のような内容であった。

事件のあった日の三日前、武藤は昇流から狂言強盗を持ちかけられた。当時、昇流は金欠であり、その理由は、彼の金主であった母親からの送金が止まったからだという。息子の放蕩《ほうとう》ぶりを見かねた父親の宏が妻のカードを取り上げたのだそうだ。

初めは武藤も拒否した。狂言とはいえ、さすがに強盗なんてできません――。

だが、昇流は脅しの言葉をいくつも吐いて彼を恫喝《どうかつ》した。また、自分の考えた作戦がいかにリスクがないかを言葉巧みに話した。そんな話を聞いているうちに、武藤もこれなら捕まることはないかもしれないと考えを改めるようになった。また、店が損害を受けても保険が適用されるのであれば、誰も苦しめることはないと思った。何より、自分自身も金が欲しかった。協力するのだから当然分け前はもらえるだろう。

結局、武藤は話に乗った。ただ、強盗犯役ではなく、被害に遭う店員を演じたいと願い出た。自分が覆面を被《かぶ》り、刃物を手にして店を襲うところは想像できなかった。だが、この要望は撥《は》ねつけられた。犯行後、警察から事情聴取を受け、ボロが出ないように供述することはおまえには不可能だと言われた。よく考えてみればそうだと思った。大変なのは、事後処理の方である。口下手な自分には荷が重すぎるかもしれない。

こうして武藤は人気《ひとけ》のなくなった深夜二時半、勤め先であるコンビニに突入した。犯行に必要な覆面、ナイフ、鞄《かばん》はすべて昇流が用意したという。

当たり前だが、犯行は実にスムーズだった。店員である昇流の手で、レジと金庫の中にあった金を鞄に詰め込んでもらい、武藤は早々に店を後にした。

無事、犯行をやり遂げた。武藤自身は今日まで一度も警察に接触されることはなかった。だが、ずっと眠れぬ夜を過ごしていたという。いつか自分のもとに警察がやってくるのではないか。本当はすべてバレているのではないか。

そんな不安の最中《さなか》、突然、主犯であった昇流が死んだ――。

「半ば強引に協力させられたのかもしれませんが、愚かでしたね。捕まっていたらあなたはれっきとした犯罪者として裁かれていたでしょう。それもたかだか三万円ばかりの金で」

「……分け前が三万というのは、あとになって知らされました」

武藤は支柱を失ったように項垂《うなだ》れている。

哀れにも思うが、それ以上に目の前の男に怒りを覚えていた。

「もとより、二人の関係は歪《いびつ》です。あなたは昇流さんに対し、自分には関わらないでくれという意思表示をすればよかった。店だってとっとと辞めて、また別の場所で働けばよかった。そんなちょっとした勇気を持てなかったばかりにあなたは犯罪者になってしまったんです」

武藤は説教されたことに不貞腐《ふてくさ》れているのか、むくれた顔で黙り込んでいる。

律が深々とため息を吐き出したときだった。

ふいに武藤が、ポツリとつぶやいた。「……逃げられんもん」

「それはどうして？」

「おれから逃げようとしたら殺すでなって、いつも言われてた」

「殺されるはずがないでしょう」

武藤は視線を床に散らせている。「けど、昔、人殺したことあるって話してたし」

聞き捨てならない話だった。

「昇流さんがあなたを怖がらせるためにそのようなことを言っていたのでは？」

「ほれはわからんけど、たしかに言ってた。刑務所にも入っとったって」

前科があるということか。「昇流さんは具体的にどういう罪を犯したと言ってましたか」

「知らん。人を殺したことがあるっていうことしか聞いてえんから」

「他に武藤さんの周りでこのことを知っている人は？　たとえば他の従業員の方とか」

「たぶん、自分だけや思う」

「武藤さん自身もしゃべってはいない？」

武藤が首肯する。「他の奴には絶対にしゃべるなと口止めされてたで」

律はしばし考え込んだ。たぶん、「自分だけ」というのは本当だろう。酒井や須田がこの話を知っていればまず自分に話したはずである。ということは少なくとも彼らは知らない情報だということだ。

だが、そもそもの信憑《しんぴょう》性に欠ける話である。武藤が本人から聞いただけで、でまかせの可能性は大いにある。

ここで武藤はゆっくりと立ち上がり、小棚の抽斗《ひきだし》から何かを取り出した。

そして律は尻餅《しりもち》をついて後ずさりをした。彼の手には刃渡り二十センチはあろうかというサバイバルナイフが握られていたのだ。

「店長のです」武藤はナイフを持ち上げて言った。「これを持って店に入ったんです」

このサバイバルナイフは昇流が昔、護身用に通販で購入したもので、くだんの強盗で使用後は、武藤の車のグローブボックスに保管されていたのだそうだ。しかし、昇流は事あるごとにそれを手に取り、武藤を脅してきたという。

「冗談でも怖いわ。こんなん目の前にしたらどんな命令にも従《したご》うてしまうでないか」

彼は批難口調で言った。言い訳のような気もするが、たしかにこれを突き付けられるのは恐怖だったにちがいない。

武藤にそれを手放すように言うと、彼は少し考えるような素振りを見せ、そして「もらってくれませんか」と差し出してきた。

昇流の死後、このナイフをどう扱っていいか困っていたそうだ。どこに処分していいものかもわからず、持っていたらそれはそれで罪になりそうで怖かったのだという。

仕方なく、律はタオルに包《くる》んで、リュックの中にしまった。

その後、気を取り直していろんな角度から質問を試みたが、昇流が過去に引き起こした殺人について、また、今回の事件についてもこれといった有益な情報は得られなかった。武藤は話をしているうちに、これまで我慢していた憎しみの気持ちがこみ上げてきたのか、歯に衣《きぬ》着せぬ言葉で昇流を罵倒した。「死んでホッとしてる」とまで彼は言った。昇流が死んだことによって、事故数日前から取り上げられていた車が自分のもとに返ってきたことが何よりうれしいらしい。彼は車がない間、三十分以上かけて徒歩で通勤していたそうだ。

律は右腕に巻きつけている時計に目を落とした。いつのまにか零時に差し掛かっている。部屋に入ってからすでに二時間が経過していた。

最後に律はさりげなく内方七海について質問してみた。武藤は彼女の存在は知っているが勤務帯がちがうので詳しいことはわからないと話した。嘘をついている感じはなかった。

「昇流さんが彼女に好意を寄せていたという話を耳にしたのですが、武藤さんはそういった話を彼としたことがありますか」

武藤はやや考え込むような仕草を見せて、

「好意を寄せてたっていうか、いつかやるって、そう言ってた」

やるというのは、と訊こうとしてやめた。

律は膝を立てて立ち上がり、謝辞を述べて武藤の部屋を出た。彼は座ったまま、見送りには来なかった。

おもてに出ると数時間前にも増して夜気が冷たく、吐く息は白かった。土地柄、冬の訪れも早いのだろう。

バイクを走らせた。対向車線を走る車のビームが眩《まぶ》しく、ヘルメットの中で度々《たびたび》目を細めた。

石橋昇流の顔が脳裏に泛かんでいた。会ったこともない男だが、鮮明な画だった。

この男が過去に人を殺していた——。はたして事実だろうか。

24

ホテルには戻らず、そのまま石橋宏の自宅に向かった。どちらにせよ明日の早朝に例の映像を受け取りに行く予定なのだが、これぱかりはすぐに面と向かって確認しないわけにいかなかった。このままでは一睡もできないだろう。時刻は零時を過ぎている。

家の前にバイクを停めて、彼の携帯電話を鳴らした。

〈なんや、こんな夜中に。吉報やろうな〉

彼はそんな第一声で電話に出た。

「今、ご自宅の前にいるんです。ご在宅ですか」

〈ああ？　明日の朝来るっていうてたやろう〉

電話が勝手に切られた。少し待っていると、玄関の照明灯が点《つ》き、石橋宏がサンダルをつっかけておもてに出てきた。闇の中、足を踏み鳴らし、巨体を揺らしてこちらに歩み寄ってくる。

酒でも呑《の》んでいたのだろう、近くで見たら顔が赤らんでいるのがわかった。手の中にはDVD-Rがある。すでに映像を焼いてくれていたのか。だとしたら手間が省けた。

「家の中には入れんぞ。うちのがまたワンワン泣き散らしとるでな」吐いた息がかなり酒臭い。「ほれ、欲しがってたもんや」DVD-Rを差し出してきた。

礼を告げて受け取り、リュックにしまい込んだ。

「こんな夜中にバイク飛ばしてくるほど、急ぎで見たかったんか」

「いえ、実はこれを受け取りに来たわけではありません。昇流さんのことでひとつお伺いしたいことがあって来たのです」

「お伺い？　なんや」

「事実ではなかったら申し訳ありません。彼には前科がありましたか」

単刀直入に告げた。

石橋宏の充血気味の目がジロリと律を睨んだ。「誰がそんなこというた」

「事実なんでしょうか」

「どこで聞いたんや」

「取材の過程で知りました。事実なんですね」

舌打ちされた。「大昔の話や」

脈がドクンと跳ねた。「詳細を教えていただけませんか」

「なんでや。それと今回の事件とは関係がないやろう。それとも何か、昇流は過去に人殺してるで、死んで当然や、バチが当たったんや、ほういうことを書きたいんか」

感情が顔に出ないように努めた。武藤の話は本当だった。昇流には、人殺しの前科があったのだ。

「いえ、そうではありません」

「なら、知る必要はない」

「わたしは知りたいのです」

いや、知らなくてはならない。

「教えるつもりはない」

「そうですか。では結構です。自分で調べます」

そう言い残し、踵《きびす》を返すと、すぐに「待ちね」と呼び止められた。

振り返ると、石橋宏は下唇を嚙《か》んで、地面に視線を散らせていた。まだ逡巡《しゅんじゅん》している
ように見えた。彼からしたら、息子の過去を晒《さら》されては都合が悪いのだろう。

やがて、彼は苛立《いらだ》って言った。「書かんと約束できるか」

「そのために誓約書を交わしたのでしょう」

「いんや、この場であんたの口からはっきりといわなあかん。絶対に書かんと」

「書きません。記事の中で昇流さんの過去には一切触れないと約束します」

するりと言葉が出た。いいのだろうか。こんな約束をして。胸の中でもう一人の自分
が問うている。

石橋宏は大きく息を吐いた。「なんちゅうことはない。昔、昇流が交通事故を起こし
て、運悪く、相手が死んでもたということや」

交通事故――。

「昔というのは、いつ頃のことでしょう」

「十年とか、そんくらいや」

「正確な年月日をお願いします」

「覚えてえん」

自分の息子が人を死なせた日を忘れたというのか。「では、昇流さんがいくつのときでしょう」

石橋宏は一瞬、視線を上にやり、「十九や」と己に確認するように言った。

律は頷き、「具体的にどういった事故だったのでしょう」と先を促した。

彼は目を細め、やがて、回顧の顔つきで語り始めた。

「雨の日やったでな――」

その日は朝からバケツをひっくり返したような土砂降りだった。空には黒々とした雲が垂れ込め、時間を追うごとに雨足は強まるばかりであった。夜には街の排水溝が溢《あふ》れ返り、道路には水が張った。酷《ひど》い場所では膝の高さほどまで水が溜《た》まっているところもあり、交通規制も掛かった。

そんな豪雨に見舞われていた福井の真夜中、昇流は母親に買ってもらったランドクルーザーに乗り込み、ハンドルを握っていた。彼は夕方、「こんな雨の日に遊ばんでも」という母親の言葉に耳を貸さず、友人たちと遊びに出掛けていた。ボウリングをして、カラオケに行った。その帰りだった。

車内には彼ひとり。運転は荒かった。彼は苛立っていた。カラオケ店でいつの間にか眠ってしまった彼は、店員に揺り起こされ、真夜中に目を覚ました。友人たちは酔った彼を置いてとっくに帰っていた。料金は彼が支払うこととなった。

道には人の姿はおろか、車も見かけない。ランドクルーザーは派手に水飛沫《しぶき》を上げ、大雨の中を疾走した。ワイパーは左右に忙《せわ》しなく運動するものの用を成さず、視界は最悪だった。ヘッドライトが照らすのは降り注ぐ雨ばかりであった。

先の信号機にはまるで気がつかなかった。何色を示しているどうこうではなく、その存在自体が目に映らなかった。彼は減速することなく、交差点に突っ込んだ。

直後、とてつもない衝撃が彼を襲った。同時に彼は意識を失った。

衝撃の正体は車だった。右折しようとした軽自動車の助手席部分に昇流のランドクルーザーは突っ込んでいた。

軽自動車を運転していたのは、県内に住む三十代の主婦。ただし、運転席に座る彼女は大怪我をしたものの一命を取り留めた。

亡くなったのは、助手席で眠っていた彼女の娘だった。

当時八歳だった――。

25

石橋宏の自宅を出て、ホテルに向かった。行き交う車の数はめっきり減り、前方に車の尻は見えない。律はライトを上向きにし、右のスロットルグリップを回した。スピードがグンと上がる。

　昇流は実刑判決を受け、少年刑務所に三年間服役した。飲酒運転の上、スピード超過の信号無視、何より幼い子供の命を奪ったにも拘《かか》わらず、三年という短い刑期で済んだのは、当時彼が未成年であったことが考慮されたのだろう。

「賠償金は総額六千万円。石橋宏は当時の感情が蘇《よみがえ》ったのか、「さすがにそんな金は用意できんわ。当時は事業もまだ軌道に乗る前やったで、気が遠くなった。おれがこの手で昇流を殺したろうかって、真剣に悩んだ夜があったな」と神妙な顔で話していた。

　結局、賠償金の大部分は妻の実家、正確には義父が用立てた。聞けば宏の妻の実家は県内でも有数の資産家だという。

　律はそれらを知って、この男に妻子がある理由がわかった。金の繋《つな》がり。それは石橋宏にとって、何より手放したくないものだ。また、経済的に裕福であるはずの彼が今回の一件で過剰なほど金に固執する理由もなんとなくわかった気がする。加害者から被害者の立場になったにも拘わらず、支払ったものが支払われないことがどうしても許せないのだ。

　また、八年前、石橋一家がここ牧野市に転居してきた事情も察した。さすがに地元には居られなかったのだろう。

　はたして昇流が過去に起こした事故が、今回のコンビニ事故とどう繋がるのかはわからない。まったくの無関係かもしれない。

だが、身体が熱っぽい。寒さを微塵《みじん》も感じなかった。

律は前傾姿勢を取り、さらにスピードを上げた。

26

〈それをあたしに調べろって？〉

里美は怒気を含んだ口調で言った。律はホテルの部屋で、耳にスマートフォンを押し当てている。

八年前に昇流の起こした交通死亡事故の裁判記録、ひいては事故の詳細を知りたい――。

民事訴訟事案ならば裁判所で閲覧申請をすればいいのだが、これはれっきとした刑事事件である。となれば記録は検察庁が所持しており、一介の記者である自分が閲覧することはできないだろう。もっとも、時間をかければ自分でもある程度調べることはできるが今はその余裕がない。その点、判事補である里美であれば、事件事故の裁判記録を容易に閲覧することができるのである。

里美は最後には、〈明日調べて連絡する〉と了承してくれた。

改めて礼を告げて、通話を終えた。彼女はいつものように軽口を叩かなかった。

それは次に電話をした佐久間も同様であった。昇流が過去に交通死亡事故を起こしていたことを告げると、佐久間は〈おいおいおい〉と独り言をつぶやいたまま、しばし電話の向こうで黙り込んでいた。

やがて彼は鼻息荒く言った。〈俊藤くん、東京に戻らなくていい。徹底的にやりなさい〉

「記事はどうしましょう。高齢者の運転問題の」

〈いいよ、それはもう。また今度で〉

「まだ二つの事故に関連性があるかわかりませんが」

〈もちろんそうだ。おれがまだこの仕事を始めて間もない頃、殺人を犯し服役していた人物が、出所後間もなく通り魔に刺されるという事件があった。警察は何者かによる復《ふく》讐《しゅう》を疑ったが結果はちがった。二つの事件に関連性はまったくなかった〉

「今回も偶然かもしれません」

〈ああ。現時点で警察の見解は？〉

「わかりませんが、おそらく事故として処理を進めていると思います」

二日前にコンビニで会ったときの緊張感のない様子、加害者落井正三の警備態勢の緩慢さ、何より、警察は彼の暮らしていた埜《の》ヶ《が》谷《だに》村に一度しか訪れていないのである。内方七海が被害者からセクハラを受けていたことすら知らないのだ。これらの理由を挙げると、佐久間も納得を示し、〈ハナっから認知症のじいさんが引き起こした事故だと決めつけてんだな〉と小馬鹿にして言った。あんただって今の今までそうだったろうという台詞が喉元まで出掛かった。

〈とはいえ探りを入れておきたいところだ。そういえば、事故の担当者に当たるって言ってただろう〉

「そのつもりです。完全な飛び込みですが」

知っているのは担当刑事の名前だけである。『福井県福井北警察署交通課交通捜査係係長　瀬波洋一』この男が今回のコンビニ事故の担当である。

〈君のいうように事故の線で進めてるなら多少情報を落としてもらえるかもしれんが、殺人ならまず無理だな。完全シャットアウト。何よりすでに主導権は交通課じゃないだろう〉

「ええ。自分はあくまで高齢ドライバーの交通事故ルポを前提として協力要請してみるつもりです。切り口はそこから、あとは少しずつ探りを入れてみます」

佐久間は重く〈うむ〉と言ったあと、少し黙り込んでいた。

〈埜ヶ谷村といったか。加害者が住んでいたとこ〉

「はい」

〈どうもキナ臭い村だな。半年前の一家生き埋めといい、今回の件といい〉

「半年前のあれは自然災害によるものでしょう」

〈だがこうなると、それすら疑わしくなってくる〉

何をバカな。「何者かが人為的に大雨を降らし、山を崩れさせたとでもいうんですか」

〈死んだのは一家三人だったか〉

「ええ。年老いた夫婦とその娘だったかと」

娘の年齢はたしか四十歳くらいだった気がするが記憶は曖昧だ。

〈それも調べてみたほうがいいかもしれんぞ〉

さすがに関係ないだろうと思いつつ、否定はしないでおいた。

それから五分ほど話し込んで電話を終えた。最後は〈俊藤くん、よろしく頼んだ。どんな些細《ささい》なことでもいい。逐一報告をくれ〉と激励された。

まったく。佐久間も現金なものだ。あれほど人を小馬鹿にしていたというのに。だが、最後まで茶化すことはしなかった。今はそんな気分じゃない。

時刻を確認すると、時計の針は午前一時を指していた。とはいえ横になるわけにはいかない。先ほど石橋宏から入手した映像を確認するのだ。そこから何が得られるかわからないが、あの日のふたりの行動をすべて見ておきたい。

鏡台の前にノートパソコンをセットし、早速映像を流した。映像の中の時刻は十三時二十分。出勤したばかりだろう、アウターを羽織った七海の姿がバックヤードにあった。彼女の話していた通り、昇流はまだ出勤してきていないようだ。フロアには知らないふたりの従業員の姿があった。どちらも中年の女で、きっと早朝から昼過ぎまでのシフトなのだ。

十三時半になり、制服姿となった七海がフロアに出てきた。ふたりの中年女性といくつか会話を交わし、勤務が始まった。逆にふたりの中年女性は簡単な買い物を済ませ、店を後にした。

七海ひとりの時間を経て、十四時八分になってようやく昇流は店にやって来た。彼はレジにいる七海に何か声を掛け、バックヤードへ向かった。そして椅子に腰掛け、タバコに火を点け、スマートフォンを弄《いじ》り始めた。

そうして時間は進み、十四時半に差し掛かった。ここまで特筆するような出来事は起きていない。昇流は相変わらずで、七海はレジでせっせと客対応をしている。この光景は前回もらった映像の始まりとほぼ同じである。

このまま何もなければこのDVD-Rを焼いてもらったのは無駄となる。

そう思っていたときだった。映像の中にとある場面が訪れ、律は「え」と声を漏らした。やって来た男の客のひとりが羽織っているグレーのジャンパーに見覚えがあった。ディスプレイに顔を近づけて凝視する。男はレジにいる七海と何かしらのやりとりをしている。

この男は——関浩一郎ではないか。他人の空似ではないだろう。映像にははっきりとその顔が映っているのだ。

ほどなくして関浩一郎は店を出て行った。時間にして三十秒に満たない。買い物もしていない。

律は映像を戻してもう一度見た。店内に入ってきた彼は一直線にレジに向かい、そこにいる七海に何か話しかけた。その顔は険しい。何やら怒っている様子だ。カウンターに手をつき、やや身も乗り出している。一方、七海はというとそんな彼を無視している、というよりも取り合っていないように見えた。やがて彼は大股《おおまた》で店を出て行った。

――落ち着け。律は自分に言い聞かせた。体温が急ピッチで駆け上っていた。しかし、冷静に考えれば考えるほどこれはとんでもない映像だった。事故の数時間前、軽トラックの所有者である男が現場を訪れていたのである。これを警察は知っているのだろうか。

しかし、どういうことだ。なぜ関浩一郎がここにいる。そもそも彼は七海がここで働いていることを知らなかったはずだ。

いよいよ頭がこんがらがってきた。彼らの話はめちゃくちゃだ。

律は動悸《どうき》を感じ、一旦《いったん》、映像を止め、意識的に深呼吸をした。目の前の鏡の中の男が自分とまったく同じ動きをしている。

動悸が治まって来たところで、「いったいどうなってんだ」と鏡の中の男に向けて言った。

睡眠不足も手伝って、より老けて見えた。頰は垂れ下がってきているし、生え際もじわじわと後退している。四十を前にしているのだから当然と言えば当然か。

正確な年齢は知らないが、関浩一郎も四十歳くらいだろう。彼は未《いま》だ独身で、膝の悪い母親と同居しているという。見合い制度のある埜ヶ谷村で、彼が独身であることを少し疑問に思っていたが、改めて彼の身辺についても調べる必要がありそうだ。そしてこの映像を突きつけて、彼に納得のいく説明をしてもらいたい。

ふと七海のある言動を思い出した。取材時、七海は自分の持っている映像を見せてほしいと申し出てきた。しかし、その通りにすると、彼女は「やっぱり、見たくありません」と早々にそれを打ち切った。

あの一連の行動にも違和感を覚えていたが、あれはもしかしたら、これを確認したかったのではないか。つまり事故の数時間前、店を訪れていた関浩一郎が映像に映っているか否かをたしかめたかったのだ。

そして、七海は安堵《あんど》した。そのとき流した映像は事故前後一時間を抽出したものであるから、当然そこに関浩一郎の姿はない。だから早々に映像を見ることを止めたのだ。

だが、律はこうして知ってしまった。このことを伝えたら、彼らはどんな弁明をするのだろう。これも偶然だとでもいうのか。はたまた、これまでの話を上塗り修正して、関浩一郎も七海があの店で働いていたことを以前から知っていたということにするのか。

いずれにせよ、埜ヶ谷村の人間はみんなおかしい。嘘つきばかりだ。

その後、映像を最後まで視聴したが、それ以上特筆するような点は見当たらなかった。

いつのまにか、カーテンの隙間から朝日が射し込んでいた。だが、まるで眠れる気がしなかった。脳が覚醒《かくせい》してしまっている。

27

福井北警察署に到着したのは午前十一時だった。つい先ほど起床したばかりで、睡眠は二時間にも満たないが、眠気はない。身体に倦怠《けんたい》感はあれど意識ははっきりとしている。

署内に足を踏み入れてみると、やたら多くの市民の姿があった。総合受付前にあるベンチシートはびっしり埋まっていて、座れない人々がウロウロとしている。

事前に見たホームページによると、この警察署には各種手続きを行うための窓口があり、また管轄内の遺失物がここに集められたりもするようなので、常日頃から市民が出入りしているのだろう。

案内表示によると、どうやら交通課は二階にあるようだ。階段を使って上がってみるとはたして目の前が交通課だった。一階とはちがい、ここ二階には用がないのか、市民の姿はほとんど見当たらない。

さて、今回の事故の担当者の瀬波洋一はいるだろうか。受付に座っている制帽を被った若い女性警察官に声を掛けた。

「すみません。わたし、俊藤と申しまして、交通課の瀬波洋一さんに用事があって伺ったのですが、いらっしゃいますでしょうか」

「どういったご用件でしょうか」愛想よく言われた。

先日、管内で起きた事故についていくつか訊《たず》ねたいことがあると、あえて曖昧な表現で伝えた。当然、こちらの身分は明かさなかった。誰何《すいか》され具体的な用件を問われるかと思ったが、「ではあちらにお掛けになってお待ちください」と近くのベンチシートを勧めてもらえた。何かしらの関係者と勘違いしてくれたのかもしれない。

言われた通りベンチシートに腰を預け、指を組んで待った。

まずは第一関門突破だ。いるのならば会うことは可能だろうと思っていたが、いないのであればどうしようもない。もっともどの程度情報を引き出せるか心許《こころもと》ないが。

待つ間、壁に貼られたいくつかのポスターを漫然と眺めた。『運転に不安を感じている方！　運転免許自主返納をご検討ください！』と書かれたポスターが目に留まる。ストレートすぎる文句に苦笑した。続いて、そのとなりの『福井北警察署管内交通事故発生状況（年間統計）』と書かれた複合グラフに目をやった。月ごとに赤と青の棒線があり、その頭に折れ線が表記されている。赤が今年のもので、青が去年のものだ。また、最下部に総事故件数、人身事故件数、死者数、負傷者数、の数字も横並びに明記されている。

先月、十月の赤の棒線を見た。六日前のコンビニ事故も、あの赤い棒線を上に伸ばしてしまった要因のひとつであり、死者数の『1』は他ならぬ石橋昇流である。

ここで律のスマートフォンが震えた。相手は里美だった。きっと昨夜《ゆうべ》頼んでおいた件だ。

律が通話マークをタップしたところで、廊下の先から背広を着た還暦近い男がこちらに歩み寄ってくるのが見えた。ペタペタとサンダルを踏み鳴らしている。白髪頭で額に大きいコブがあった。見覚えのある男だった。三日前、少しばかり話もしている。

律は通話を切り、スマートフォンをしまった。里美の声が一瞬聞こえた気がしたが仕方ない。あとで折り返して謝ろう。

瀬波は近くまでやってきて律を認めると、眉根を寄せた。「おたく、前にコンビニで会った記者の人でねえの」

律は立ち上がり、腰を折った。「お忙しいところすみません」

「わたしにどんな用よ。例の事故のこと訊かれてもマスコミ相手にしゃべれんよ」

「ええ、もちろん無理をお願いするつもりはありません。ほんの少しだけでいいんです。お話を聞かせてもらえないでしょうか」

瀬波は懐疑的な目を寄越《よこ》したのち、「まあ座んね。ここでいいね」と言いながら先にベンチシートに腰を下ろした。

律もそのとなりに腰を下ろした。名刺を差し出し、自分の身分と取材の趣旨について丁寧に説明した。最初は胡散臭《うさんくさ》そうに話を聞いていた瀬波であったが、律が高齢者の運転問題の啓蒙《けいもう》記事を書くためにこうして取材をして回っていることがわかると、瀬波は「ああそう。ほやったんか。はよいいねま」と警戒を解いたように白い歯を見せた。

「ほやけども、こっちの立場上、やっぱりしゃべれんこともあるよ。まだ検察の起訴も済んでえんし。わかるやろう」

「ええ、もちろん承知しております。早速ですが、高齢者の運転問題は年々深刻さを増しています。そういった中、このような惨《むご》たらしい事故が起きてしまいました。福井県警の交通課としては今回の事故をどのように捉えていますでしょうか」

「そりゃ悲しいし、やりきれんよね。そう滅多に死者が出ることもないんやけども、今回は残念でした」

「瀬波さんは過去にもこの手の事故を扱った経験がおありでしょうか」

「似たようなってこと？」

「ええ」

瀬波は顎《あご》を撫《な》でながら虚空を睨んだ。「もっとも近いのでいえば、五年くらい前やったかな、ばあさんが運転する車が集団登校してた小学生の列に突っ込んでもたっていうのがあったね。幸い、死者は出なんだけど怪我人が八人も出たでの。ありゃほんと大変やった」

「それもアクセルとブレーキの踏み違えですか」

「いや、そんときはばあさんが運転中に意識を失ってもたのよ。一過性意識消失発作っていうんだけどね、まあいわゆる失神。こんときもマスコミがようけ来たね」

「加害者は認知症を患っていたんでしょうか」

「うん、事故後に発覚したんやけどさ。これがまた厄介でね、どういうことかちゅうと、ばあさんは認知症やし失神だしで、重い刑罰は望めんわけね。ほやけども、被害者家族からしたら可愛い子供を怪我させられとるで、じゃあ仕方ないわなと納得はできんやろう」

「加害者は自動車保険には加入されていたのでしょうか」

「そらね。自賠責と任意保険。自賠責はこういった事故でも問題のう下りるけど、任意保険は下りる場合と下りん場合があるんやな。こんときはちゃんと下りたで被害者家族からしたらせめてもの救いやの」

「その点、今回のコンビニ事故の加害者は保険に加入していなかったという話を聞いたのですが」

「あんたよう知ってるね」

「ええ、車検が切れていたんだとか」

「そうなんよ」ため息をついて視線を落とした。「これがタチが悪いというか、まあ複雑でね――って、誰に聞いたんや」

「石橋宏さんです。被害者の父親の」

「ああ、あの人」苦笑している。「怒り狂っとったやろう」

「怒ってましたね、いろいろと」律も同じように苦笑して見せた。

「あんたにいうても仕方ないけども、賠償金の問題は警察は首突っ込めんのよ。もちろんオーナーとコンビニのごたごたもね。そこは完全な民事」

「でしょうね。彼は加害者の刑罰よりも、むしろ補償について重きを置いているようでした」

律がそう口にすると、瀬波は肩を落とし、「やなあ」と鼻から息を漏らした。

「あれじゃあ死んだ息子も浮かばれんよ。いくら種がちがうっていったってなあ――おっと、今のは失言」

「書きませんよ」と笑み、「あの方はだいぶ変わってますね。実際のところ警察も手を焼いているんじゃないですか」と声を落として言ってみた。

するとと瀬波は肩を揺すった。「まあ多少ね。コンビニとの補償問題が解決するまで警察は現場に入るな、商品にも一切触るなと言って大騒ぎするもんやで、そらもう大変やったんよ」

この辺りの話は石橋宏本人からも聞かされていた。

「話を戻します。現場には加害者と同じ村に住むアルバイトの少女がいたはずです。加害者はこの少女を迎えに行ったんだとか」

「まいったね。あんた何でも知ってるんやな」今度は首を掻いて苦笑した。「けども、それもはっきりせんのよ。今取り調べ中。なんにせよ、今回の事故はちょっと複雑やでの――さ、この事故に関しての質問はおしまい。これ以上はしゃべれません」

「もう少しだけお願いできませんか」両手を合わせて拝んでみた。「今回のセンセーショナルな事故を主軸に据えて記事を書きたいものですから、できる限り詳しく知りたいんです」

「ごめんの。今も言ったけどまだ片付いてえん案件やでこっちも迂闊《うかつ》なこと口にできんのよ。その代わりほかのことなら何でも訊いて」

「三日前、店内で何か捜し物をされているようでしたが、あれは何をお捜しになっていたんですか」

「あんた、それはコンビニ事故についての質問でねえの」肩を揺すり苦笑した。「ほんならこれが最後。ケータイ。加害者のね。あとんなって加害者はケータイ持ってるいうことがわかってね、けども自宅にもないし、軽トラの中にもない。ほんなら事故んときの衝撃でぶっ飛んで店ん中に落ちてるんでないかって話になってね、ちょうどあの日に店内整理するっていうで、そこに立ち会って捜してみたわけよ。けど、やっぱないね。ま、本人が失くしたんやろ」

やはりそうか。きっとそうだろうと見当をつけていた。「事故のとき携帯電話を所持していたと加害者自身が話したんでしょうか」

「加害者が覚えてるわけないじゃない。認知症なんやし。思うに事故以前に失くしてもてたんやろ」

「通話記録は調べたんですか」

「せんよほんなこと」瀬波が笑う。「ほら、現場の遺留品を我々が回収せんわけにいかんやろ。あんたも見たやろうけど、店ん中はあんなふうに物がごった返しになってるで、もしかしたら現場検証んときに見落としてるかもしれんていうてあの日にもっかい捜してみたの。それだけよ」

「で、結局なかったと」

「そう。もうほんとおしまい。詳しいことは公判を待って」

「ではこれが本当に最後です」これだけは確認しなければならない。「警察は当然ご存じでしょうが、被害者は八年前、死亡事故を起こしています。そんな彼が今回、皮肉にも事故によって犠牲となりました。これについて警察はどのような見解を持たれておりますでしょうか」

「あっぱれ。マスコミちゅうのはすごいね」瀬波は口の端を持ち上げ、そして神妙な顔を作った。「ほんと皮肉な話やと思うよ。ほやけども、書かんとおいてあげてもらいたいな。被害者はしっかり刑期を終えて出てきてるわけやでね。そんな前科があるなんて世間に知れたら自業自得やった、天罰が下ったんやっていう話が出るやろう。ほらいくらなんでも仏さんと遺族がかわいそうや。今回の事故が複雑いうたのはほういうこと。強制力はないし、最後はあんたの良心に任せるしかないけども、書かんとおいたげて」

ここを訪れてよかった。瀬波と話してはっきりした。警察は今の時点では、今回起きたコンビニ事故を事故として捉えている。瀬波の口ぶりからしてまず間違いないだろう。そもそも別の線を疑っていたとしたら律など門前払いで相手にもしてくれないはずである。事故だと認識しているからこそ、こうしてある程度情報を開示してくれたのだ。それは帰りしなの、「いい記事書いてちょうだいな」という台詞からもわかった。

庁舎から出たところで、里美に先ほどの電話の折り返しをした。

開口一番嫌味を言われた。〈あれだけ急ぎっていうから突貫で調べてあげたのになあ〉

「ごめん、大事な取材がちょうど始まるところ――」

〈言い訳はいいからメモ用意して。あたしこのあと公判で時間ないの〉素っ気なく言われた。〈裁判記録は隅々まで目を通したけど大方、律くんが話していた通り。事故が起きたのは八年前、二〇一〇年の三月二十二日深夜二時、福井県○○市△△町二丁目の信号交差点――〉

亡くなったのは当時八歳の少女、柊木花《ひいらぎはな》。夫・柊木充《みつる》（当時三十四歳）と、妻・可奈《かな》（当時三十歳）の一人娘である。事故当日、軽自動車を運転していたのは妻の可奈、またその助手席に座っていたのが娘の花であった。可奈が目指していたのは、車で二時間ほど離れた郷里の実家であった。なぜ警報も出ていた大雨の深夜、幼い娘を連れてそんな危険を冒したのか。可奈の供述によると、理由は夫の充であった。当時、充は職を失っており、毎晩自宅で酒に溺《おぼ》れては妻に絡んでいたという。事故当夜はふだんにも増してひどい酩酊《めいてい》に陥り、妻ばかりか、両親の争いに目を覚まし、泣き出した娘にも手を上げる始末だった。

可奈は止むを得ず、超悪天候の中、自家用車であるブルーのマーチを走らせることにした。きっと大丈夫だろうという気持ちもあった。ラジオで状況を聞く限り、郷里へのルートで通行止めになっている場所はなかった。

だが、いざ車を走らせてみると、経験したことのない豪雨に戦慄《せんりつ》を覚えた。引き返そうか悩んだが、徐行ならば運転できる、最後はそう判断した。最悪、立ち往生しなければいいと思った。

法定速度以下で国道を下った。ワイパーの先の信号機は間違いなく青であった。その信号機下をくぐった瞬間、左からの光に気がついた。光源に目をやると車のヘッドライトだった。

どうすることもできなかった。

そのとき、石橋昇流の運転するランドクルーザーのスピードは八十キロを超えていたそうだ。

悪夢のような出来事から二日後、可奈は病院のベッドの上で意識を取り戻した。可奈は頭部を含む、計五ヶ所も骨折しており、ミイラのように全身に包帯が巻かれていた。奇跡的に助かったのは、ランドクルーザーが突っ込んだのはマーチの左前輪部分であり、マーチがスピンしたことで少なからず衝撃を受け流したからであった。

だが——助手席に座っていた幼い娘は即死だった。

〈検察の求刑は十年、判決は四年の禁錮〉

「スピード超過、信号無視、飲酒の三拍子揃っててそんなに軽いわけ。なんなのそれ」

律は憤慨して言った。しかも実際のところ、昇流は三年で仮出所を果たしているのだ。

〈気持ちはわかるけど判決は妥当。似たような事故でもっと刑が軽かった例もある。日本の法律は未成年にとっても甘いの。ちなみに事故から六日後が石橋昇流の二十歳の誕生日〉

なるほど。ゆえに昇流の成人式のアルバムが存在していたのか。これもまた皮肉な話である。

「ところで資料に被害者遺族の――」

〈住所でしょ〉先回りして言われた。〈どうせ当たるんでしょ、このあと〉

「よくおわかりで」

聞いた住所をメモし、復唱する。

〈けどこの住所は今から八年も前のだからね。柊木夫妻が今どこにいるのかはわかんないわよ〉

たしかに転居していることは十分に考えられる。そうなると捜し出すのは骨が折れそうだ。

〈さて、過去のこの事件と今回の事件がどう繋がるのか、それともまったく関係がないのか〉

里美は問うようにそんなことを言った。

「どうかな。調べてみないことにはなんとも」

〈柊木夫妻が落井正三に復讐を依頼してたりして〉

「ないと思うけど。八年も経ってるし」

〈じゃあ犯人は怨霊《おんりょう》かな。花ちゃんの〉

「あなたそんなこと言う人だったっけ」

〈冗談よ。でも、柊木夫妻は今回の件で溜飲《りゅういん》が下がってるんじゃない〉

「そういうもんかな」

〈決まってるじゃん〉

「そうは思いたくないなあ」

〈じゃあ律くんさ、仮に実里が同じ目に遭ったとするよ。で、犯人が刑期終えたからってのうのうと生きてたら、どう？〉

「どうって……そんなの、わかんないけど」

〈あ、逃げた。わかんないことないじゃん。あたしなら毎日呪うね。藁《わら》人形に釘《くぎ》打って〉

「マジで復讐を考えるわけ？」

〈考えるだけね〉

「きみの場合それで済まなそうだから怖いよ」

〈あたしの職業ご存じ？　あたしはね、この仕事に就いてから法は犯さないと誓ったの。何があってもね〉

「昔は万引き少女だったくせに」

〈小学生の頃ね。ちなみに一度も捕まったことないよ〉

こういう女が人様を裁いてるんですよと、日本中に知らせてやりたい。

〈でもね、こんな仕事してると、たまにわからなくなる。何が正しいのかって。結局法律なんて完全無欠には程遠い。それを元に人を裁くわけだからあたし自身出した判決に疑問を持つことも多いよ。でもね、あたしはそれに従うしかないの〉ここで里美は一つ息を吐き、〈忠告〉と言った。

〈律くん、自分が日本国民であることを忘れちゃダメだよ〉

「いきなり何?」

〈あなたも法治国家の民だってこと。しゃべり疲れたからもう切る。帰ってきたらお寿《す》司《し》ご馳《ち》走《そう》してよね〉

通話が切れた。なんでこの人はいつも勝手に電話を切るのか。

何はともあれ、新たな情報を得た。さすれば行動するのみである。

大股で歩き出した律はふと足を止め、振り返り、警察署の建物を仰ぎ見た。中央に掲げられた黄金色の旭日章。桜の代紋。法の最たる紋章。

今回の事件、はたしてどのような裁きが下るのだろうか。もしかしたら今自分が行っていることが、そこに影響を及ぼすかもしれない。

長方形の石板に掘られた『柊木』の表札を目にしたとき、律は涙が出そうになった。日は完全に落ちていて、夜空には星が瞬いている。

柊木夫妻の新居は建売住宅のようで、周りに似たような形の家が等間隔で並んでいた。トヨタの白のルーミーが一台、そのとなりに青のインジェクションの原付バイクもあった。

28

ここまで長かった。昼過ぎに警察署を出たあと、里美から得た住所をたよりに柊木夫妻が住んでいたマンションに向かったが、やはり夫妻は転居していた。エントランスにあるメールボックスの名前がちがったのである。もとより望みは希薄ではあったものの肩が落ちた。

だが、ここまできて坊主で帰るわけにはいかない。ダメ元で柊木家の住んでいた部屋を訪ねた。現在の入居者は引退した老夫婦であった。話を聞くと、子供達が結婚して家を出てしまったので広い家が必要なくなり、四年ほど前に交通の便の良いこの町に移住してきたのだという。そして前の入居者については、「そう。たしか柊木っていう人」と穏やかな老妻が答えてくれた。なぜ知っているのかというと、越してきたばかりのときに、柊木宛の書類がいくつかメールボックスに溜《た》まっていたので、管理会社を通じて連絡を取り、それらを郵送してあげたことがあるのだそうだ。

「そのときに控えたメモが家のどっかにあるかもしれんね」

ここから大捜索が始まった。実直そうな老夫も加わり、家中の抽斗《ひきだし》をひっくり返していったのである。二人がなぜここまで協力的なのかというと、律は柊木充の学生時代の同級生で、先日、自分たちが世話になった恩師が亡くなったので知らせてやりたいが、当人と連絡が取れないというでまかせをしゃべったからだった。「そら知らせてやらなあかん」と老夫は腕をまくって腰を上げることとなったのだ。

福井にきてからこんな嘘ばかりついている。いつか自分の舌は引っこ抜かれるかもしれない。オオカミ中年ここにありだ。

ところが一向にそのメモが見つからない。二人は抽斗の中身を手にしては、「ああ、ペンチがこんなところから出てきた。ずっと捜してたのに」とか、「この優待券、もうすぐ期限が切れるで行かな」などと口々に言い、しまいには昔のアルバムを捲《めく》り出し、若かりし自分たちに目を細める始末であった。立場上、急げとは言えず、律は苛立《いらだ》ちを隠すのに必死だった。

そうして二時間が経ち、三時間が経った。あきらめ切れなかったのは、「捨てた記憶はない」と老妻が断言するからである。また郵便物が届くかもしれないから念のため保管しておいたはずだと鼻の穴を膨らませて言うのだ。たしかにこの家は断捨離を進言したくなるほどやたらと物が多い。が、そういう性分なのであればたしかに可能性はある。

捜索が始まってから四時間が経過した。窓からはいよいよオレンジ色の光が射し込んできた。さすがに諦《あきら》めムードが場に漂ってきたとき、それはひょっこり出てきた。壁に掛けられたカレンダーの余白部分にいくつもの人の名だったり、電話番号だったりがメモ書きされていたので、ふと気になって過去のカレンダーはとってないかと訊《き》くと、捨てずにとってあるという。押入れの奥から四年前のカレンダーを引っ張り出し、捲ってみるとはたして隅に「ヒイラギさん」の文字と住所を発見したのだ。夫妻とハイタッチしていた。奇跡が起きた。ミニマリストばかりがいいわけじゃないのだ。

家を辞去するとき、「恩義ある人の葬儀に参列できんのはつらい。柊木さんもあんたに感謝するやろう」と老夫から言われ、さすがにバツが悪くなった。自分の死後の魂は地獄行きだ。

とにもかくにも、おかげでこうして今、柊木家の表札を前にすることができているのである。

律はインターフォンに向かって伸ばした指を一旦《いったん》止めた。躊躇《ためら》った。なぜだろう、ここにきて一瞬恐怖を覚えたのだ。

それは先へ進むことへの、真相に迫ることへの恐怖だった。知りたい気持ちと知りたくない気持ち。その二つが律の胸の中で綯《ない》交ぜになっていた。

律は軽く息を吸ってからインターフォンを押し込んだ。

新聞の勧誘とでも思ったのだろうか、大人の男の声で応答があった。柊木充かもしれない。

〈はあ。記者さんがわたしにどういった……〉

やはり本人だ。「八年前に起きた交通事故の件でお話を伺いたいのですが」

〈………〉

しばらく返答がなかった。

「柊木さん？」

〈そこで待っていてください〉

通話が切られ、ややあって玄関のドアが開き、スーツを着た四十歳くらいの男がファーのついたアウターを羽織りながら出てきた。直後ドアがまた開き、幼い男の子が顔を覗《のぞ》かせた。小学二年生くらいだろうか。「パパ、どこ行くの」自分も連れて行けといった眼差《まなざ》しで父を見ている。「すぐそこまでお散歩。寒いからママとお家《うち》の中で待ってなさい」そう言いつけてから男はこちらに向かってきた。

「近くに公園がありますから、そこで」

「ええ。構いません」

連れ立って歩きながら名刺を手渡した。彼からも名刺をもらった。男はたしかに柊木充であった。勤めている会社は主に合金鉄を扱っており、彼はそこの営業マンであるとのことだ。会社の住所は岐阜にあった。ここからは車で三十分ほどで着くという。ちなみに先ほど仕事から帰ったばかりだったそうだ。

小さな公園に到着し、木製のベンチに並んで腰掛けた。設置されている遊具が幼い子供向けなので、昼間はここに母親たちが座っているのだろう。一本だけ立っている頼りない電灯が園内を寒々と照らしている。

「突然すみません。思い出したくないことと存じますが、どうしても柊木さんに取材をさせていただきたかったんです」

「驚きました。もうだいぶ昔のことですで」

前屈《まえかが》みの柊木充が指を組んで言った。革靴の先を小刻みに上下させていて落ち着きがない。状況を考えれば仕方ないだろう。ただ、

「つい先日、県内のコンビニで軽トラックによる死亡事故がありましたがご存じでしょうか」

「え、ああ。ニュースで見ましたけど、それが何か?」

柊木充は怪訝《けげん》な顔で律を見た。演技をしているようには見えない。もしかすると、亡くなった被害者が石橋昇流であると知らないのだろうか。

「そうやったんですか。死んだのはあの男やったんですか」

律が事故について詳細を語ると、彼は深いため息と共にそう漏らした。砂利地面の一点を見つめている。

彼は本当に知らなかったようだ。そればかりか、「あの男が出所してたことも知りませんでしたし、名前も今聞いて思い出したくらいです」と苦笑いを浮かべた。

「彼の人生も皮肉なもんですね。車で人の命を奪《うば》うて、今度は自分の命が奪われるなんて」

　柊木充は目を細め、乾いた口調でそんなことを言った。

「なるほど。あなたはそれでこうしてわたしのもとに来られたんですね。娘の命を奪った男が死んで、被害者の親であるわたしのコメントが欲しいんでしょう」

「いえ、そういうわけでは――」

「正直なんとも思いませんよ。そうなんか、としか思わんです。別に死んでほしいと願ってたわけでもないですし、亡くなった娘のことは思い出すけど、加害者のことはどうでもいいというか、関係ないというか、ほんな感じです」

　柊木充は淡々と言った。

「そういうものなんですね」

「少なくともわたしはそうです。それに、加害者への恨みよりも、わたしは……自分自身を責めて生きてきましたから。俊藤さんは、娘が死んだ事故について、詳しく知っておられますか」

「ある程度、調べさせていただきました」

「事故が起きた経緯《いきさつ》についても？」

「ええ。夫婦喧嘩《げんか》をされて奥様は娘さんを連れて家を出たのだとか」

　律がそう言うと、彼は遠い目をこしらえた。「夫婦喧嘩じゃありません。わたしが一方的に癇癪《かんしゃく》起こして妻を追い出したんです。『今すぐ出て行け』と言って。あんな大雨の夜に、幼い娘もろとも」

律は頷《うなず》き、目で先を促した。

「言い訳のように聞こえるかもしれませんけど、当時、自分は病んでたんやと思います。上司と揉《も》めた勢いで会社辞めて、周囲にはもっといいところに就職してやると息巻いてたんですが、いくら面接してもどこにも採用されんと――ほれで酒に逃げました。吞《の》めんくせに毎晩浴びるほど吞んで、妻に当たって……最低です」

柊木充は顔を上げ、夜空に目をやった。

「死のうと思いました。自分があんなふうにせんかったら娘が死ぬことはなかった。直接命を奪ったのはあの男かもしれんけど、自分にもおんなじだけ責任と罪があると思った」

実際に睡眠薬を大量に飲んだこともあるのだという。だが、死ねなかった。

「結局んとこパフォーマンスなんかなって。本気なら手首切るとか、どっかから飛び降りるとか、いくらでもできる。ほんとは死ねないくせに、中途半端な無茶やって自分を慰めてるだけやって。そんな自分がまた嫌になって、懲りんとまた酒に逃げて……」

「どうやってそんな状態から抜け出したんですか」

「五年ほど前に妻と出会ったんです。あ、妻といっても、今の妻ですが」

娘の死後すぐに花の母親である可奈は家を出ていき、しばらく経って判が捺《お》された離婚届が送られてきたのだという。拒否するつもりも権利もなかった。

こうして独りになった彼はアルバイトで細々と生計を立てて毎日をやり過ごしていた。そこにパートとして入ってきたのが今の妻なのだそうだ。

「失礼ですが、今の奥様と出会われたのが五年ほど前ということは、先ほどご自宅にいらっしゃったお子さんは奥様の？」

「ええ、連れ子です。今年で八歳ですが、わたしのことを本当の父親やと思ってくれてます」

再婚をはたしたのは四年前。その時期に今の仕事に就き、住んでいたマンションを売り払って、一軒家をローンで買ったのだそうだ。

再婚の際、柊木充は二つ、己に決め事を課したのだという。二度と酒を呑まないこと、子供を作らないこと。妻にも了承してもらい、生活が始まった。

「クサい言い方になってまうけど、一生背負うていく十字架です。この先も自分の子供を作る気はありません」

柊木充ははっきりとそう断言した。

この男の罪は一生許されることはないのだろう。他の誰でもない、己が許さないからだ。

しばし沈黙が続き、

「なんかすみません」ふいに柊木充が言った。「関係のない懺悔《ざんげ》を延々と聞かせてもて。

あなたも仕事にならんでしょう」

「いえ、そんな。わたしがあれこれ質問したのですから」

律が言うと、彼は少しだけ笑み、ふーっと息をついた。白い息が拡散され、闇に溶け込むようにして消えていく。

「当時のことをこんなふうに人に話したのは初めてです。なんだか少しだけ、救われたような気がします」

律は無言で頭を下げた。

柊木充が腕時計に目を落としたのを認めて、律は次の質問をした。

「別れた奥様は今どちらに？」

訊くと柊木充は身体を開いて律の顔を見た。

「可奈とは離婚してから一度も会《お》うてませんし、連絡も取ってません。連絡を取りたくても、それももう、叶《かな》いません」

その言い方が引っかかり、律は小首を傾げて見せた。

「亡くなったんです。半年ほど前に」

「半年前？」

「ええ。ニュースでも報道されていたのでご存じだと思いますが、可奈の実家のあった埜ヶ谷村というところで山崩れが――」

29

〈そっか。繋《つな》がっちゃったんだ〉

　里美は静かに言った。

　ホテルに帰って来たのは日付を跨《また》いでからだった。極寒の中、三時間ほどあてもなくバイクを走らせていた。考え事をしていたようで、何も考えていなかったような気もする。ただ、バイクにまたがり、知らない夜道を一定のペースでひた走っていた。

〈律くん、どうするの〉

「明日、埜ヶ谷村に行く」

〈で？〉

「彼らから話を聞きたい。彼らがなぜこんなことをしたのか、動機が今ひとつ見えてこないから」

〈ふうん。そう〉里美の息漏れが電話の向こうで聞こえた。〈あたし、もう寝るね。おやすみ〉

「うん。おやすみ」

　素っ気なかったが珍しく律の返事を待って通話が切れた。

　手元のスマートフォンに目を落とす。待ち受け画面には大切なふたりの笑顔が並んで映し出されている。元妻と、その愛娘《まなむすめ》。

——繋がっちゃったんだ
里美はそれを望んでいなかったということだろう。

もしかしたら……自分もそうかもしれない。どこかで自分の思い過ごしであることを願っていたのかもしれない。

真相を知りたいという欲求に任せ、ここまでひたすらに突っ走ってきたが、それに近づいた今、パンドラの箱に手を掛けてしまったかのような後悔が律の胸に押し寄せていた。

けっして知らなければよかったとは思っていない。知らなければならなかったことだろう。であるのに、なぜか心の中に背徳感のようなものが芽生えているのだ。

まったく、自分という人間がほとほと嫌になる。誰に頼まれたわけでもなく勝手に首を突っ込み、見てはならぬものを見てしまったと顔をしかめ、勝手に息苦しくなっているのだ。

だからだろうか、その後、佐久間から何度か着信があったが、応答する気になれなかった。完全に無視することもできないので、『こちらから改めてご連絡します』とショートメールを送っておいた。

それから律はコンビニで買った弁当を食い、シャワーを浴びて、ベッドに横になった。

時刻は午前二時を回っていた。昨日もほとんど寝ていないのに、なかなか寝付けなかった。薄い闇の中で、ぼうっと低い天井を眺めていた。

　ここでフェードアウトしてしまおうか。ふと、そんな思いが首をもたげた。ここで自分が事件から手を引くことになっても誰も困らないだろう。それに、このまま突き進めばさらに苦しむことになるかもしれない。

　だが、わかっている。結局、自分がその選択肢を選べないことも。

　大前提、まだパンドラの箱は開いていない。ようやく鍵《かぎ》を手にしただけなのだ。

　そう、今この手には鍵がある。

30

　昼過ぎにホテルを出発し、まずは石橋宅に向かった。眠りに落ちたのは何時頃だったろうか。正確な睡眠時間はわからないが泥のように眠った感覚がある。身体の節々が痛いくらいだ。

　石橋宏に電話し、「会えないか」と告げると、このあとちょうど自宅に戻るから家に来るようにと指示された。

　本日は雲ひとつない快晴で、陽《ひ》が燦々《さんさん》と町に降り注いでいた。道は空《す》いていてバイクはすいすい進んだ。このまま行くと彼よりも、自分の方が早く着いてしまうかもしれない。

石橋宏には、彼の望む記事は書かないことになったと正直に伝えるつもりだ。そのために会いに行くのだ。こうなった以上、オーナーの窮状など取り上げても仕方ない。彼との間に約束など交わしていないので、必要ないかとも考えたが、取材で世話になったことを思えば最低限の仁義は切らなくてはなるまい。あの男はきっと激昂《げっこう》することだろう。それは覚悟しているが、この先、別の記事を書くことになる可能性がある。そうなると彼にまた取材を申し込まねばならないだろう。そのとき、彼は取材を受けてくれるだろうか。

石橋宅に到着し、バイクを停めた。門扉の外から家の敷地内を覗くと、駐車場に彼の乗るレクサスがなかった。あるのは紅白のスパイダーとマーチである。やはりまだ彼は戻ってきていないようだ。

ここで、目の端で何かがキラッと光った。どうやら光源は母屋の一階の窓からのようで、遮光カーテンの隙間から女がこちらを窺《うかが》っているのがわかった。宏の妻であり、昇流の母である多恵だろう。初めてその姿を見たが、距離が離れていて顔まではよく見えない。

律が会釈してみせると、多恵はサッとカーテンを閉じてしまった。その瞬間、また彼女の身体の一部がキラッと光を発した。

多恵は毎日泣いて過ごしていると夫の宏が話していた。律も先日、その泣き声だけは耳にしている。子を失った母のすすり泣く声は胸に痛かった。

そのとき、律の中でよくない想像が急速に膨れ上がった。先ほど彼女から光った物の正体、あれは刃物ではないだろうか。思い返してみると光が放たれたのは彼女の手元からだったような気もする。

いいや、そんなことはないだろう。こんな真っ昼間に自殺など馬鹿げている。だが、絶対にちがうと断言できるか。

答えの出ぬまま、インターフォンを押し込んでいた。少し待ったが応答がない。律は勝手に門扉を開けて敷地の中に入り、玄関に向かって駆けて行った。その勢いのまま乱暴にドアを叩《たた》く。

「石橋さん。石橋さん」

声を掛けてみたが、やはり反応がない。

もどかしくなりL字形のノブに手をやると、施錠がなされておらず、ドアはなんなく開いた。「お邪魔しますよ」断って家に上がり、廊下を進んで居間に入ると、多恵はソファに座っており、律に対し虚《うつ》ろな視線を寄越《よこ》した。想像していた最悪の状況ではないことにホッとしたが、それも束《つか》の間だった。

やはり彼女の手には包丁が握られていた。馬鹿げた想像は馬鹿げていなかったのだ。

「石橋さん、何をなさるおつもりですか。それを手放してください」

冷静にそう告げると、彼女は緩慢な動作で前のローテーブルの上に包丁を置いた。カチャと音が立つ。

律もまたゆっくりと彼女に近づき、包丁に手を伸ばした。「戻しておきますね」そう言って台所に向かった。シンク下の収納を開け、包丁差しにそれを収めた。

「勝手にご自宅に上がり込み申し訳ありません」彼女の前で床に膝《ひざ》をついた。「わたし、雑誌記者をしております俊藤と申します。ご存じかわかりませんが、現在、旦那《だんな》様といくつかやりとりをさせていただいております。改めまして、この度は御愁傷様でした。奥様の心中、お察し致します」

何も反応が返ってこなかった。多恵は化粧をしておらず、髪の毛も梳《と》かされた形跡がない。おそらく元から細面なのだろうが頬がげっそりとこけていた。服装は寝巻きである。歳は六十手前に見えるが、実際はいくつだろうか。だが、たしかに昇流の母親だろう。彼女の遺伝子が息子の顔に受け継がれている。

彼女は律の足元あたりに虚ろな、いや、魂が抜けてしまったような視線を向けている。

壁かけの時計から秒針が時を刻む音がする。ややあって、

「優しい子やった」

蚊の鳴くような声で多恵は言った。

「小さい頃はいじめられっ子やった。わたしに心配掛けとうなくて、黙ってるような子やった」

律は頷いてみせた。

「悪ぶってるとこもあったけど、ほんとはわたしに似て、引っ込み思案で、気が小そう

て……なんで、あの子が」

律が言葉を探していると、

「あの人があかんかった。昇流はコンビニなんかイヤやと言ってたのに、無理強いするでこんなことになった」

多恵は律と視線を合わせず、抑揚のない口調で唇だけを動かしている。

「自分の子でないで冷とう当たって。あの人はいつも頭ごなしに昇流の人格を否定するようなことばかりいって――ああ、不憫《ふびん》な子」

この段になると律は少し薄ら寒いものを感じた。カウンセリングを受けさせてあげたほうがいいんじゃないだろうか。この母親の精神状態は危険だ。

「ですが昇流さんも、お母様の自殺など望まれていないはずですよ」

せめてもの言葉をかけると、彼女はわずかに顔を上げ、「自殺？」とつぶやき、そして口の片側の端を吊《つ》り上げた。

そこに車のエンジン音が迫ってきた。この音は石橋宏の乗るレクサスだろう。帰ってきたのだ。

ほどなくして玄関のドアが開き、彼は居間に姿を見せた。

「なんや。勝手に上がり込んで。うちのに取材はするなと言ったやろう」目を剝《む》いて凄《すご》まれた。

「すみません。ちょっと諸事情がありまして」

彼は舌打ちをし、妻を睨《にら》んだ。「おい、邪魔や。奥に引っ込んどれ」

邪険にされた多恵はのたりと立ち上がり、ふらっとした足取りで居間を出て行った。

彼女がいなくなったところで、律は先ほどの出来事を話した。だが彼は一笑に付した。

「あれにそんな大それたことはできん。自分に酔うとるだけや。心配要らん」

なんて言い草なのか。さすがに多恵に同情した。

「そうは言っても気に掛けておいたほうがいいですよ。できれば病院にも連れて――」

「心配要らんていうてる」苛立った声で遮断された。「それよりなんや。わざわざ会うて今日は何を話したいんや。またあれやこれや寄越せいう相談か」

律は来意を丁寧に説明した。個人の判断ではなく、あくまで編集部の方針として、今回の事故について――正確にはFYマートとオーナーの補償問題について――記事は書かないことになったと。彼の反応は予想していた通りであった。顔を真っ赤にして喚《わめ》き散らしたのである。

「じゃあこれまでおまえとやりとりしてたのはいったいなんやったんやっ。全部無駄か。これがおまえらマスコミのやり方か」

「わたしは一度もあなたの望む記事を書くと約束した覚えはありません」

「ふざけるな。根掘り葉掘り訊いたやろう。おれは包み隠さず全部話したやろう。映像かって渡したし、瀬波のことだって紹介したでねえか」

「ええ。それについては感謝致します。ですが、もう決まったことなんです」

毅然《きぜん》と言い切った。

「じゃあ何か。おれはおまえの個人的な興味のためにあれこれ協力しただけいうことか」

個人的な興味。そうか。たしかにそう言われても仕方ない。

「訴えるぞ。おまえの会社を」

「わたしはフリーランスですが――」と前置きし、「どうぞご自由に」と告げて、ソファから腰を上げた。

すると彼は駆け足で玄関に先回りをして、ドアを開け、律の靴を遠くに投げ飛ばすという子供じみた行動に出た。律は靴下のまま外に出て、一足ずつ靴に足を通した。「許さん。おまえだけは絶対に許さん。後悔させたる。覚えていろっ」捨て台詞を残し、バンっと大きな音を立ててドアが閉まった。

敷地を出てバイクに跨った。ヘルメットを被《かぶ》ったところで視線を感じた。見やると、母屋の二階の窓から多恵がこちらを見下ろしていた。律はお辞儀をして、バイクを発進させた。

31

石橋宅を出た足で、事故の起きたFYマートに向かった。取り立てて用があるわけではないが、埜ヶ谷《のがだに》村へ行く前に立ち寄ろうと思い立ったのだ。もしかしたら、ここを訪れるのもこれで最後になるかもしれない。

まだ店舗のブルーシートは剝《は》がされていなかった。だだっ広い駐車場には車一台なく、人の姿も見当たらない。警察も数日前まで守衛を置いていたはずだがもう不必要と判断したのかもしれない。今日は事故から八日目にあたる。

バイクを停めて店舗に歩を進めた。すると、外の壁面に一輪の菊の花が手向けられているのを発見した。水の入った小瓶の中で、風を受けて緩やかに揺れている。鮮やかな黄色の菊だ。誰が献花したのだろうか。

律はそこに膝を折って腰を屈め、目を閉じ、十秒ほど手を合わせた。

立ち上がり、再びバイクのもとへ戻るとスマートフォンがメロディを奏でた。

ＦＹマートの酒井だった。苦い気持ちがこみ上げる。また何かあったのだろうか。いずれにせよ出ないわけにいかない。

〈この前はすみません。急にあんなことになったでパニックになってもうて、失礼なことをいいました〉

「いえ、わたしが悪いんです。酒井さんにご迷惑をお掛けしてしまい申し訳ありませんでした。それで、その、あれからどうですか」

酒井がいうには一応、社内での騒動は収まったそうだ。顧問弁護士からＦＹ本社に連絡が入り、ホリディからＦＹについて記事を書くことはないと、正式に通達があった旨が伝えられたからだという。佐久間が迅速に対応してくれたおかげだ。酒井自身もお咎《とが》めなく済んだらしい。

よかった。律は心から胸を撫《な》で下ろした。

〈けど、自分は仕事を辞めることになりました〉

「えっ」急展開である。「なぜです？　やはり今回の――」

〈心配せんといてください。それと退職は関係ないです。今回のこともあって彼女に事前にこう伝えとったんです。もしかしたら自分はクビになるかもしれんって。ほしたら彼女、『よかった』っていうたんです。なんでも自分から毎晩仕事の愚痴を聞かされてうんざりしてたで、『あんたにはこの仕事は向いてえんて前々から思ってたし、いい機会でない。転職しねや』と〉

「はは」笑ってはいけないのに思わず声が漏れた。「ですが、次は決まってるんですか」

〈知り合いが勤めてる会社が社員を募集してるそうなんで、ほこで雇ってもらおうと思てます。車の整備やっとる会社です。自分、車を弄《いじ》るのが好きなんで、向いてるかなと思って。笑えるほど薄給やけど〉

なんだ、酒井は車好きだったのか。早く言ってくれよ。もっと打ち解けられたのに。

「転職おめでとうございます――あ、自分が口にしていい台詞ではありませんね」

〈ほんなことないですよ。いいきっかけをもろうたと思てます。それに、うまくいえんのやけど、俊藤さんみたいな仕事をしてる人も世の中にはおるんやと思ったら、人生は意外と自由なんかなって気もしてきて。やったら自分も好きなことを仕事にしようと思

ったんです。まだ若いし、転職するなら早いほうがいいし〉

これは褒められているのだろうか。まあいい。酒井の声が明るいのが何よりじゃないか。

〈後藤さんはいつまでこっちにいるんですか〉

「今日か明日には東京に戻ると思います」

〈そうですか。色々とお世話になりました〉

「そんな。何もしてません。こちらこそ酒井さんには大変お世話になりました」

本当にそうだ。酒井がいなければ真相にたどり着くこともなかったろう。

「ところで、いただいた電話で恐縮なんですが――今わたし事故現場にいるんです。おもてに菊の花が手向けられているんですが、どなたが置いたものかわかりますか」

訊いたが酒井も知らないという。いったい誰が置いたのだろう。なんとなく気になってしまう。

酒井との電話を終えて、律は空に向かって思いきり伸びをした。眩《まぶ》しい太陽に目を細める。

そうして陽光を浴びていると、遠くの方からサイレンの音が聞こえてきた。徐々に音が近づいてきて、やがて赤色灯を載せた白い車体がその姿を現した。けたたましいサイレンの音を撒《ま》き散らして律の前を通り過ぎていく。向かっているのは、石橋宅がある方向だ。

胸騒ぎを覚えながら救急車の背中に視線を送った。

まさかな。いくらなんでも想像を飛躍させすぎか。

ふーっと息を吐いた。さあ、仕事だ。

いや、これは仕事ではないか。一応、佐久間からお墨付きをもらったが、律の中ではすでに仕事ではなくなっていた。では使命かといえばそれもちがう。義務でもない。

きっと良心なのだろう。自分は良心に従ってパンドラの箱を開けようとしているのだ。

バイクを走らせた。サイドミラーに映るブルーのビニールシートがどんどん小さくなっていく。

32

埜ヶ谷村へ到着して、真っ先に村役場に顔を出した。だが、岩本は不在だった。というより役場内にはデスクワークをしている若い女性が一人いるだけで他の職員の姿は見当たらない。その女性に岩本の居場所を訊《たず》ねると、「今日は祈願祭」と素っ気なく言われた。そういえば一昨日、取材したときにそんなことを話していた。これから訪れる長い冬を無事に乗り切るために、祈りを捧《ささ》げる祭礼があると。

ちなみに応対してくれたこの女性職員の目には明らかに敵愾《てきがい》心が宿っていた。きっと埜ヶ谷村の人間なのだろう。もう俊藤律はこの地で立派なお尋ね者なのだ。

「祈願祭というのはどこで行われているのでしょうか」

女性職員に訊くと、彼女は少し考え込むような素振りを見せ、黙っていても仕方ないと判断したのか、「巫神社」と答えてくれた。

巫神社は三日前、初めて埜ヶ谷村にやってきたときに訪れている。そこで七海と再会を果たしてしまったのだ。あれがなかったら今頃どうしていただろう。おそらくこの事件にこんなにも深入りすることはなく、とっくに東京に戻っているはずだ。

「祈願祭は村の方みなさん参加されているんですよね」

「全員ではありませんが、まあ、ほぼほぼ」

「村にはご高齢の方も多いと聞いたのですが、あの石段を登られるんですか」

「登りますよ。ふつうに」

驚いた。巫神社は山林の中腹にあり、急勾配《こうばい》の長い石段を登らなくては辿《たど》り着けないのだ。三十七歳の律でも太ももがパンパンに張ったというのに。

「今から行ってわたしも参加できますかね」

「余所《よそ》の方が参加されたことはありません。この村のための儀式ですので」

「遠くからこっそり眺めさせてもらうだけでいいのですが」

「もうそろそろ終わってみんな降りてくると思うけど」

「では、急いで登ってきます」

彼女は一瞬目を剝き、ぷいっと顔を背けてしまった。

急いで村役場を後にし、巫神社のある山林の方へ向かった。たしかにみな出払っているのだろう、道中、人の姿を見かけなかった。例のごとく案山子《かかし》巫女《みこ》の姿はいくつも目にしたが。

林の中に入り、やがて神社へと続く例の長い石段の前に到着した。ここでその石段が綺麗《きれい》になっていることに気がついた。前回登ったときは落ち葉が溜まっていたのだ。それはそれで風情があったのだが、きっとこの日のために清掃がなされたのだろう。

「よし」気合いを入れて、律は石段の一段目に足を掛けた。

二十段ほど登って早くも息が切れた。みるみる足に乳酸が溜まっていく。これを高齢者が自分の足で登っていくだと？　信じられない。自分が老いたとき、はたしてこの石段を登れるだろうか。ふとそんなことを思う。それも結局は自分次第だろう。衰退は避けられないが抗《あらが》うことはできる。脳も身体も自意識もだ。きっと落井正三も自らの足で登っていたのだ。

半分を過ぎた頃にはもう全身汗だくだった。バイク用の防寒着を着ているので熱の逃げ場がないのだ。背中のリュックも重量トレーニングをしているかのごとく肩に食い込んでくる。だが、足は止めなかった。すぐ上から篳篥《ひちりき》や箏《こと》、太鼓の調べが聞こえてくる。耳に心地よい優しい音色だった。

やっとのことで頂上に到着してみると、はたして鳥居の先の境内には黒山の人だかりが出来ていた。老若男女、その数ざっと七、八十人か。みな背を向けていて律の存在に気づく者はいない。全員が前方にある神殿の方を向いているのだ。律も爪先立ちで先に目を凝らすと、そこには異空間があった。

緑に囲われた神殿の前で、白装束を纏《まと》った巫女が楽器の奏でる旋律に身を任せて神楽《かぐら》を舞っている。巫女は七海だった。大幣《おおぬさ》を手にし、長い黒髪をなびかせている。その姿は畑にある案山子巫女そっくりだ。動作のたびに白装束が陽光を跳ね返し、キラ、キラと輝いていた。

ふと周囲の顔を見回す。みな一様に真剣な眼差《まなざ》しを注いでいた。

再び、七海へと視線を戻す。そうしてしばらくの間、彼女を眺めていると——。

律自身もまた目を、いや、心を奪われていた。息苦しさを覚えるほどに。

青い空。石畳の参道に敷かれた緋毛氈《ひもうせん》。そんな舞台でたおやかに舞う彼女の姿は、見る者に呼吸を忘れさせた。厚化粧をしているからか、ふだんのあどけない少女の面影はなく、かといって大人の女ともちがう。まるで人に在らぬ、本当に神に仕えし者のようだ。信心深くもなく、神事とはまるで縁のない律にさえ、そんなふうに思わせてしまうほど神々しい姿だったのだ。演舞が終わるそのときまで律の目はずっと釘付《くぎづ》けだった。

そこからは一転して張り詰めていた空気がほどけ、場が和んだ。あちこちでおしゃべりが始まる。祭礼が終わったということだろうか。

女衆が甘酒や汁粉などを配って回り、境内は町内会の様相を呈してきた。すぐそこでは餅《もち》つきまで始まらんとしている。いったいどんな怪力があの巨大な臼《うす》と杵《きね》をここまで運んできたのだろう。どうやら祭礼や儀式といってもあまり堅苦しいものではないようだ。みな白い歯を見せておしゃべりを楽しんでいる。

ここで関浩一郎の姿を発見した。頭にタオルを巻いて薪《まき》の束を肩に担いでいる。初めて会ったときは気の弱そうな感じを受けたが、こうして見ると意外と男らしい顔と身体つきをしている。そしてあの男が事故の数時間前、現場を、七海のもとを訪れていたのだ。

岩本と國木田の姿がないと思っていたら、「おい」と横から声を掛けられた。虚を衝《つ》かれた形となり、肩がビクッと持ち上がった。岩本と國木田だった。

「性懲りも無くこんなところまでやってきたか、疫病神」早速、國木田に絡まれる。

「今日は何しに来たんや。もう取材は受けん約束やぞ」

「七海さんへの取材は一度きりと約束しましたが、みなさんとそんな約束をした覚えはありませんが」

「白々しい顔しおって」

「それに、今日は取材とは少しちがいます」

「ほやったら、なんや」

「わたしの想像した話をお聞かせしに参ったのです」

「想像？　なんでわしらがそんなもんを聞かなきゃならん」

「その上で、みなさんにも語ってほしいのです。真実を」

國木田が鼻息を荒く吐いた。「何百回言わせるつもりや。真実もクソも――」

岩本がスッと國木田の前に手を出して制した。「やっちゃん、さっきトメさんがあんたに用があるって言ってたで、行ってきね」

「そんなんあとで――」

「いいから」

國木田は律を睨み、その場を離れて行った。その背中を見送りながら岩本が口を開いた。

「いつからいらしてたんですか」

「十分ほど前です。すみません、勝手に」

「いえ、構いません。祈願祭は隠すようなものでもありませんで。冷えるでしょう。汁粉持ってきますよ」

「そんなお構いなく。それにわたし、実は餡《あん》こが苦手でして」

だが、岩本はその場を離れ、炊き出しを行っている女衆の中に割って入り、湯気を放つ紙コップを両手に持って戻ってきた。片方を差し出される。目を落とすと中身は燗酒《かんざけ》のようであった。

「これが前にいうてたうちの『ひの雪華』です。正三さんの造ってた酒やで呑んでみてください。紙コップで味気ないけども」

礼を告げて紙コップを受け取った。唇を添え、含み、舌の上で酒を転がした。まろやかで丸みを感じる味わいだった。飲み込むと鼻から芳醇《ほうじゅん》な香りがスーと抜けていった。旨《うま》い。日本酒は辛口がいいとばかり思っていたが考えを改めた。

感想を伝えると、岩本は目尻《めじり》に皺《しわ》を刻んで笑んだ。

しばし日本酒を舐《な》めながら時間を過ごした。となりに立つ岩本は口を閉ざしており、すぐそこで繰り広げられる仲間たちのやりとりを静かに眺めている。

時折、律の存在に気がついた村人が警戒の眼差しを向けてきたが、となりに岩本がいるからか、何も言ってはこなかった。

やがて、

「話を聞かせにやって来たとおっしゃってましたね」

岩本は前を見たまま言った。

「ええ。お時間をいただけると」

「それは、よいお話ですか」

「どうでしょうか。そうではないかもしれません」

岩本は目を閉じ、数秒ほどそのままでいた。

やがてその目が開き、

「七海は同席させません」

「結構です。岩本さんと國木田さん、それと関さんに居ていただければ」

岩本は二度、ゆっくりと頷いた。

「先に降りて役場に行っていてください。少々待たせると思いますが」

そう言い残し、律を置いて、餅つきが行われている輪の中へ大股《おおまた》で進んで行く。「あかんあかん。まるで腰が入ってえん。わしが手本見したるでよう見ときね」男から杵を強引に奪い取り、勢いよく餅を搗《つ》き出した。周りからやんやの喝采《かっさい》が上がる。

そんな様子を眺めていると、遠くから注がれる視線に気づき、律はその方向に目を凝らした。

神殿の前に立つ七海からだった。距離にして二十メートルほど離れているだろうか。子供たちに囲まれ、白衣《しろきぬ》の袖を引っ張られたりしているが、視線は真っ直ぐ律を捉《とら》えている。

頭を下げてみせたが、七海は応《こた》えてはくれなかった。

律は場を離れ、ひとり石段を下っていった。

33

全員が神妙な面持ちで卓を囲んでいる。仏間の空気は重苦しく、若干肌寒い。太陽はとうに山の向こうに身を潜め、空は闇に覆われていた。

岩本と共に國木田宅へやってきたのは今さっきだ。役場で二時間ばかり待機していたところに岩本が現れ、「話は村長の家で」とおもてへ連れ出された。この家の敷居を跨ぐのはこれで三回目になる。そしてこれが最後となるだろうか。

國木田と関浩一郎は先に仏間におり、律を待ち構えていた。共に硬い表情で、律とは一言も、挨拶《あいさつ》の言葉すら交わしていない。

そんな中に國木田の妻、静が盆に茶を載せてやってきた。例のごとく目を合わそうとしないが、今回は律にも茶が出された。

律はその茶で唇を湿らせてから、対面の彼らに向けて口火を切った。

「先ほど神社でもお伝えした通り、本日は取材とは少しちがいます。これまでわたしが知り得た話と、そこからわたしが勝手に想像した話をお三方に聞いていただきたく、こうしてお時間を頂戴《ちょうだい》しました。失礼なことを申し上げるかもしれません。どうぞご容赦ください」

岩本だけが頷いた。律から見て右から関浩一郎、國木田、岩本の並びである。

「まずはわたしが知り得た話を」と前置きし、「今回の事故の被害者、石橋昇流さんは今から八年前の三月二十二日、十九歳のときに死亡事故を起こしています。自動車同士による衝突事故です。亡くなったのは相手の車の助手席に座っていた少女、柊木花、当時八歳。そして車を運転していたのは少女の母親である柊木可奈、当時三十歳。可奈さんの旧姓は永江《ながえ》、彼女の郷里はここ埜ヶ谷村ですね」

國木田のこめかみがピクリと痙攣《けいれん》した。関浩一郎は俯《うつむ》いており、岩本は目を細めて卓を睨みつけている。

「娘の死後、可奈さんは夫と離別し、実家のある埜ヶ谷村に戻って来ました。それからはこの地で暮らしていたことと思いますが、半年前に他界しています。例の山崩れで犠牲となったのです。亡くなった村人は三名、その内の一名が永江可奈さん、残る二名は可奈さんの父親である誠治《せいじ》さん、母親の朋子《ともこ》さん――間違いないでしょうか」

三人とも黙り込んだままだった。

律は言葉を続けた。

「八年前に起きた事故の被害者の母親が埜ヶ谷村出身、そして今回の事故の加害者の落井正三さんもこの村の人間であり、アルバイト店員で現場に居合わせた内方七海さんもまた同じ。この奇妙な繋がりははたして偶然でしょうか。わたしにはとてもそうは思えません」

律は目を横に流して三人の顔を順に見ていき、関浩一郎のところで止めた。

「もう一つ付け加えておくならば、事故当日、事が起きる数時間前、正確には十四時二十九分に関さんが現場のFYマートを訪れていることもわかっています。事故を起こした軽トラックの所有者であり、七海さんがあそこに勤めていたことすら知らないはずのあなたが、なぜ事故当日あの場にいたのか。ここまで繋がってしまうと、わたしでなくとも邪推してしまうでしょう」

律は軽く息を吸い込んだ。

「申し上げます。七日前の夕方、牧野市北の原のFYマートで起きた事故、あれは事故ではなく、故意によるものであったとわたしは考えています。落井さんは己の意思で、石橋昇流さんを殺害したのです。また、その共犯として七海さんが関係しているのではないでしょうか」

関浩一郎がバッと顔を上げ、異議ありとばかり口を開きかけたが、岩本がそれを制した。

「警察が今回の事件をどのように捉えているのか、実際のところはわかりかねますが、おそらく事故として処理を進めていると思われます。警察は、石橋昇流さんが過去に死亡事故を起こしていることは把握しているようですが、そのとき亡くなった少女の母親の郷里が埜ヶ谷村であることには現時点で気づいていないのです。つまり、今回の一件は過去に死亡事故を起こした加害者が、皮肉なことに被害者となったものである、無邪気にもそう認識しているのです」

長い沈黙が訪れ、静寂が仏間を支配した。

その間、律はずっと息苦しさを感じていた。仏間に漂う空気が律の身体にのしかかり、喉《のど》を圧迫する。まるで高地に身を置いたような感覚である。

そんな重い静寂を破ったのは國木田だった。

「……いうのか。警察に」

喉の奥から搾り出したような掠《かす》れた声。しかし——認めた。

いや、ここに律が来る前から覚悟していたのかもしれない。律を睨みつける彼の目にはいつもの鋭さがなかった。先ほど神社で会ったときの態度を思えば、きっとあれから岩本と何かしらの話をしたのだろう。

その岩本を一瞥《いちべつ》した。彼は律が真相を摑《つか》んだことに気がついていた。おそらく律が現れたことで悟ったのだ。

律は國木田の問いに返答をせず、逆に彼らに対してこう言った。

「お話ししていただけませんか。ふたりがなぜこのようなことを計画し、実行してしまったのかを。きっとみなさんは、ご存じでしょう」

しばし待ったが、彼らの唇が動く気配はなかった。

「わたしにはどうしても動機がわからないのです。八年前の復讐《ふくしゅう》だと仮定するなら、あまりに時間が経ち過ぎている。半年前の永江可奈さんの死をきっかけに、彼女の娘の命を奪った加害者に対し、憎しみの思いが再燃したのだとしても、わからない。なぜ落井正三さんや七海さんがそこまで彼を憎んでいたのか。結束の強い村の郷人だとしても、それ以上の繫がりが見えてこず、しっくりとこないのです」

そこからどれだけ時間が過ぎたろうか。少なくとも十分は誰もしゃべることなく、微動だにすることもなかった。ひたすら、長い静寂にじっと耐えていた。まるで彼らに拷問を加えているような気持ちになる。

「……あの男を、殺そうとしてたのは、正三さんではのうて、おれや」

項垂《うなだ》れていた関浩一郎が静かに、抑揚ない口調で言った。

「浩一郎。いい」岩本が言った。幼い子供を宥《なだ》めるように。

「わしから話す――やっちゃん、もう、いいな」

國木田は反応を示さず、俯いたままだった。

岩本は律を正視してから口を開いた。

「何から話せばいいか……」薄眼で虚空を睨んでいる。「だいぶ、長い話になるかもしれません」

律は頷いた。

岩本はゆっくり息を吸い込んだ。

「まずは今、名前の挙がった可奈の――永江可奈の話を」

34

永江可奈は父誠治と、母朋子の一人娘として生まれ育った。幼少期の可奈は村の男の子ともしょっちゅう取っ組み合いの喧嘩《けんか》をするようなおてんば娘であった。根っからのリーダー気質で、中学校では生徒会長を務めたこともあった。

そんな可奈もやがて成人を迎え、縁談が持ち上がった。だが彼女は周囲の反対を押し切り、突然よその男と結婚することになる。相手は同県に住む柊木充という男で、駆け落ちの恰好《かっこう》だった。

なぜ反対をされたのか、それは埜ヶ谷村の因習で許婚《いいなずけ》が決まっていたからである。その許嫁がここにいる関浩一郎であった。

「勘違いせんといてもらいたいんやけど、見合いは強制ではない。自分らの親世代までは有無を言わさずやったそうだが、今はちがう。当人同士が了承して結婚するんです。実際に外のもんと一緒になって、離村する子らもおる。ほやけど、そんとき浩一郎と可奈は婚約を済ませたばっかやったんです」

関浩一郎と可奈は二つ歳が離れていたが、幼少期からとても仲がよかった。負けん気の強い可奈と、穏やかで控えめな浩一郎は相性が良かったそうだ。実際、浩一郎との婚約について可奈が異議を唱えることはなかった。極自然に受け入れているように見えた。だからこそ突然の可奈の駆け落ちは、周囲にとって青天の霹靂《へきれき》であった。彼女に村の外に恋人がいたことを誰も知らなかった。

こうして可奈がいなくなり、一時、村はぎくしゃくとした。浩一郎の親が息子に恥をかかせた可奈の親に詰め寄り険悪となったのである。だが、ここで問題を収めたのは他ならぬ浩一郎であった。自分はなんとも思っていない。仕方のないことだった。可奈も苦しんだ末の決断だったのだろう。浩一郎はみなを説得するように話したのである。

やがて可奈に娘の花が産まれ、それをきっかけに可奈は年に数回、娘を連れて里帰りするようになった。浩一郎も花の遊び相手をしていたという。

「当時、浩一郎がどういう思いで可奈の娘の相手をしてたんか——」岩本が関浩一郎を一瞥した。「ほれはこいつにしかわかりません」

関浩一郎は俯き、下唇を噛《か》んでいる。

「さすがに夫は連れて帰れんかったんか、すでにうまくいってなかったんか、そこは知らんけども、結局可奈は一度も夫をここに連れてくることはなかった。自分らが可奈の夫に会《お》うたんは、あの子の娘の葬儀んときが最初で最後です」

昨夜《ゆうべ》の柊木充の言葉を思い出す。花の葬儀の際、彼は関浩一郎から胸ぐらを摑まれてこう告げられたという。「二度と可奈の前に現れるな」ゆえに柊木充は半年前、元妻が亡くなったことを知っても、葬儀の参列はおろか供物や供花を贈ることもしなかった。

「自分にそんな権利はないんです」彼は悲痛な面持ちでそう話していた。

それから可奈は、夫と離婚し、生まれ故郷である埜ヶ谷村へ戻ってきた。だが、彼女は呆《ほう》けたような、抜け殻に近い状態にあった。村人たちはいつか正気を取り戻すだろうと考えていたが、そうはならなかった。事故で負った怪我は癒《い》えても、彼女の心の傷が癒えることはなかったのである。

「先ほど話した通り、本来の可奈は明るく、潑剌《はつらつ》とした子です。ほやけども村に戻ってきてからは笑顔を見せることはいっぺんもなかった。話をしてると急に泣き出してもうたり、叫び出してもうたり……。自殺をはかろうとしたこともなんべんもあった。片手じゃ足りん」

可奈の心は回復の兆しもなく、むしろ時を経るごとに精神を病んでいった。時間が解決する、というのは彼女には当てはまらなかった。

もちろん両親に付き添われ心療内科にも通った。が、効果はなかった。粉々に砕けてしまった心を築き直す術《すべ》はなかった。

「痛ましかった。可奈はもちろん、誠治さんも朋子さんも、みるみる老け込んでいった。心身共に疲れ果てとった。娘をひとりにしたら何するかわからんていうて、四六時中どちらかが張りついてた。可奈の両親は、自分ややっちゃんとは歳が一回りほど離れてる。若いときはようけ世話してもらった。そういう人らが苦しんでる姿は見てられんかった」

そうして年月は過ぎ、半年前、この地を自然の暴力が襲った。滝のような雨が打ちつけ、川は氾濫《はんらん》を起こし、山崩れまで発生した。そして永江一家の住宅は悪夢のような土砂に飲み込まれ、可奈と両親は生き埋めとなり、帰らぬ人となった──。

「あれは事故じゃありません。心中です」

──心中？

「山が崩れる前に避難勧告は出してたんです。現に麓《ふもと》にあった他の家の住民は全員、避難してる。青年隊らが家を一軒一軒訪ねて、もしかしたら山が崩れるかもしれんですぐに逃げなあかん、そう指示してるんです。もちろん可奈の家にも」

岩本は卓の上に置いた拳《こぶし》を握りしめ、その拳を見つめていた。

「ほんとき、誠治さんは一言『ほうか』とだけ言ったそうや」

「だから心中であったと」

律が疑問を投げると、岩本は顔を上げた。

「土砂を掘り起こしたとき、三人は居間に敷かれた布団の上で、抱き合うようにして見つかったんです。外に出るような恰好もしてえん。それを見たとき、これは心中やと確信しました」

ここで岩本は深いため息をついた。

「もう限界やったんやろう。これで死ねると思ったんかわからんが、楽になれるかもしれんと思ったんでないやろか。いや、苦しんでる娘を楽にしたげたかったんかもしれん。もちろん実際に山が崩れるかどうか、ほんなんは誰にもわからん。ほやさけぇ自分らの運命を天に任せたんやろう」

無論、この死にそんな背景があったことは埜ヶ谷村の人間以外、誰も知ることはなく、永江一家三人は自然災害から逃げそびれた犠牲者として扱われた。

彼らの死後、村にはどんよりした空気が沈殿していた。災害の跡は徐々に回復していったが、村人の心はそうではなかった。

「自分らがもっと力を貸してやればよかったんでないか。もっと寄り添ってやればあんなことにならんと済んだんでないか。何をいってもあとの祭りやけども、みんなそんなふうに話してた」

ここで岩本は言葉を切り、しばらく黙り込んでいた。悔恨の念は彼の中で未《いま》だ消えていないのだろう、その表情は重く、沈鬱《ちんうつ》だった。國木田は相変わらず無表情のまま置物のようにしてそこにいる。関浩一郎もまた同様であったが、ここで彼は顔を上げ、岩本を見た。

「和夫さん。もういい。やっぱりおれが話す。全部、おれのことやから」

そう告げると、岩本は間を置き、やがて小さく頷いた。

浩一郎は視線を律に移し、意を決したように口を開いた。

「可奈たちが死んでから三ヶ月経った晩——」

浩一郎は見てはならないものを目撃してしまった。

その日、浩一郎は軽トラックで車通りの少ない山道を走っていた。いくつかの酒屋を回り、空いた酒瓶を回収してきた帰路だった。赤信号で停まると、遅れて右側に一台の黒のフェアレディが並んで停まった。何気なく車内を覗き込んだ瞬間、浩一郎は目を疑った。車には二人の若い男が乗っており、その内の一人に浩一郎は見覚えがあった。運転席でハンドルを握っていたのは石橋昇流だった。見間違いではなかった。八年の月日が経とうが忘れるはずがなかった。可奈の大切な一人娘の命を奪い、可奈の人生を壊した男の顔を——。

だが、なぜあいつが車を運転している？　例の事故により、免許は取り消しになっているはずだ。欠格期間を満了し、再び自動車免許を取得したということだろうか。いや、そうではない。なぜならこの男は人を死なせたことに加え、信号無視、スピード超過、飲酒運転という違反を犯し、さらには過去に免許停止処分を受けていたことで、十年近い欠格期間を課せられていたはずなのだから。

信号が青になった。フェアレディはレースのスタートを切ったかのように飛び出した。慌てて浩一郎も後を追った。しかし、すぐに引き離されフェアレディの尻は見えなくなった。車の性能が違いすぎたのだ。

だが、しばらくすると、再びフェアレディが姿を現した。道を通せんぼするように横に停まっていたのだ。事故を起こしたのは一目瞭然《りょうぜん》だった。カーブを曲がり切れず、尻からガードレールに突っ込んだ様子だった。

浩一郎は減速して、徐行でフェアレディの横を通り過ぎた。車内で男たちが揉めているのがわかった。

なんて愚かなのか。一歩間違えれば、そのまま崖《がけ》から車ごと落下していた可能性もある。

その瞬間、浩一郎の中で別の考えが跳ねた。

――落ちてしまえばよかったんでないか
そうだ。そのまま奈落《ならく》の底に落ちてしまえばよかったのだ。この男は可奈の娘の命を奪った。いや、可奈も誠治も朋子も、この男が殺したも同然だ。反省などしているはずがない。今、サイドミラーに映るこの光景が何よりの証拠ではないか。

浩一郎は車内でひとり、静かに、誓いを立てた。おれがこの男に天誅《てんちゅう》を下してやる。

その日より浩一郎の頭の中は、どのように石橋昇流を葬るか、これだけに占拠された。

怨念《おんねん》に取り憑《つ》かれたのである。

実際に行動も起こした。連日、石橋昇流の身辺を探り、やがて彼が牧野市北の原にあるFYマートに店長として勤めていることを知った。自宅の場所も突き止めた。

だが具体的な手法が浮かばない。自己保身は毛頭なかった。自分などどうなってもいい。ただ、村の人間に迷惑を掛けたくない。殺人鬼を出した村として、母や、仲間たちに肩身の狭い思いをさせることはできない。だとするならば捕まるわけにはいかない。だが完全犯罪なんて自分にできるだろうか。いいや、無理だ。ならどうすればいい。どうすれば、誰にも迷惑を掛けることなく、あの男を消せるのか――。浩一郎は苦悩の日々を過ごしていた。

そんな浩一郎はある日の晩、國木田と岩本に呼び出された。

國木田宅で酒を酌み交わし、ふたりから慰めの言葉をかけられた。ふたりは浩一郎の様子がおかしいことに気づいており、ただ、それは永江一家の、可奈の死によって、彼が消沈しているものとばかり思っていたのだ。

浩一郎はあの日の晩に自分が見た光景と、心の内にある黒い思いを正直に話すことにした。兄貴分である國木田と岩本なら理解してくれると思った。きっとわかってくれると思った。

だが――ちがった。ふたりは、浩一郎に思いとどまるよう諭したのである。

「おめぇの気持ちは十二分にわかる。ほんなもん見てもたら尚更《なおさら》や。わしらかってできることならその男を殺してやりてぇ。やけど、ほんなことをしても可奈は生き返らんし、喜ばんやろう」

浩一郎はそれを詭弁《きべん》だとして、撥《は》ねつけた。「わかってもらえんでもいい。おれはやる」

「捕まったらどうするんやっ。母ちゃん泣かすんか。村のもん泣かすんか。おめぇほれでもいいんか」

「……捕まらん」

「どやって」

「ほやから考えてる」

「考えてるって……アホなこというんでねえっ。人殺して捕まらん方法なんてないんやざ」

「うるさいっ。やるいうたらやるんや」

感情を剝き出しにし、胸ぐらを摑んでやり合った。みな、涙を零《こぼ》していた。

そのとき、三人は知らなかった。

襖《ふすま》一枚隔てた先に、内方七海がいたことを――。

國木田宅を後にし、自宅に戻った浩一郎のもとにその七海がやってきた。

彼女は先ほどの話を聞いたことを彼に告げ、そしてこう言った。

――わたしが協力する

35

「驚いた。まさかあの七海がほんなことをいうなんて――ただ、もちろん断った。自分はどうなってもええけど、七海まで巻き込むわけにはいかん。ほんなことできるわけがねえ。やるならおれだけでやる。ほやけどもあいつの手前、ほんなことはよういえん。『和夫さんたちと話して頭が冷えた。計画はやめや』こういうた。ただ、七海は自分の言葉を信用せんかった」

――嘘。浩一郎さん、やるつもりやろう

どちらにしてもおまえを巻き込むわけにはいかない、先ほどの話は忘れろと浩一郎はきつく言いつけた。

だが、七海は頑として納得をしなかった。そしてこんなことを言った。

――その男、FYマートで店長してるんやろう。ならわたし、そこでアルバイトを始める。その男に近づいてみる。それだけやったら構わんやろう

「なんでほんなことをするのかと訊いたら――」

――本当に死ぬべき人かどうか、自分の目でたしかめたい

36

いつしか夜は更けていた。律は壁掛けの時計を一瞥した。あの短針が二つ進めば日付が変わり明日になる。

どれだけこうして対峙《たいじ》しているだろうか。長いようで、ここまであっという間だった気もする。時間の感覚が失われていた。

律はここで手洗いに立った。便所は和式だった。幼少期に何度か使ったことがあるが一瞬使用方法に戸惑った。小窓が付いており、そこから外気が漏れ入ってくるのか、中はしんしんと冷え切っていた。吐いた息が白い。

律はこれまで聞かされた話を思い返していた。

七海の行動は早かった。即日、石橋昇流が店長を務めるFYマートに出向いた。面接の相手は昇流だったという。自宅が離れていることが懸念されたが、なんなく採用されることとなった。

かくして昇流のもとで働き始めた七海は、彼が粗暴な人物であることを早々に見抜いた。そして日々、彼と接するたびに憎悪を深めていった。

一方、浩一郎以外の村の人間は、彼女が本当に自動車教習所に通っていると信じていたそうだ。

「ちょくちょく七海はバイク乗って出掛けてたけど、ほんとに自分らは教習所に通ってると思ってた。運転うまなったんかなんて訊くと、最近縦列駐車ができるようになったとか、七海はほんなふうにいうもんやで、疑いもせんかった。まさかほんなことしてたなんて、夢にも思わんかったんです」

岩本が語った言葉である。彼女は村人たちの目を欺くために教材をも入手して持っていたらしい。

そもそも七海はなぜ殺人計画に協力するなどと申し出たのか。彼女は弱冠十七歳の少女なのである。

それは彼女自身、やり場のない怒りと悲しみを覚えていたからだという。

彼女は村を飛び出す前の可奈を知らない。娘の花とも、可奈が娘を連れて里帰りしたときに何度か遊んだだけの関係である。偶然にも、生きていれば花は十七歳、七海と同い年であるがそれは関係がないとのことだ。

七海の想いは可奈の父誠治と、母朋子にあった。とくに朋子のことは実の母親のように慕っていたという。朋子もまた七海を娘のように可愛がっていた。七海が生まれたのと娘の可奈が村を出た時期が重なったことも影響したのかもしれない。

そんな愛する人々を間接的とはいえ、死に追いやったのが石橋昇流である。そして浩一郎や、村の人を悲しみのどん底へ突き落とした。

翻って当の石橋昇流はどうだ。襖を隔てて耳にした話によると、免許を剝奪されているにも拘わらず、彼は自らの手で車を運転していたという。つまり反省や懺悔の気持ちは微塵《みじん》もないのだ。

彼は過去に花という少女を殺《あや》めたことを覚えているだろうか。三人の死が事故でなく、一家心中であったと告げたらどんな反応を示すだろうか。少しでも心を痛めてくれるだろうか。

はたしてこの男は——人の心を持つ人間だろうか。

彼女はその双眸《そうぼう》で見定めようとした。石橋昇流に生きる価値はあるか、否か。七海は判断を下したところで改めて浩一郎に相談を持ちかけるつもりでいたという。

七海がFYマートで働き始めて一ヶ月が経ち、一ヶ月半が経った。石橋昇流のことはもう十分わかった。

こんな男、死んでいい——が、決心がつかなかった。

ある日の晩までは。

その日は夕方より、小雨がぱらついていた。仕事を終えた七海は帰路に就くべく、レインコートを着て原付バイクに跨ろうとしていた。

「おれが家まで乗してってやるよ」

昇流が手から下げたキーを揺らして言った。自分の家は遠いし、それにバイクを置いたままにはできない。七海はその申し出を断った。

「ほんやったら雨が止《や》むまで車でドライブしよっせ。ここにまた戻って来ればいいやろ」

考えて、七海は了承した。無免許運転であることはわかっているが、もっと深くこの人物について知りたかった。すべては適正な判断を下すために。

車は武藤翼というアルバイト従業員の所持するフェアレディだった。彼はそれを「罰として取り上げてる」と言った。レジの釣り銭を間違えた罰だという。

車内で昇流は雄弁だった。七海が愛想よく相槌《あいづち》を打っていたせいもあるだろう。多少、彼を持ち上げるようなことも口にした。怖気《おぞけ》が走るがこの男が自分に好意を寄せていることは知っている。それを利用しない手はない。七海は花を死亡させた事件について、彼の口から今の気持ちを聞きたかった。

そんなことはつゆとも知らず、調子に乗った彼は、やがて先日起きた強盗事件の話題を持ち出した。それが自らの犯行であることもするりと告白した。上手いことやって保険金をせしめたのだと、まるで功績のように誇らしげに語ったのだ。

「頭さえ使えば金なんてどうとでもなる」

シートに膝を立て、片手でハンドルを握る彼はそう嘯《うそぶ》いた。

そのとき助手席に座る七海はこう思ったそうだ。やはりそうだったかと。もとより彼女は彼の仕業ではないかと疑っていたのである。

だが彼女は、「よく考えつくもんですね」と心にもない感想を述べた。

そして、

「店長は昔、刑務所に入ってたという噂を聞いたんやけど、ほんとですか」

途端に、昇流の顔色が変わった。どこで耳にしたのか。彼は噂の出所をしつこく訊いてきた。

やがて彼は不貞腐《ふてくさ》れたように事のあらましを語り、そして言った。

「あれは相手が悪い」「急に飛び出してきたんや」「おかげで人生を壊された」「むしろおれが被害者や」

七海はシートベルトを両手できつく握りしめながら、彼のそんな言葉に、暴言に耐えていた。怒りと悲しみで頭がどうにかなってしまいそうだった。この男が死んでくれるなら、このまま自分もろとも事故に遭ってもいいかもしれない。運転席を横目で見る。昇流がハンドルを握っている。運転は荒く、スピードは制限速度を超過している。シートベルトもしていない。今、この手を伸ばし、ハンドルを思いきり切ってやったらどうなるだろう。

そんな思いに囚《とら》われていると、急ブレーキが掛かった。身体がぐんと持ち上がった。

前方左車線にいた車が自分たちの前に飛び出してきたのである。実際はこちらのスピードが出過ぎていたため、車間距離が一気に詰まった形だった。

昇流は烈火の如く怒りを爆発させた。「舐め腐りおって」

彼はそこから執拗《しつよう》に前の車を煽《あお》った。クラクションを鳴らし、パッシングを繰り返した。車には若い夫婦が乗車しているようだった。ほどなくして信号に捕まると、彼は勢いよくドアを開けて車外へ飛び出た。そのまま前の車の運転席の窓を叩き、「出てこいっ」とドライバーの男を怒鳴りつけた。だが、謝罪があったのだろう、彼は「調子こいとったら殺すぞ」と捨て台詞を吐いて戻ってきた。

「ふん、ビビりよったわ」

勝ち誇ったように彼は言った。

もしも相手が好戦的な態度を取ってきたらどうするのかと七海は訊いた。

「もちろんやったる――そこ開けてみィ」

彼は助手席のグローブボックスに向けて顎《あご》をしゃくった。言われた通り開けてみると、そこには刃渡りが二十センチほどもあるナイフが収まっていた。手に取ってみるとずっしり重みを感じた。詳しくは知らないがサバイバルナイフという物だろう。

「イカついやろ」

例のコンビニ強盗の道具としても使用し、以後この車に保管しているのだという。

そんな得意げな彼に再び七海は訊いた。これで本当に、人を刺すのかと。

「これ見たら大抵の奴はビビってすぐに逃げ出すやろうけど、もしほれでも向かってくるなら、どうなるか知らん。おれはおれを舐めた奴を許さんでな」

彼は鼻の穴を広げて豪語した。

七海は胸の中で冷笑した。そんな度胸もないくせに。臆病《おくびょう》者だからこそこんな物を保持しているのだ。

いつしか車はモーテルが数軒、立ち並ぶ通りを走っていた。案の定だった。七海は身に危険が迫るかもしれないと乗車したときから予期していた。

「ここにしよか」彼は下卑た笑みを浮かべ、車を一軒のモーテルの駐車場へ進めた。車が停止し、エンジンが切れたと同時に七海は素早くシートベルトを外し、ドアを開け、車外へ一気に飛び出た。背中に「おいっ」と彼の声が降りかかったが、そのまま遠くまで全力で駆けた。

荒い呼吸を繰り返しながら、七海は己の決心が固まったことをはっきり自覚した。平衡を保っていた天秤《てんびん》は片側へガクンと傾いていた。判断は下されたのだ。

――この男は死んでいい。いや、死ななあかん

これが石橋昇流が命を落とす、二日前の出来事である。

便所を出て板張りの廊下を進み、仏間の襖に手を掛けた。國木田と浩一郎は座布団の上に居り、岩本は窓の外を立ち眺めていた。振り返り、律を認めると席に戻った。改めて三人と向かい合い、浩一郎によって話が再開された。

昇流の魔の手からすんでのところで逃げ果《おお》せた七海は、翌日、浩一郎のもとを訪ねた。そして、改めてこう申し出た。

――あいつを殺そう。わたし、本気やよ

車中で何があったか、昇流が何を語ったか、七海は一言一句漏らさず、詳細に浩一郎に伝えたという。

「七海の話を聞いてたら、頭がどうにかなりそうになった。ほやさけぇ、そのあとの七海の提案に耳を貸してしもた」

七海は自身が一晩掛けて考えた計画を浩一郎に説明した。要約するとそれは以下のようなものであった。

七海は翌日アルバイトが十三時半から十九時半まで入っており、昇流もまた同様の勤務である。勤務後、昨夜逃げてしまったことを詫《わ》び、七海は改めて彼に車に乗せてもらうよう申し出る。

勘違いをした昇流は当然、またモーテルへと車を走らせるだろう。そのうしろを浩一郎の乗る車が尾行する。そして人気《ひとけ》のない道路で、浩一郎が強制的に昇流の車を停める。二人はいがみ合い、やがて昇流は例のサバイバルナイフを取り出そうとする。だが、グローブボックスの中にナイフはない。七海が機を見て奪い隠しているからだ。逆にそれを浩一郎に手渡し、昇流を突き刺す――。

警察には正当防衛を主張する。昇流が逆上し、ナイフを手に襲いかかってきた。揉み合う中で浩一郎はそれを奪い、昇流を刺したのだと、その場にいた七海が証言すればいい。

浩一郎が昇流の車を追走し停めた理由については、七海から救済要請があったからだとする。事前に七海が浩一郎に対し、このようなメールを送っておけばいい。『店長にホテルに連れ込まれる。お願い、助けに来て』と。また、その後数回に及び、七海から現在地を伝えるメールを浩一郎に送っておく。つまり、浩一郎はあくまで七海を助けにやってきたことにするのだ。

以上の状況を踏まえて、正当防衛が成り立つのではないかと七海は話した。凶器であるナイフが昇流自身の物なのが肝だ。

「正直、これ以上の計画はないように思った。自分はどこに死体を隠せるやろうとか、ほんなことばっか考えとったのに、七海の方がよっぽど頭が切れると思って、心底感心してしもた。もちろん、七海を巻き込むことにうしろめたさはあったけど、それ以上にどうしてもあの男を殺さな収まりがつかんかった」

浩一郎は肩を落として言った。

「ほんなふうに計画を立てたあと、自分と七海はふたりで正三さんの家へ向かった」

ようやくここで落井正三の名が出てきた。

「それはなぜ」

浩一郎は鼻から息を吐き出した。「自分もほんときになって初めて知らされたんやが、七海は正三さんにだけは話をしてたらしい。すべて」

七海は村の人間に秘密を貫いていたにも拘わらず、落井正三にだけは一連の話を正直に打ち明けていたのだという。ここに落井正三と七海の関係がことさら特別だったことが窺える。

だが、奇妙な話である。落井正三はけっして彼女に意見することなく、ただ耳を傾けるだけであったそうだ。律の認識する落井正三の人物像からすれば彼女の暴挙を止めているはずである。

ただ唯一、彼が七海に約束させていたことがあった。もしも殺害を実行することとなった場合、事前に浩一郎を連れて自分のもとを訪れること、必ず――。

「やとしたら、ほの約束を破ることはできん。正三さんは自分にとっても特別な人や」

落井正三は杜氏《とうじ》であり、浩一郎は蔵人である。二人は師弟関係にあったのだ。

「家を訪ねたとき、正三さんはひとりで酒を呑んどった。あの人はザルやし、酔うたところは今まで一度も見たことがない。ほんで、明日自分らが何をやろうとしてるのか、おれの口から正直に話した」

最後まで話を聞き終えた落井正三は、猪口《ちょこ》片手に訥々《とつとつ》と語り出したという。

「ありゃもう二ヶ月前か。おめぇが可奈の娘死なした男に復讐するちゅうて、保仁や和夫相手に息巻いてたと七海から聞いてな、ほんときうらは七海にこういうた。浩一郎にほんなことできねんとな。度胸がねえとかほんなんでのうて、おめぇには人の道を外れることなんてできんやろうって。おめぇのことは赤子の頃から見てるし、うらはおめぇのことよう知ってると思ってた。ほやけど――ほれは、まちがいやったんやなあ」

「……幻滅させました」

「男が決めたことやから、口出しするもんでもねえが、一言いわせよ。よしね。先のあるもんが無茶したらあかん。おめぇのやろうとしてることは愚行やでな」

「……すみません」

「どうしても、踏みとどまれんか」

「……すみません」

「ほうか」

しばし、沈黙が続き、

「七海を巻き込むことは許さん」

落井正三は静かに言った。

「おめぇは鬼になったらいい。こんな小娘の手ェ借りて回りくどい真似せんと、正々堂々と殺してこい。ほんで腹切って死ね」

これに怒りを露《あら》わにしたのは七海だった。絶対に自分も協力すると声を荒らげて訴えた。

だが、落井正三は頑として認めなかった。そして彼は立ち上がると台所から柳刃包丁を持ってきて、七海の前に突き立てた。

「七海、おめぇは巫女や。神に仕える身や。よう考えなあかん。ほれでも浩一郎に手ェ貸すっていうんなら、ここでうらを殺していきね」

七海は泣きながら家を飛び出して行った。浩一郎は気丈な七海の涙を、このとき初めて見た。

落井正三と二人きりになり、浩一郎は訊いた。なぜ、七海が昇流に接触するのを止めなかったのかと。

「あかんていうて従うような娘とちがう。跳ねっ返りやでな。死んだあれの母親も、ばばも、ひいばばもみんなほうやった。あの気性は血筋なんやろう。ほやさけぇやるだけやればいいと思ってた。最後には自ら踏みとどまると信じてた。もしも道踏み外しそうになったらうらが手ェ差し出しゃいい。こう思ってた」

浩一郎は床に手をつき、額を押しつけた。

「七海は巻き込みません。金輪際、関わらせません。まちがってました」

落井正三は深いため息を漏らし、そして最後に一言、こう言った。

「おめぇ、ずっと可奈に惚《ほ》れてたんやなあ」

これが事件前夜のことである。

37

「――可奈の父親の誠治さんにこんなことをいわれたことがある。『可奈は若いときおめぇのこと裏切って傷つけたで、こんなんになってもたんかもしれん』と。ほやけど、そうでない。可奈はおれのこと裏切ったりなんかしてえん。むしろ、あいつを裏切って傷つけたのはおれや。これまで誰にも話してえんかったが――」浩一郎は下唇を強く嚙んだ。「可奈はおれの子を身ごもってた」

岩本が身体を開き、驚愕《きょうがく》の面持ちで浩一郎を見た。「いつや」

「おれが十七で、可奈が十五んとき」

「十五って――」

「そうや、許婚《いいなずけ》が正式に伝えられるずっと前や。可奈からいきなり子供ができたいわれたときは焦った。怖なった。互いにまだ学生の身分やったし、何より村のみんなから何いわれるかわからん。埜《の》ヶ《が》谷《だに》村では婚前妊娠は絶対のご法度や」

「ご法度やいうたっておめぇ……」

「今なら気にせん。猛反対されたやろうけど、村飛び出しても可奈と一緒んなって子供育てた。ほやけど、あんときはそれができんかった。みんなから白い目向けられると思うたら震えるほどおそろしなった。ほやさけぇ、おれは可奈に堕《お》ろすように伝えた。可奈は嫌やって言ったけど、説得した。どうせ将来結婚しておれの子産むんや。今でのぅても構わんやろいうて、首根っこ摑んで無理やり病院連れてった。あんときの可奈の生気のない顔は一生忘れん」

浩一郎の唇は震えていた。親の同意書は自分たちで書いて偽装したため、互いの親すらも知らないことだという。

「ほれから数年経って、正式に婚約した。もしかしたら可奈が拒否するかもしれんと思ってたから、ほっとした。子供堕ろしてから、可奈はおれに近づかんくなってたし、ふたりで会うこともなかったで。ほやけど、いざ結婚が迫ってきて考え直したんやろう。

こんな男と一生添い遂げるのかと思うたら、嫌気がさしたんやろう。可奈がここを出て行ったのにはおれに原因があった。おれはそれすら今の今まで誰にもいわんかった。卑《ひ》怯《きょう》な男や」

岩本が額に手をやった。やりきれない表情をしている。

律もまた同様の気持ちだった。仮に八年前、事故に遭わなければどうなっていただろうか。可奈は柊木充と自然と離婚し、浩一郎と再婚して幸せな家庭を築いていたかもしれない。もしかしたらそんな幸せな未来があったかもしれない。

きっとこの男がこれほどまでに仇討《かたきう》ちに取り憑かれてしまったのは、己に対する悔恨の念もあったのだ。

浩一郎は両手で顔を拭《ぬぐ》い、それから改めて事件のことを語り始めた。

浩一郎は落井正三との約束を守り、彼の自宅を出た足で七海を捕まえ、計画を白紙にすることを伝えた。また、もう二度とあのコンビニに近づくなとも伝えた。説得に難渋するかと思われたが、意外にも七海は異議を唱えることなく首を縦に振ったという。正三からの叱責《しっせき》が功を奏したのだと、そのとき浩一郎は思ったそうだ。

それから浩一郎は一晩かけて身辺整理をし、残していく母親と村の仲間宛に遺書をしたため、自家用車に乗り込み、身ひとつで早朝に村を出た。財布も携帯電話もすべて置いてきた。二度と埜ヶ谷村に戻ってくるつもりはなかった。昇流を殺したらその場で自害するつもりだった。

犯行は白昼堂々、昇流の自宅前で行う計画だった。彼が姿を現したところを刃物を持って襲撃する。午前十時、彼の自宅前に到着し、物陰から彼が出てくるのを息を潜めて待った。彼が自宅から姿を現したのは昼をだいぶ過ぎてからだった。だが、彼の傍らには、彼の母親がいた。彼は母親の車で送迎してもらうようだった。

浩一郎は躊躇った。自分の母親の顔が脳裡《のうり》に浮かんだ。浩一郎は一旦、犯行を見送り、車を追走した。彼がひとりになったときを狙うつもりだった。どこまでも張りついてやるつもりだった。

車はやがてFYマートへと到着した。浩一郎は敷地には入らず、店舗から三十メートルほど離れた路肩に車を停めた。

そして店内の様子に目を凝らした彼は狼狽《うろた》えた。レジの中に七海の姿を見つけたのである。なぜ七海が――？　もうここには近づくなと伝え、昨夜七海は了承したはずである。

「ほんで仕方なく店ん中入って七海に『どういうつもりや』というた。七海は無視しとったけども、『おれがひとりでやる。おまえは一切関わるな』と改めて釘を刺して店を出た」

その後、浩一郎は再び車の中で待機することとなった。この先の展開をずっと考えていた。

昨夜の七海の話によれば昇流は十九時半までの勤務予定とのことだ。だとするなら、犯行はそれ以降となる。落井正三との約束があるので、七海の前で彼を殺すことはできない。一切、七海を関わらせてはならないのだ。

と、そこまで考えて浩一郎は重大なミスに気がついた。

今しがた、自分は店の中に入り、七海と接触してしまった。きっと監視カメラにその様子が映ってしまっただろう。あの男を殺害すれば、警察は当然、犯行当日の自分の足取りを調べるはずだ。そこで七海とやりとりしていたことが知れたらどうなる。七海は自分の犯行を知っていたと思うのではないだろうか。最悪、幇助《ほうじょ》犯として考えられてしまうのではないだろうか。

心配し過ぎだろうか。いいや、ダメだ。店内では何も買っていない。明らかに不自然だ。だとすると、警察は自分と接触したこのアルバイト店員を突き止め、犯人と何を話していたのかと詰問するだろう。当然七海と自分が同郷と知れる。そうなれば七海がここで働いていること自体、そもそも怪しいという話になる――。

あまりに迂闊《うかつ》だった。先ほど店の中にさえ入らなければ、七海と接触さえしなければ何も問題はなかった。たとえあの男を殺害しても、警察は被害者の勤務先のアルバイト従業員の住所など気にも留めなかっただろう。接触したばかりに繋がりの証拠を残してしまったのだ。

浩一郎は車内でひとり頭を抱えた。必死で思考を巡らせた。なんとかうまい抜け道はないだろうか。自分と七海の繋がりがわからぬよう、犯行を遂げる術はないものか。

だが、適当な策が浮かぶこともなく、時間だけが流れていった。気がついたら、時刻は十五時を回っていた。

浩一郎はやむを得ずエンジンを掛けた。今日の犯行計画は中止だ。明日も明後日も難しいだろう。最低でも三日は空けるべきだ。警察がどこまで遡《さかのぼ》って犯人の行動を調べるものか見当がつかない。だとしたら慎重を期すべきだ。

こうして浩一郎は埜ヶ谷村への帰路に就いた。もう二度と戻ってくることはないと覚悟を決めて出てきたのに情けないばかりだった。

道中、七海についてずっと考えていた。なぜ、七海は今日もまたあの店で勤務していたのだろう。いったい何が狙いなのか。あの子の思考がまったく読めない。

やがて夕方を迎え、埜ヶ谷村の自宅に戻ってきた浩一郎はエンジンを切り、キーを抜き取った。その瞬間、ハッとなった。

まさか、七海は昨夜立てた計画を強制的に実行するつもりなんじゃないだろうか。勤務後、七海はあの男の車に乗り、自分に救済要請のメールを送りつける。彼女はそうするだけでいいのだ。なぜならそれを自分が無視することはできない。放置してしまえば七海はあの男の毒牙《どくが》にかかってしまうからだ。

確信した。七海はそのつもりだ。だから七海は今日もあの店で勤務していたのだ。いてもたってもいられず、再びエンジンを掛けた。七海を止めなくてはならない。そのとき、「おい、浩一郎」と車窓を叩かれた。

岩本だった。車窓を下げると、岩本は戸惑ったような顔で、「正三さん、見かけなんだか」と言ってきた。

「見てえんけど、正三さんがどうした」

「えんのやよ。家にも村のどこにも」

話を聞いてみると、本日役場で寄り合いがあったのだが、正三がそれを欠席したのだという。

「あの人が今まで無断で休むことなんてなかったで気になって家のぞいたら留守やった。村のみんなに訊いても見てえん知らんっていうし、まさか歩いて村の外に出るわけないで捜してるんやけど、どこにもえん」

なんだか嫌な予感がした。

一旦、浩一郎は車を降りた。そして自宅の敷地の光景に違和感を覚えた。

ない。裏手に停めていたはずの軽トラックがない。忽然《こつぜん》と消えていた。

「あれ？　おめ、とうとうトラック処分したんか？」

数秒ほどパニックに陥り、そしてやにわに玄関に走った。ドアを開けて靴棚の上のキーフックを確認する。軽トラックの鍵がなくなっていた。

「母ちゃんっ。正三さんうちに来んかったか」母に向かって叫んだ。

母は廊下に姿を見せて、「来てえんよ」とのんびりとした口調で言った。「ああ、さっきドアが開いたような音がしたで、あれ正三さんやったんかもしれんね」

さーっと血の気が引いていった。間違いない。自分の軽トラックを持ち出したのは正三だ。車検が切れているので放置していたが、走りに問題はないのだ。

だが、どうして正三が車を——。何が目的だ。どこへ向かったのだ。

浩一郎は混乱した頭で必死に思考を巡らせた。自分を止めようとしたのだろうか。いや、そうではない。七海を止めようとしているのだ。おそらくは村にいるはずの七海がいないことに気がつき、不安になって飛び出したのだ。だとすれば向かった先は例のFYマートだ。

「母ちゃん、さっきっていうのはいつ頃や」

母は腕を組み考え込むような仕草を見せ、

「二時間くらい前でないかな」

だとしたら、とっくにあのコンビニに到着しているはずだ。

「浩一郎っ」

背中に岩本の声が降りかかった。

「和夫さん。正三さんの居場所が——」

「大変だ」岩本が息荒く駆け寄ってくる。「七海が事故に巻き込まれたって」

七海が事故——？

「老人がアクセルとブレーキを踏み違えてコンビニに突っ込んだそうや」

老人——？　コンビニ——？

「なんや、そこに七海が勤めとったって……わけがわからん」

「それ、誰からの情報や」

「やっちゃんや。たった今、警察から連絡があったらしい」

「七海に怪我《けが》は？」

「それは大丈夫そうや」

「……加害者は？」

「知らん。名乗らんし、なんもしゃべらんようや」

「乗ってた車は？」

「ああ、たしか白の軽トラやって――」

そう口にした岩本の顔がみるみる青ざめていった。

浩一郎はすでに言葉を失っていた。

「おい、浩一郎。まさか……ウソやろう」

「たぶん、正三さんや」

「なんやそれ。意味がわからんぞ」

「……とにかく、すぐ向かおう」

「おめえ、なんか知ってるんか？　本当に、正三さんなんか？」

「詳しいことはあとで話す。急いで」

岩本の横を通り過ぎようとした瞬間、強い力で肩を摑《つか》まれた。振り返ると岩本は青白い顔で唇を震わせていた。

「突っ込んだ先に、人がおったって。正三さんやとしたら、人、轢《ひ》いちまったことになる」

思考が、停止した。ゆっくり、気が遠のいていった。

38

「現場に向かう車内で浩一郎からこれまでの経緯《いきさつ》をすべて聞きました」

項垂《うなだ》れていた岩本が引き継ぐ形で言った。浩一郎が涙を零《こぼ》し、嗚咽《おえつ》を漏らし始めたからだ。

現場には車二台で向かったという。一台には浩一郎と岩本と國木田、もう一台には國木田の妻であり、岩本の姉の静がひとりで乗っていたそうだ。

「どれも信じられん話やった。自分らは二ヶ月前のあの晩、散々やり合って浩一郎が思い直してくれたとばっかり思ってた。ほれがまさか七海まで加わって――最後にはこんなことになってまうとは……」

岩本はそのときの状況を思い出しているのか、悲痛な面持ちで口を動かしていた。

「何はともあれ、我々はまず七海を守らなあきません。電話であの娘《こ》と話すことはできたで、〈自分らが到着するまで絶対に何もしゃべるな〉と伝えました。

ほこからは三人で何が最善の策かを考え、話し合《お》うた。結果はあなたの知ってる通りです。正三さんは認知症で、勝手に軽トラ持ち出して、誤って事故を起こしてもうた。これでなんとか収められれんもんか、こう考えたわけです。やっちゃんにあった警察の第一報も〈アクセルとブレーキを踏み違えた老人がいて、コンビニで人身事故が起きた。ほこにおたくの村の少女がおった〉ちゅうことやったで、あくまで七海は現場に居合わせた目撃者として認識されてたわけです。つまりその時点では警察もこれは事故やと思ってた。やったら、七海と正三さんがずっと黙ってたらこのまま処理されるんでないか、こう思うたんです」

「そのとき警察は落井さんと七海さんが同郷だとは知らなかったということですね」

「ほんときはまだ知らんかったです。七海は事故を目の前で見てもうたショックでうまくしゃべれんちゅう具合に振る舞ってたらしいで、警察も七海が落ち着いてから調書を取ろうと待っててくれたそうです」

律は頷《うなず》き、先を促した。

「次にやっちゃんと相談して二手に分かれることにした。自分は姉の乗る車に乗り換えて現場の七海のところへ、やっちゃんと浩一郎はそのまま病院へ運ばれたちゅう正三さんのもとへ。いざ自分が現場へ到着して、七海から話を聞いてみると、七海もまた、正三さんが自白せんかったら事故で済むかもしれないという。実際、現場におった警察に探りを入れてみても殺人の疑いはまったく抱いてえん。ほれを伝えるつもりで急いでやっちゃんに電話を入れた。ちょうどそのときやっちゃんと浩一郎は病院で警察に正三さんとの関係を話し、一緒になって正三さんから聴取をしとるところやった。そこで正三さんは『事故のことはなんも覚えてえん』と話してることを知って、ああ正三さんもおんなじ作戦できたかと思ったわけです。

やったらもう話は早いです。すでに正三さんと七海がここの村のもんちゅうことはわかってしまった。互いを知らん人やって言い張るのはさすがに無理がある。ほやさけぇ正三さんは七海を迎えに行ったんかもしれん、こういうことにしようと。正三さんは認知症がひどうて、昨日今日のことも覚えてえん。七海があのコンビニで働いてたことを知ってたのかどうかも怪しい。少なくとも七海は迎えを頼んだ覚えはないし、軽トラでここにいることもあの娘には意味がわからん。この辺りは曖昧《あいまい》にしといた方が正三さんが認知症やったちゅう話に信憑性《しんぴょう》が増すと考えたんです」

なるほど。落井正三が七海を迎えに行った云々《うんぬん》は、事故直後に突貫でこしらえたものだったのか。だが警察は素直にそれを信じてくれた。認知症ならば行動に説明がつかなくても当然である、そう思ったことだろう。

しかし、これはあくまで表向きの理由で、本当のところがわからない。謎だらけだ。

なぜ、落井正三は軽トラックを持ち出し、ＦＹマートに向かったのか。

そもそも、なぜ、軽トラックで突っ込むなどという常軌を逸した行動に出たのか。

なぜ、彼自身が手を汚そうと思い至ったのか。

しかし、

「ほれが自分らにもわからんのです」

岩本はかぶりを振って言った。

「わからないというのは」律は目を細めた。

「本当にまるでわからんのです。浩一郎や七海ですらわからんのやで、どうにもなりません」

ふたりにもわからない——？

「嘘はついとりません。この期に及んで隠し事したって仕方ない。自分らも正三さんになんでこんなことをしでかしたんか、聞かせてもらえるもんなら、心底聞かせてもらいてえ」

岩本は深々とため息をついている。落井正三は誰にも心の内を明かしていないのだ。

「みなさんはどうお考えですか。ご想像で構いません」

「あくまで自分の考えですが——」岩本は顔を上げ、遠い目をこしらえた。「正三さんは浩一郎の身代わりになったんやろうと。一晩考えて、やっぱり弟子の浩一郎に人の道を外れてほしないと思い直したんでないやろか。やったら自分が邪道を歩む。きっと正三さんはこう考えたんでないやろか」

「だとしても不可解です。落井さんは事件前夜、関さんに約束させたように、何よりも七海さんを巻き込むことを嫌っていた。にも拘《かか》わらず、彼女の目の前で事を起こしている」

「ええ。ほやさけぇわからんのですよ」

岩本は俯《うつむ》き、力なく言った。

これはいったいどういうことだろう。落井正三の行動の整合性が取れない。まったく筋が通っていない――。

「それともうひとつ。なぜ落井さんはシートベルトをしていなかったのでしょう」

「きっとそれは自分も死ぬつもりやったんやと思います。あの男を殺して自分もそのまま死んでしまおうとしてたんやろう」

まるで特攻隊ではないか。

七海も落井正三の凶行をまったく知らされておらず、彼が突然現れたことに心底驚いたという。だとすると監視カメラに映っていた彼女の有様は演技ではなかったということか。レジの中にいた七海は両手で口を覆い、その場で固まっていたのだ。

「これは、みなさんがご存じであれば教えていただきたいのですが」三人を見た。「事故後の彼女の行動についてです。一昨日お伝えしたように、残された映像では彼女は運転席のドアを開け、十秒ほどで閉めたあと、一旦《いったん》バックヤードへ下がっています。わたしは彼女が車内から何かを持ち出したと考えていますが、実際のところあれはなんだったのでしょうか」

「あれは――」岩本は一瞬言葉に詰まり、「携帯電話と、双眼鏡です」と言った。

「双眼鏡？」

おそらく携帯電話だろうと見当をつけていたのだが、双眼鏡もとは思わなかった。双眼鏡は落井正三が還暦祝いに村から贈呈され、以降彼が肌身離さず持っていたものだろう。

「なぜそれらを七海さんが回収し、隠す必要があったんですか」

「七海と正三さんはふだんからメールで頻繁にやりとりをしとったそうで、その中であの男に関することにも触れてたちゅうのです。双眼鏡の方は、ほんなものが車内にあると、正三さんがあの男を付け狙っていたように考えられてしまうかもしれんと。七海は機転の利く子です。もちろんあの娘自身混乱しとったんでしょうが、ほれだけはなんとかせんとあかんと思ったそうなんです。携帯電話と双眼鏡は運転席の足元に落ちてたと言ってました。たぶん突っ込んだ衝撃で滑り落ちたのでしょう。あの娘はそれをズボンの中に差し込んで上着で覆うたと言った。だが、どうしても膨らみが目立ってまうで、それの一時隠し場所として店のバックヤードにある棚の中を選んだそうです」

なるほど。たしかにそんな物が警察の手に渡ってしまえば大変なことになる。とくに携帯電話の方は、加害者が認知症でないことを示す一番の証左になってしまうだろう。

また、事故から四日目、現場で律が七海と初めて会ったとき、あれはやはりそれらを回収しに行ったとのことだ。事故後は警察官にべったりと横に付かれていたため、回収することが叶《かな》わなかった。そこであのように時間を置き、群がっていたマスコミや野次馬が散ったのを見計らって回収に向かった。だが、そこで神の悪戯《いたずら》が起きた。遅れを取ってやってきた記者がいた。俊藤律という執拗《しつよう》な人間と出くわしてしまった。

しかし、それでも携帯電話と双眼鏡を回収しないわけにはいかなかった。事故翌日、またその翌日も彼女は気が気でなかったはずだ。もしもあんな物が見つかってしまったら事態は急変する。物事が根底から覆ってしまう。

メールの履歴を見て、落井正三が認知症であったと思う者はいない。

だがそんな矍鑠《かくしゃく》とした人物であったからこそ、律は彼が現実に起こした凶行との乖離《かいり》に苦しんでしまう。軽率に過ぎるのだ。

「俊藤さん。自分もずーっとね、考えててね、けど、いくら考えても答えは見つからんのですよ」岩本は弱々しい眼差《まなざ》しで言った。「正三さんが自白したくてもできんのは七海の前でやってもたからにほかならん。仮に別んとこやったら七海のことは除外できた。動機についても、あの男を恨んどったのは正三さん自身やちゅうことにしたら、警察は納得したのとちがうやろか。七海の目の前でやってもたばかりにこんな複雑なことになってもうたわけです」

たしかにその通りだ。故意による殺人だと告白すれば、何をどうしたって警察の目は七海に向けられる。昇流の隙を落井正三に伝えたのではないだろうか。ふたりで計画を練っていたのではないだろうか。こう疑われるのは明白である。そもそも彼女が遠く離れた村から勤めに来ている時点で不自然なのだから。

「案外ね、正三さんもやってもたあとんなって、いろいろ具合がようねえことに気がついたんかなって、ほんなふうに思ったりもするんやけども」

岩本が言わんとしていることは十分理解できた。冷静で頭の切れる落井正三でも事を起こす直前はとてつもない興奮状態にあったことだろう。なんといっても今まさに人を殺そうとしているのだ。そんな常軌を逸した緊張感の中ならば理に適《かな》わない行動を取ってもおかしくはない。

事後、彼は焦った。七海に累が及ぶのではないか。自分はとんでもない失敗をしてしまったのではないか。

だから彼はすべての記憶を失ったフリをすることに決めた——。

しかし、しっくりとはこない。腑《ふ》に落ちない。

「あなたも知ってる通り、本当に正三さんに保身はねえんです。自分なんてどうなってもいいと思うとるんです。あん人は……今も心底死にたいんやろう」

岩本は疲れ切った顔で言った。

病室での落井正三の言葉を思い出す。

——人様をこの手で殺《あや》めといて、罪がないわけがない

——首をくくられても構いません

——罪深いことをしたと、思っております

「岩本さん。不吉なことをいうようですが、落井さんに自殺の心配はありませんか」

　実際に落井正三は自ら命を絶つ選択をしかねない。むしろこれまでの話を聞いて、彼がまだ生きていることの方が不思議なくらいだ。死をもって罪を償い、真相を闇に葬る。あの老人ならこう考えるのではないか。

「ほれは、たぶん大丈夫や」泣き腫《は》らした面の浩一郎が横からポツリと言った。「正三さんが死んだら、自分も後を追うと病院行ったときにこっそり伝えた」

　なるほど。それが自殺の抑止力になっているということか。

　そして浩一郎はこんな言葉を連ねた。「はったりとちがう。どの道、おれは腹切る」

「浩一郎」岩本が咎《とが》めるように声を発した。「アホなこというんでねえ」

「おれは本気や」

「ふざけるな。おまえが死んでどうなる。誰か喜ぶんか。誰か救われるんか」

「そういう話でない」

「やったら死ぬなんて簡単に口にするな」

「簡単にやとっ」浩一郎が卓上を叩《たた》きつけ、勢いよく立ち上がった。「正三さんがこんなんしでかしたんはおれのためや。七海を巻き込んだのもおれや。全部おれが悪いんやっ」

「興奮するな。座れ。誰が悪いなんて今さら関係ない」

「関係あるやろう」

「座れいうてる」

「おれのせいや」

「……………」

「すべておれのせいや」

「ああそうやっ。おまえや。もとはといえばおまえがトチ狂ったせいや」岩本も怒りの形相で立ち上がった。「ほやけど死んでどうなる。死んでもたら終わりやぞ」

「ああ、終わりにしたいんや」

「この野郎っ」岩本がいきなり浩一郎の頬を殴りつけた。

体軀《たいく》のいい浩一郎が尻餅《しりもち》をついて倒れ込む。震動が律にまで伝わった。

「これ以上、村のもんが死ぬのなんて、許さねえぞ。じぇったい」岩本は大きく肩を上下させて荒い息を吐いている。その両目には涙が溜《た》まっていた。「おまえが子供の頃からずーっと可奈に惚《ほ》れてたのはみんな知ってる。可奈があんなことになって、おまえがずっと苦しんでたのも知ってる。半年前、ほの可奈が死んだあと、みんな何を話してたかおまえ知ってるんか。浩一郎が後を追わんやろかって心配しとったんや」

岩本は座り込んでいる國木田を指差した。「やっちゃんはなぁ、自分は浩一郎になんもしてやれんていって泣いてた。可奈や誠治さんらを守れんと何が長やっていって泣いてた。わしかておんなじや。村のもんみんなおんなじや。みんな傷ついて、みんなおまえを心配してるんや。ほれはなんでやっ。おまえが可愛いからやろう。おまえが家族やからやろう。浩一郎――」岩本が膝《ひざ》から頽《くずお》れた。

「──頼むから、死なとおいてくれ。死ぬなんていわんでくれ」
浩一郎もまた、自我を失ったように声を上げた。
畳に染み込ませるようにして泣き叫び、そこに岩本の叫喚が重なっていく。
あっという間に空間が慟哭《どうこく》で埋め尽くされた。まるでこの仏間全体が身を震わせて咆哮《ほう》
哮《こう》しているかのようだった。
そんな最中《さなか》、國木田だけは不気味なほど静かだった。泣き崩れるふたりに目もくれよ
うとせず、背中を丸め、ジッと一点を見つめている。その目は虚《うつ》ろであったが、何か考
え事をしているようにも見えた。彼はもう何時間もずっとその口を閉ざし続けている。
どれほど経ったろうか、やがてふたりの慟哭が収束してきた頃、その國木田がスッと
顔を上げ、前を正視した。射るような眼差しは先にいる律を捉《とら》えている。
和装の彼はわずかに右手を動かしたかと思うと、懐にゆっくりとその手を差し込んだ。
そして抜き取られた手の先が鈍く光った。その光を受けて律の心臓が跳ねた。
取り出されたものは柄《つか》に白い包帯が巻きつけられた短刀であった。鞘《さや》に納まっておら
ず、短い刀身は蛍光灯の光を跳ね返している。その刃《やいば》を國木田は自分の首筋に押し当て
た。
「國木田さん、何をされるおつもりですか」
律の言葉で岩本と浩一郎の二人が同時に國木田を見た。目を丸くし、息を呑《の》んでいる。
緊迫した空気の中、國木田が今まで閉ざしていた口を開いた。

「見逃してもらえんやろうか」

その顔とは裏腹に穏やかとすら取れる口調だった。

「なかったことにしてもらえんやろうか」

「やっちゃん、やめね」

岩本が一歩踏み出して言った。

國木田はそんな岩本に近寄るなとばかり手のひらを突きつけた。

「警察は何も気づいてえん。あんたさえ黙っててくれたら無事収まるんや。けど、あんたにはあんたの正義があるんやろう。あんたにわしらとおんなじ罪を背負えというのはちがう。ほやで、わしはこの首掻《か》っ捌《さば》く。道理に適ってえんのは百も承知や」

「保仁さんっ」浩一郎も叫んだ。

「七海がな、あんたと初めて会ったとき、嫌な感じがしたと言ってたんや。ほんときはようわからんかったけど、翌日あんたとここで会ってわかった。わしも七海とおんなじ感想を抱いた。上手にいえんけども不吉な予感がした」

國木田は抑揚のない声で滑らかにしゃべっている。

「あんたが七海と巫神社で出くわしたあと、和夫がわしのとこへ来てもうあかんと言った。わしは絶対に大丈夫や、必ず隠し通せると言ったが、ほんとはわしも終わりやと思ってた。それ以来どうしたら村を守れるかずっと考えてた。最悪、あんたに死んでもらえばなんてことも真剣に考えた。ほやけど、恨みのないあんたのことをどうして殺せる」

國木田は唇だけで力なく嗤《わら》った。

「ほやさけぇ、わしが死ぬ。俊藤さん、後生や。粗末やけども、わしの命に免じて腹ん中に全部しまってくれんやろか」

そのとき、視界の端でスーッと襖《ふすま》が開くのがわかった。目をやると國木田の妻、静だった。膝を合わせて座っている。

彼女は何も言わなかった。口を一文字に固く結び、自決しようとする夫に視線を向けている。離れていてもその目が赤いのがわかった。夫の死を見届けようというのか。

彼女は事前に夫から知らされていたのか。こうなることを予期していたのか。いずれにせよ馬鹿げている。滅茶苦茶だ。

「國木田さん。あなたが死を選ぶというなら、わたしはすべての話を公に致します」

勝手に唇が動いていた。

國木田が鼻で一笑する。「死ななんだら黙っといてもらえるんか」

そして、律はこのあと自身が口にした台詞に驚愕《きょうがく》した。

「一晩、考えさせていただけませんか」

何を言っている――。自分が信じられなかった。考えて口にした台詞ではなかった。

その場にいる全員が、不可思議なものを見るようにして律に視線を送っていた。

39

細い月の光が黒々とした川面《かわも》に映し出されて揺れていた。氷のような石の冷たさが尻《しり》にしんしんと伝わってくる。息を吐くたびにタバコのような白煙が立ち上った。霜月の山の夜気は恐ろしい。

律は川辺にある適当な石に腰掛け、川面にたゆたう淡い月の光を吸い込むように凝視していた。

國木田宅を出てからあてもなく村の中をぶらぶらとしていたが、やがて疲れ果て村役場から二百メートルほど下ったところにあるこの川で足を止めた。上流から雪の塊が流れてくることから白行川《しらゆきがわ》という名がついているらしい。

半年前、山崩ればかりがニュースで取り上げられていたが、この白行川もまた大雨の影響で増水し、氾濫《はんらん》を起こしていたのを律は覚えている。初めて足を踏み入れたが、思っていたよりも川幅が狭く、流れも緩やかだ。荒れ狂った映像しか見ていないのでより一層、そう感じるのかもしれない。

激流となった白行川、そして土砂に飲み込まれた民家。今思い出しても凄惨《せいさん》な画《え》だ。

だがその当時、村人が生き埋めになったと知っても、特別な感想を抱くことはなかった。嫌な死に方だな、と他人事の同情をいくばくか覚えただけだった。

当たり前だが、あのときは一家心中であったなんて考えもしなかった。そしてその一家の死が今回の事故と繫《つな》がっているなどといったい誰が信じられよう。いや、事故ではなく事件か。これはれっきとした殺人事件だったのだ。

——考えさせていただけませんか
なぜ、自分はあんなことを言ったのか。

國木田に自害を思いとどまらせるためだろうか。一時の時間稼ぎとして、あんなことを口走ったのだろうか。

彼の家を出てからだいぶ経つが、未《いま》だ自分の取った言動の説明がつかない。そして、心が定まらない。

まさか、おれは本当に見過ごすつもりでいるのだろうか。

真相を闇に葬るつもりでいるのだろうか。

いや、そんなこと、してはならない。これでもジャーナリストの端くれである。ちっぽけでも矜持《きょうじ》を抱え、これまで仕事と向き合ってきた。目の前にある罪を看過するなど自分には到底できない。

だが——。

律はフードの上から頭を抱え、くしゃくしゃに揉《も》み込んだ。「日が昇ったら、またここを訪ねます」そんな曖昧な言い方で彼らと一時別れたが、黎明《れいめい》は遠くない。あと数時間もすればあの東の空が白み出すだろう。それまでに解を導き出せるだろうか。己の心は定まるだろうか。

國木田、岩本、浩一郎の三人は、今、どういう気持ちでこの時を過ごしているだろう。きっと眠ってはいないだろう。今夜に限らず、事件後から今日まで安眠できた日はなかったのではないか。

そしてそれは彼らだけではないかもしれない。事件の全容を正確に把握しているのは彼らをはじめとした一部の者たちのようだが、しかし、他の村人たちも今回の事件がただの事故ではないことは察しているという。國木田や岩本が、「いつかみんなにも話をする。だが今は何も訊《き》かず、自分らの指示に従ってほしい」と村人全員に通達したとのことだ。それだけで箝口令《かんこう》が敷かれるのだから、この村の統制と結束力はいかほどか。全員が落井正三、また七海を守るためならなんだってやる覚悟なのだ。

仮に自分もこの村に生まれ育っていたならば、同じようにしていたかもしれない。だが現実問題、俊藤律は余所者《よそ》だ。あくまで第三者だ。私情を挟む義理も権利も持ち合わせていない。自分の恣意《しい》的な行いによって裁きに乱れを生じさせるなど恐れ多いことである。いわば法への冒瀆《ぼうとく》だ。

律はここで両腕を摩《さす》った。先ほどから震えが止まらない。やはりおもては寒すぎる。國木田宅を出る際、岩本から「やめときね。凍死するよ」と言われたことを思い出す。心配は要らない、夜空を見ながら考えたいなどと澄まし込んで出てきたが甘かった。ここは防寒着すら用を成さない極寒の地だ。この装備、環境下で夜を明かすのは危険過ぎる。

無意識に足元に手が伸びていた。律の足元には大量の荷が詰め込まれた巨大なリュックと、そのとなりに一本の魔法瓶が立っている。せめてもと、國木田の妻、静が突貫でこしらえ持たせてくれたものだ。中にはお燗《かん》された『ひの雪華』が入っている。

ここまで手をつけなかったのは酒で思考を鈍らせたくなかったからだ。もしも、この両手に審判が委《ゆだ》ねられているのなら、なおのこと酔うわけにはいかない。だがもう限界だった。大げさでなく生命の危機を感じていた。

コップを回して外し、そこに酒を注ぐと、霧でも沸き立ったかのような濃密な湯気が視界を埋め尽くした。甘い香りが鼻腔《びこう》に充満する。震える唇を飲み口に当て、ちょっとずつ酒をすすった。胃にじんわりと熱がこもり、身体が弛緩《しかん》していった。まさに九死に一生を得たような気分である。

落井正三は杜氏《とうじ》であった。彼が一生を捧《ささ》げた酒がこの『ひの雪華』だ。現役時代、彼はどんな思いで酒造りに勤《いそ》しんでいたのだろうか。彼は原料の扱いから、酒しぼり、貯蔵、熟成まで、蔵内で行われる全ての工程に目を配っていたと弟子である浩一郎が話していた。謹厳実直を絵に描いたような人物だったのだ。

一度、落井正三と酒を酌み交わしてみたい。ふと、そんな思いが首をもたげた。それはこの先、叶《かな》うことがあるだろうか。彼が生きてさえいれば叶わないことはないだろう。いずれにせよ、彼を死なせてはならないし、死んでほしくない。

落井正三はなぜ、後先を考えず、あんな凶行に走ったのか。そもそもなぜ石橋昇流の殺害に思い至ったのか。これらの謎は未だ解き明かされないままだ。無論、岩本たちに嘘をついている様子はなかった。彼らも本当にわからないのだ。

コップがあっという間に空になり、律は再び魔法瓶に手を伸ばした。つい欲に負けて今度はなみなみ注ぎ入れた。

落井正三が軽トラックに乗り込んだのは、おそらく浩一郎と七海の両名、とくに七海が村にいないことで不安に駆られたからだろう。前夜に釘《くぎ》を刺したとはいえ、ふたりは例の計画を実行してしまうかもしれない。それだけは阻止せねばならない。七海のことは絶対に守らなくてはならない。彼はきっとこう考えたはずだ。

内方七海――約二ヶ月前、思いがけず浩一郎たちの話を耳にしてしまい、以後、彼女は仇討《かたきう》ちに奔走することとなる。弱冠十七歳の少女が、だ。

石橋昇流は可奈の娘、花の命を奪った。可奈のその後の人生を壊した。誠治と朋子を苦しめ、結果、一家心中に追いやった。そして浩一郎に、村の人に今もなお苦しみを与え続けている。

だが、彼に反省の色は微塵《みじん》もない。免許を剝奪《はくだつ》されているにも拘《かか》わらず、堂々と車を運転していたことがすべてだ。それはつまり、花の死をなかったものとしている。可奈の死を、誠治の死を、朋子の死を侮辱している。村を愛する彼女は怒りに打ち震えたことだろう。

だが即座に蛮行に走るほど七海は短絡的ではなかった。彼女は自分の双眸《そうぼう》で見定めようとした。石橋昇流に生きる価値はあるか、否か。

日に日に憎悪を深めていく七海を、側にいた落井正三はどういう思いで見ていたのだろう。どんな思いで話を聞いていたのだろう。そこにはある種の達観があったのかもしれない。彼が浩一郎に語ったところによれば、最後には踏みとどまる、そう信じていたとのことだ。

だが、七海は一線を越えようとした。浩一郎と共に人間を死に至らしめようとした。落井正三は浩一郎に言った。やるならおまえひとりでやれ、と。七海を巻き込むな、と。

が、しかし――その七海の目の前で、落井正三自身が自らの手で石橋昇流を殺害するという結末を迎えた。

やはり整合性が取れない。まったく筋が通らない。

律は酒を一気に呷《あお》った。荒い息を吐き散らし、星々の瞬く夜空を見つめた。十分美しいがあの月さえなければなおのことだろう。

長い時間、そのままでいた。アルコールで痺《しび》れ始めた頭の中で、事件当日の落井正三の行動について、また、彼の心の動きについて、想像を巡らせていた。

彼が村に浩一郎と七海がいないことに気がついたのは昼下がり。もしかしたらふたりの携帯電話に連絡を入れたのかもしれない。だが、浩一郎は自身の携帯電話を自宅に置いてきており、一方七海はFYマートで勤務が始まっていた。つまり応答できる状況になかったのだ。

彼は焦った。ふたりをなんとか止めなくてはならない。少なくとも七海を守らなくてはならない。落井正三は浩一郎の所持する軽トラックに乗り込み村を発《た》った。目的地は七海の勤めるFYマート。國木田が以前話していた通り、大枠の地理は頭にあったのかもしれない。仮に正確な場所がわからずとも、スマートフォンを使いこなせる彼からすれば問題はなかったことだろう。

おそらく村を出た時点では、彼は石橋昇流の殺害を考えていなかったのではないだろうか。あくまでふたりを止めるつもりで飛び出したのではないか。

だが道中、彼は考えを改めた。己の手を汚せば可愛い七海を守れる。弟子である浩一郎を犯罪者にしなくて済む。ふたりを復讐《ふくしゅう》の呪縛《じゅばく》から解放できる。

勝手な想像だが、あの老人はこう考えたのではないだろうか。

やがて軽トラックはFYマートに到着し、敷地内に軽トラックを乗り入れ、そして勢いそのままに店舗へ突っ込んでいった――。

大まかな流れはこうであるが……いや、待てよ。律は夜空に向けて目を細めた。

敷地内に入った軽トラックが、そのまま店舗に突っ込むというのはあり得ないのではないか。そうだ、絶対にない。仮にそうだとすると落井正三に標的を正確に認識する時間的余裕がまったくないからだ。見切りで発車し、軽トラックがぐんぐん加速する最中、標的を視認するなんて危険すぎる。もしも人違いであったらどうするのだ。店内に他の客がいたらどうするのだ。アクセルをベタ踏みしていたのだから、急ブレーキを掛けても間に合わない。

だとすると、事前確認の時間があったはずだ。駐車場に軽トラックを停めていないのはたしかだろうから、おそらくは浩一郎がしたように敷地に面した道路の路肩に軽トラックを一時停車したことだろう。店舗までの距離は三十メートルほどか。落井正三は車内から遠目に標的の姿を探した。そのとき昇流はガラス壁に面した雑誌コーナーの前に位置していたので、その姿を拝むことはできたはずだが、顔まで正確に判別できただろうか。すでにおもては薄暗くなっていたのだ。店内が明るいとはいえ、判別は難しかったのではないだろうか——と、そこまで考えて、彼にとってそれが容易であることに気がついた。彼は双眼鏡を所持していたのだ。

彼は拡大された標的の姿を確認し、狙いを定めた。保身など毛頭なかった。自分自身もそのまま死ぬつもりだった。シートベルトを外し、サイドブレーキを解除した。そして、アクセルの上に右足を置いた——。

……律は腹の底からため息を吐き出した。

これもちがう。確実に何かがちがう。

やはり、七海の存在がすっぱり忘れられているのが、どうしても解せない。落井正三は彼女を守るため村を飛び出して来たのに、その彼女の目の前で犯行に及んでは本末転倒だ。考えてみれば物理的な彼女の被害のことも抜け落ちている。アクセルをベタ踏みして、ぶ厚い窓ガラスに向かって突っ込むのだ。その衝撃によって破片がレジの中にいる彼女まで弾《はじ》け飛ぶ可能性を考えないはずがない。幸い、彼女に怪我はなかったが、それは結果論である。

そもそも標的を確実に葬れるかどうかも怪しい。昇流が迫り来る軽トラックに気がつき、それを避《よ》けるべく少しでも動いたら直撃は免れてしまう。そんな不確かな殺害方法をあの聡明《そうめい》な老人が選んだことも理解に苦しむ。

じゃあ、なんだ。いったいどういうことなんだ。「ああっ」律は嘆いた。考えれば考えるほどわからなくなる。頭がどうにかなってしまいそうだ。

律は夜空に落井正三の顔を思い浮かべた。窪《くぼ》んだ眼窩《がんか》に優しい瞳《ひとみ》が収まっていた。年輪を思わせる斑点《はんてん》がいくつも浮き出ていた。

また酒を注ごうと魔法瓶に手を伸ばした。そのとき、ふいに落井正三の声が、耳の奥の方で囁《ささや》かれた。

――なんでやろう、アクセルを踏みつけとるんです。足を離そうと思うても身体がいうことを聞かん

直後、律は伸ばした手を止めた。

あの言葉は……真《まこと》だったのではないだろうか。他意はなく、正真正銘、己の気持ちを吐露したのではないか。落井正三は本当に無意識にアクセルを踏み込み、一直線に石橋

昇流に向かっていってしまったのではないだろうか。

そう考えればこの複雑で出鱈目《でたらめ》な状況に説明がつくのではないか。

だとすれば、まさか今回の事件は本当に、事故……？

いいや、それはどうだ。思考が猛スピードで脳内を駆けずり回っている。

律は深呼吸をして冷静に努め、目を閉じ、自身が落井正三になったつもりで、一連の動きを改めて考えてみた。

彼はあくまでふたりの計画を阻止するためだけに村を出発し、そしてFYマートに到着した。ただし慎重な彼はまずは様子を探るため付近の路肩に一時停車をした。もしも店内に七海がいれば、彼女に対し警告を発し、なんなら連れて帰るつもりだった。

彼は身体を自由にさせるためシートベルトを外し、双眼鏡を覗《のぞ》き込んだ。

はたして七海の姿は店内にあった。

そして——石橋昇流の姿も。

ここで、落井正三の心に変化が起きた。闇が忍び寄った。

彼は拡大された視界の中でこう思った。

あれが石橋昇流——。あの男が可奈の娘の命を奪ったのか。可奈の心を壊し、誠治と朋子に生を諦《あきら》めさせたのか。

落井正三にとって亡くなった永江一家はわが子同然だったにちがいない。そして浩一郎や七海、また國木田や岩本、すべての村の人間が彼にとっては息子であり娘だったのだ。

そんな大切な我が子の命を奪い、残された子たちをも苦しめ、結果、七海と浩一郎を復讐の鬼に変貌《へんぼう》させた人物──。

すべての災いの元凶が、今、目の前にいる。双眼鏡によって拡大された石橋昇流の顔がすぐそこにある。

だが、良識ある彼は邪念を振り払った。エンジンを掛けた。駐車場に車を停め、店に入るつもりだった。あくまで七海を連れて帰るだけのつもりだった。特攻するつもりなどなかった。

この時点までは。

敷地内に軽トラックの前輪を乗り入れた。そのまま店舗正面に向かって進んでいった。ブレーキを踏もうとしたそのとき、なぜか、ぐんとスピードが上がった。

──なんでやろう、アクセルを踏みつけとるんです。足を離そうと思うても身体がいうことを聞かん
彼の中に潜む悪魔がアクセルを踏み込んでいた──。

今回の事件は、こういうことだったのではないだろうか。

無論、これは律の勝手な妄想に過ぎない。自分は生来、思い込みの激しい人間なのだ。

もしかしたら村を出たところで、あるいは、ふたりの計画を聞かされた前夜の時点で、

彼は彼で殺害を企てており、計画的に犯行に及んだのかもしれない。もしくは、図らずも本当にアクセルとブレーキを踏み違えただけなのかもしれない。

本当のところはわからない。真実は落井正三本人しか知り得ない。もしかしたら、彼自身ですらわからないのかもしれない。

だが、律はひとつだけ、落井正三の核心に触れた気がしていた。

それは、石橋昇流を誰より憎んでいたのは、他ならぬ落井正三自身だったのだということ。

いつのまにか、魔法瓶は空になっていた。空はとうに白んでいた。

40

冷たい川の水で顔を洗ってから、國木田宅を目指して田畑の中を歩いた。やや風が出てきていて、煽《あお》られた稲にさざ波のような波紋が起きていた。そこここに点在する案山《か か》子《し》巫女《みこ》の袴《はかま》もはためいている。

当初、不気味に感じていたこの案山子巫女にもずいぶんと慣れた。この村に慣れたということかもしれない。

一方、人の姿はない。さすがにまだ七時にもなっていないのだから当然か。

と、そのとき、遠く前方に立つ人の姿を発見した。長い黒髪が横になびいているのがわかる。

内方七海だとすぐにわかった。自分を待ち構えていたのは明白だった。

律は歩調を緩めて近づいて行った。徐々に彼女の輪郭がはっきりとしてくる。

三メートルほどの間隔を空けて立ち止まる。寒さのせいか、彼女の顔面は青白かった。

「おはようございます」会釈して言い、「いつからここに」と訊いた。

「三時くらいから」

四時間近く、こんなところにひとりでいたというのか。彼女はけっして着込んでいるわけではない。少なくとも律よりはよっぽど薄着だ。

「昨夜《ゆうべ》のこと、おじさんたちに聞きました」

彼女は無表情で言った。

「俊藤さん、言いましたよね。自分は良心に従って行動してると」

「はい。言いました」

「わたしは、わたしの良心に従って、あの男を殺そうと思ったんです。正三じいちゃんがやらんでも、わたしがいつか必ずやってました。今でもそう思ってます」

七海は顔色を変えることもなく、淡々と言った。

律は、それが悲しかった。

「何が、あなたを突き動かしてしまうのですか」

「わたしはこの村の巫女、御神子《おんみこ》です。御神子は村を守るのが務めです」

「復讐を果たすことが村を守ることになるのですか」

「神罰を下すことが村を守ることと信じています」

　ふたりの間を風がひゅうと鳴いて吹き抜けていった。彼女の長い黒髪が顔を隠すように覆っている。

「昨日、わたしはここを訪れる前に事故現場に立ち寄りました。そこに一輪の菊の花が手向けられていることに気がつきました」

「…………」

「あれを置いたのは、七海さん、あなたではありませんか」

「……ちがう」

「なぜ、献花を」

「わたしではないと言ってるやろうっ」

　七海が目を剝《む》いて叫んだ。そんな彼女の後方には雄大な山々が構えている。まるで彼女を見守るように。

　律はそんな遠景にしばし目を細め、そして目の前の少女に視線を戻した。

「これから、國木田さんのご自宅に伺うつもりでした」

　律が言うと、七海は少し首を傾げた。

「みなさんにお伝えください。わたしは何も見ていないし、聞いていないと。俊藤律はここを一度も訪れなかったのです」

七海に向けて腰を折り、身を翻した。数歩足を繰り出したところで、「どうして」と声が降りかかった。

律は振り向いた。

「自分の、良心に従ったのです」

エピローグ

〈えーっ。なんだよそれー〉

ホリディの編集長、佐久間は不満を隠さなかった。寝起きだからか、機嫌も二割増しで悪い。

「すみません。結局、佐久間さんのおっしゃる通りでした。全部自分の独り相撲だったみたいです」

律は停まったバイクに跨《また が》り、眩《まぶ》しい太陽に目を細めながら携帯電話を耳に押し当てている。

〈ずっと俊藤ちゃんが連絡くれないもんだから、こりゃいよいよ真相に迫ってるんだと思ってたのに。結局、ただの事故だったってこと？　冗談じゃないよ〉

佐久間は永江可奈の存在を知らない。石橋昇流が過去に引き起こした事故と、埜ヶ谷《の が だに》村が繋《つな》がったことを律は伝えていないのだ。

〈もう朝っぱらからがっくり。歴史に残る大事件だと思ったんだけどなあ〉

「自分も残念です」

〈その割に全然凹《へこ》んでないじゃん〉

「一晩中、ヤケ酒してましたから」

聞こえよがしにため息を吐かれた。〈やってくれるよ俊藤ちゃんは。だからおれは最初から君の思い込みじゃないのってあれほど言ったじゃない。あ、そうだ。こうなった以上、高齢者の運転問題のルポは当初の予定通り出してもらうからね〉

「ええ、もちろん。必ず間に合わせます」

〈そんなの当たり前。おやすみ〉

「また寝るんですか」

〈夢の中を起こされたの、君に〉

電話を切られた。

胸の中で佐久間に詫《わ》びた。スクープを揉み消してすみません――。

続いて元妻の里美に電話を掛けた。里美は起きていた。ちょうど娘の実里を学校に送り出したところだったらしい。

〈で、真実は墓場まで持っていくつもり？〉

律が返答の言葉を探していると、先に里美の方から〈やっぱり律くんは律くんだね〉と言った。

〈これは犯人隠避罪にあたるのかなあ。ま、なんにせよ隠蔽《いんぺい》工作のお先棒を担いだパパか。実里が知ったら悲しむねえ〉

この人はどこまでも性格が悪い。

そして次にこんなことを質問してきた。

〈ねえ律くん、なんであたしが律くんと離婚することにしたか、わかる？〉

「何よ、いきなり」

〈いいから。わかる？〉

「ええっと、たしか価値観の相違でしょ。里美ちゃんが自分でそう言ってたじゃない」

〈そう。価値観の相違。今回の二択、あたしが律くんの立場ならもう一方の選択肢を選ぶ〉

律は何も言えなかった。

〈最後のところでね、決定的にちがうんだよ。あたしと律くんって〉

「……そんなにちがうかな」

〈うん、ちがう〉

「……そっか」

少し、沈黙が流れた。

〈八年前のあの事件のあと、律くんが苦しんでたの、あたし知ってる〉

「……どうして」

〈うなされてたもん。夜中に何度起こされたことか〉

「そうだったんだ。全然知らなかった」

〈あれ、悲しかったな〉

「悲しかった？」

〈この人、あたしにも話してくれないんだって〉

「……………」

〈ほんと、不器用な人だよ。律くんは〉

「……………」

〈あなたは何も悪くない。世界中の人がそう言っても律くんは聞き入れない。今回の件もそう。絶対に自分自身を責めることになる。良心の呵責《かしやく》に苛《さいな》まれることになる〉

〈ねえ、さっきから黙り込んでるけど、ちゃんと人の話聞いてるの？〉

「うん、聞いてる」空を仰ぎ、ふーっと息を吐いた。「一応、その良心に従ったつもりなんだけどさ」

〈それ、この先もブレない？〉

返答に窮した。この人はどこまでも自分のことをよく知っている。

「だからってわけでもないんだけど——」律は息を吸い込んだ。「おれ、この仕事、辞めることにした」

また、沈黙が訪れた。

〈なんだ、結局逃げるんだ〉

「逃げるとかそういうこと——」

〈そういうことじゃん。仕事辞めて責任を取ったことにしたいんでしょ。自分を許して

あげたいんでしょ。あたしそういうの本当に無理。めちゃくちゃ引く。超カッコ悪いと思う。キモいし、最低だよ〉

「……ほんと、きみは容赦ないね」

〈それがあたしでしょ〉

思わず頬が緩んでしまった。きっと電話の向こうの里美もそうだろう。

〈とりあえず進退はこっち帰って来てから改めて考えなよ。これから東京戻ってくるんでしょ？〉

「そのつもり」

〈ねえ、うちに来たら本当にキティのこと連れて帰っちゃう？〉

「キティじゃなくてヌコ丸。連れて帰るに決まってるでしょう。おれの猫なんだから」

〈今思いついたんだけど、半分はうちで預かるってことにしない？　家を行ったり来たりさせてさ〉

「え」

〈ね。そうしよ。決まりね〉

「ちょ、ちょっと待ってよ」

〈ダメ？　あたしも仕事で家を空けること多いしさ、実里ひとりじゃかわいそうじゃない〉

そう言われてしまっては断れないじゃないか。「考えておきます」

〈ありがとう。気をつけて帰って来てね〉

通話を終えた。里美こそ、やっぱり里美だ。

律はひとつ伸びをしてから、バイクのエンジンを掛けた。乾いた音が晴れ渡った青空に響く。

この一週間の出来事を自分は一生忘れることはないだろう。里美の言うように、きっとふとしたときに思い出しては苦い気持ちを味わうことになる。己の下した決断が本当に正しかったのかとこの胸に問い、煩悶《はんもん》することになるのだ。

正か、誤か。解は霧に包まれている。そしてそれは永遠に晴れることはない。

それでも人は前に進むしかない。そう、前に、前に。

風を切って走った。道はどこまでも続いている。

了

あとがき

ぼくは車にもバイクにも乗る。運転技術は十人並みだと思う。信号無視などしないし、一時停止だってきちんと止まる。スピードも出し過ぎることなく、周りの流れに合わせて安全に走れる。性格が臆病《おくびょう》かつ温厚（？）であるから、危険なことは一切したくないのだ。ああそうそう、脇道からウィンカーを出し、合流しようとしている車があれば快く入れてあげる親切さを備えていることも書いておきたい。

そんな優良ドライバーであるぼくであっても、街中でかっ飛ばしている車やバイクに出くわすと、あっぶねーな、と舌打ちが出るし、前を亀のようにトロトロ走られると、まったくもう、とため息が出るというのが正直なところだ。

きっとハンドルを握る多くの者がぼくと同じであろう。つまり、ぼくは至ってふつうの運転能力、感覚を持ったドライバーなのだ。

そんなぼくであるから、仮に、自動車の運転免許を返納しませんかと勧められたら、どうしておれが？　と憤慨し、断固拒否をする。

それが十年後だろうが、二十年後だろうが、三十年後だろうが、ぼくがふつうのドライバーである限り、ぼくは拒否し続ける。ぼくが免許を手放すときは、ふつうでなくなったときだ。

だが、ぼくはそこに気付けるだろうか。自分がふつうの運転能力、感覚を失ったことを認められるだろうか。ぼくはいつどこで、自動車の運転から引退するのだろう。

それはもしかしたら、ブレーキを踏んだつもりがアクセルを踏み、取り返しのつかない事故を起こしたときかもしれない。

二〇二二年夏

染井為人

解説

千《せん》街《がい》晶《あき》之《ゆき》（ミステリ評論家）

「三面記事」という言葉がある。新聞の一面や二面に載るような政治・経済の記事ではなく、社会面の記事を指す言葉だ。しかし、犯罪や事故の報道でも、大規模なものや衝撃度が著しいものは一面に載ることもあるので、三面記事という言葉にはそこまで大きな事件・事故ではないというニュアンスも感じられる。新聞以外の媒体、例えばTV報道や週刊誌の場合は、報道の順番などで事件に格差がつけられることになる。

とはいえ、一見よくある事件であっても、当事者にとっての衝撃は大事件と変わりはないし、その種の事件の背景に、実は思いもよらない深刻な事情が隠れている場合もあるだろう。染井《そめい》為人《ためひと》の『震える天秤』（二〇一九年八月、ＫＡＤＯＫＡＷＡから書き下ろしで刊行）は、三面記事として片づけられそうなありがちな出来事の背後に潜む真実に迫ってゆくミステリである。

著者は一九八三年生まれ。介護の仕事や派遣会社勤務を経て、芸能プロダクションでティーン向け雑誌のモデルのマネージャーとなり、二〇一二年にはソメイヨシノ名義で児童書籍『うちらのオーディション物語』を刊行している。やがて演劇プロデューサーとして活躍しはじめるも、毎日時間を問わずかかってくる電話から逃げて、ひとりで静かに仕事がしたいと思うようになり、二年ほどかけて初めて書いた小説『悪い夏』で二〇一七年に第三十七回横溝正史《よこみぞせいし》ミステリ大賞の優秀賞を受賞、本格的に作家デビューを果たした。

この『悪い夏』は、生活保護の不正受給をめぐってエゴイスティックな人々が引き起こす騒動を描いている。著者は他の作品でも社会的テーマを扱うことが多く、『海神《わだつみ》』（二〇二一年）では東日本大震災を背景に、実際にあった復興支援金詐欺事件をモデルにしているし、『鎮魂』（二〇二二年）で事件の遠因として描かれる出来事は、二〇一二年に半グレ集団が六本木《ろっぽんぎ》で起こした人違い殺人事件を想起させる。

また著者の小説では、どうしようもない悪党が登場することはあっても、彼らが絶対悪として描かれるとは限らないし、善人の中に潜む悪が描かれる場合もある。『正義の申し子』（二〇一八年）の主人公二人は、正義のユーチューバーを自称しつつ家庭では妹に暴力を振るう引きこもり青年と、彼のターゲットになった悪徳請求業者であり、いずれもまっとうな人間とは言い難いけれども、ある事件に巻き込まれたことから彼らは悪と戦うことになる。『正体』（二〇二〇年）では、一家三人を惨殺した罪で死刑判決を受けた男の逃避行を通じて、彼に接触した人々のさまざまなリアクションを描いている。『鎮魂』に登場する凶悪な半グレ集団のメンバーにすら、子供にだけは父親の自分を見習わずまっとうに育ってもらいたいと考える者や、過去の罪を真摯《しんし》に悔悟している者がいるし、一方で彼らに怒りを燃やす側にも、独善的な正義感に憑《つ》かれて暴走する者がいる。著者は、主婦と生活社のウェブメディア「フムフムニュース」のインタヴュー（二〇二二年五月八日掲載）で「私自身はミステリーを書いているという意識はありません。ミステリーと言うとトリック、真犯人というイメージですが、私の作品にそういう要素はないと思います。私が書きたいのはいろいろな環境、境遇にいる人たちが考えていること、感じていることです。同じ環境にいてもそれぞれ考えていることは違ったりするもの。そういう人たちの気持ちを表現できればと思っています」と答えているが、そうした俯瞰《ふかん》的な描き方が、著者の人間描写に深みを与えているのだろう。

本書もまた、そのような著者の作風の二つの特色が窺《うかが》える小説となっている。

主人公は、三十七歳のフリージャーナリスト、俊藤律《しゅんどうりつ》。彼は隔週誌の編集長から、福井県で起きた交通事故について取材依頼を受ける。落井正三《おちいしょうぞう》という八十六歳の老人が車を運転中にコンビニエンスストアに突っ込み、店長の石橋昇流《いしばしのぼる》を死亡させたという事故だ。

現地に到着した律は、昇流の父親で事故現場となったコンビニのオーナーの石橋宏《ひろし》、コンビニ本社の店舗担当ＳＶ《スーパーバイザー》の酒井康介《さかいこうすけ》、コンビニ店員の須田由美子《すだゆみこ》ら関係者に取材する。宏は事故による金銭的損害ばかり気にしており、とても父親の態度とは思えない。おまけに、律の記事の方向性にまで勝手に口を出し、誓約書を交わすことすら要求してくる。また、関係者への取材を重ねるうちに、昇流は店長としての働きぶりが極めてルーズで、人柄も褒められたものではなかったという事実が浮かび上がってきた。

　当初、律は編集長の指示通り、高齢者の運転問題という方向性で取材を進めようとする。この観点からまとめるのであれば、被害者がどのような人物であろうと、記事の方向性に何か影響があるわけではない。しかし、関係者から話を聞くにつれて、コンビニの補償問題、被害者や遺族の裏の顔といった、記事の題材として興味深そうな話題が次々と現れる。そして、加害者である落井正三について調べるうちに、律の中で疑念が濃くなってゆく。落井は、半年ほど前に山崩れの被害に遭い、間もなく廃村が決定している埜ヶ谷《のがだに》村の出身である。その埜ヶ谷村を訪れた律は、村長の國木田《くにきだ》保仁《やすひと》、村役場職員の岩本和夫《いわもとかずお》らに取材するが、彼らは落井が認知症だということを強調し、その点に律が疑問を投げかけた途端、不自然なほど過剰な反応を見せる。果たして、この事故は見かけ通りのものなのか。そして、埜ヶ谷村の閉鎖的な風土は真相と関係しているのだろうか……。

　俊藤律は決してヒーロー的な人物ではなく、むしろミステリの主人公としては平凡なタイプだろう。だが、彼にはジャーナリストとしての正義感と、気になったことは徹底的に調べずにはおかない探究心があり、そのため、取材者に食いついて離れない執念深さも持つ。ただし、過去にある人物の罪を報道したことが、その後に起きた悲劇の原因になったのではないかという苦い思いも胸に秘めている。そんな彼が今回の取材の果てに見出《みいだ》したのは、ジャーナリストとしての義務と、人間としての良心を載せた天秤をどちらに傾けるのが正しいか、熟考を余儀なくされるような真相だった。

ミステリファンであれば、本書からアガサ・クリスティーのある長篇や、東野圭吾《ひがしのけいご》のある長篇を想起するかも知れない。しかし律は、落井の行動に含まれている矛盾から、関係者たちすらも想像できなかった事故当時の彼の心の動きに思い至るのであり、そこに先例とは異なる本書のユニークさがある。それが間違いのない真実だとはっきり書かれているわけではないけれども、小説は必ずしも答えを出さなくてもいいがミステリは答えを出さなくてはならない——という矛盾的難問に、著者なりの解答を示したと言えるだろう。

ラストにおける律の選択については賛否両論あるだろうが、その彼の立場を相対化するのが、元妻で裁判官の里美《さとみ》である。性格的にも律と対蹠的《たいしょてき》な里美は、裁判官らしからぬマイペースな言動によって、このシリアスな物語にある種の可笑《おか》しみのアクセントを加えているけれども、そんな彼女は律と全く異なる答えを出す。律の選択を正しいとも間違っているとも描かないことによって、著者は天秤がどちらに傾くのが正しいかを、読者おのおのに問いかけているのである。

ありふれた三面記事のひとつひとつに、実は思いがけない真実が、そしてそれを報道する人間の迷いが隠されているのかも知れない。本書は、社会派ミステリとしてのテーマ性を通して、外部からは容易に窺い知れない人間の思いの謎を描いた著者らしい小説である。

本書は、二〇一九年八月に小社より刊行された
単行本を加筆修正のうえ、文庫化したものです。

震《ふる》える天《てん》秤《びん》

染《そめ》井《い》為《ため》人《ひと》

令和4年 8月25日 初版発行
令和6年 5月15日 9版発行

発行者●山下直久

発行●株式会社KADOKAWA
〒102-8177 東京都千代田区富士見2-13-3
電話 0570-002-301（ナビダイヤル）

角川文庫 23283

印刷所●株式会社KADOKAWA
製本所●株式会社KADOKAWA

表紙画●和田三造

●お問い合わせ
https://www.kadokawa.co.jp/（「お問い合わせ」へお進みください）
※内容によっては、お答えできない場合があります。
※サポートは日本国内のみとさせていただきます。
※Japanese text only

ISBN 978-4-04-112538-0 C0193

◆◇◇

角川文庫発刊に際して

角川源義

第二次世界大戦の敗北は、軍事力の敗北であった以上に、私たちの若い文化力の敗退であった。私たちの文化が戦争に対して如何に無力であり、単なるあだ花に過ぎなかったかを、私たちは身を以て体験し痛感した。西洋近代文化の摂取にとって、明治以後八十年の歳月は決して短かすぎたとは言えない。にもかかわらず、近代文化の伝統を確立し、自由な批判と柔軟な良識に富む文化層として自らを形成することに私たちは失敗して来た。そしてこれは、各層への文化の普及滲透を任務とする出版人の責任でもあった。

一九四五年以来、私たちは再び振出しに戻り、第一歩から踏み出すことを余儀なくされた。これは大きな不幸ではあるが、反面、これまでの混沌・未熟・歪曲の中にあった我が国の文化に秩序と確たる基礎を齎らすためには絶好の機会でもある。角川書店は、このような祖国の文化的危機にあたり、微力をも顧みず再建の礎石たるべき抱負と決意とをもって出発したが、ここに創立以来の念願を果すべく角川文庫を発刊する。これまで刊行されたあらゆる全集叢書文庫類の長所と短所とを検討し、古今東西の不朽の典籍を、良心的編集のもとに、廉価に、そして書架にふさわしい美本として、多くのひとびとに提供しようとする。しかし私たちは徒らに百科全書的な知識のジレッタントを作ることを目的とせず、あくまで祖国の文化に秩序と再建への道を示し、この文庫を角川書店の栄ある事業として、今後永久に継続発展せしめ、学芸と教養との殿堂として大成せんことを期したい。多くの読書子の愛情ある忠言と支持とによって、この希望と抱負とを完遂せしめられんことを願う。

一九四九年五月三日